政协克拉玛依市委员会◎编

2022～2024年卷

中国文史出版社

图书在版编目（CIP）数据

百草园 . 2022-2024 年卷 / 政协克拉玛依市委员会编 .
北京 : 中国文史出版社 , 2024. 11. -- ISBN 978-7
-5205-5016-1

Ⅰ . I217.1

中国国家版本馆 CIP 数据核字第 2024FZ3944 号

出品人：彭远国　　责任编辑：窦忠如

出版发行：中国文史出版社

社　　址：北京市海淀区西八里庄路 69 号　邮编：100142
电　　话：010-81136606　81136602　81136603（发行部）
传　　真：010-81136655
制　　版：北京方舟正佳图文制作有限公司
印　　装：河北京平诚乾印刷有限公司
经　　销：全国新华书店
开　　本：710 毫米 × 1000 毫米　1 / 16
印　　张：20
字　　数：268 千字
版　　次：2025 年 1 月北京第 1 版
印　　次：2025 年 1 月第 1 次印刷
定　　价：68.00 元

方回诗 / 王研充　　绛帐艺林联 / 王研充　　芦花别馆诗 / 王研充

慎独 / 王研充　　　　　　　　　　论语句 / 王研充

克拉玛依 / 崔磊

荒原的见证 / 崔磊

望月怀远 / 崔磊

七古·送纵宇一郎东行 / 崔磊

辛弃疾词两首 / 崔磊

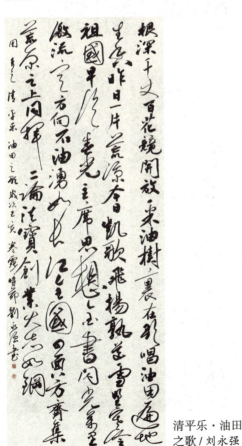
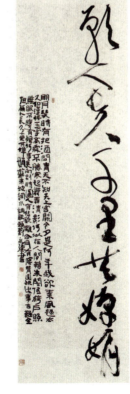

东坡赏心十六乐事 / 刘永强

念奴娇·昆仑 / 刘永强

清平乐·油田
之歌 / 刘永强

但愿人长久　千里
共婵娟 / 刘永强

金秋月朦胧 / 李瑞林　　　　曲径通幽 / 李瑞林　　　　胡杨三千岁 / 李瑞林

绝壁太行山 /　　　楹联 / 李瑞林　　　楹联 / 李瑞林　　　楹联 / 李瑞林
李瑞林

録王金城先生闻句 岁次甲辰马郡

军喜天山看雪峯一
轮红日半山松云舒
云卷无拘绊冰玉凝
寒凛静空

红衣蓝冠联 / 马郡

録李宏韬先生联 岁次甲辰春月马郡

福运当头盛世长
兴公益事
拂爱心花
彩光耀眼春风尽

关山红日 / 马郡

红衣燕子舞冷树黑油长流
蓝冠鸳鸯卧暖沙绿能永续

福运彩光联 / 马郡

瑶池春暖水清挚爱天山近性
灵晨起牧歌皆远达梦回仙境
似难凭雪峯晴霁开胸臆溪谷
流香醉晓星万里嵯峨成一望
诚调觅彩写深情

关山一望 / 马郡

国之重器 / 付剑峰

国之重器 / 付剑峰

国之重器 / 付剑峰

国之重器 / 付剑峰

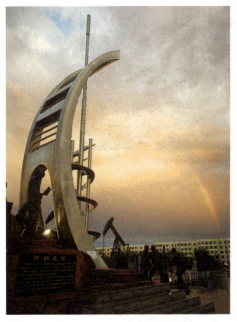

启航 / 唐卫东

月夜 / 唐卫东

克拉玛依仲夏 / 唐卫东

开拓 / 唐卫东

日照金山 / 黄韵竹

到祖国最需要的地方去 / 黄韵竹

拼搏 / 黄韵竹

走向辉煌 / 黄韵竹

希望 / 黄韵竹

金色年华 / 黄韵竹

海滨音诗 / 佘沛

八马踏雪 / 佘沛

水天一色 / 佘沛

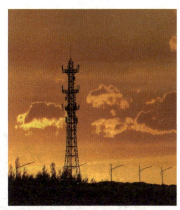

塔影斜阳织锦云 / 佘沛

云涧 / 宋海霞

收获 / 宋海霞

龙腾悦 / 宋海霞

慢行 / 宋海霞

静待暖阳 / 白雪龙

旌旗招展 / 白雪龙

遇见自己 / 白雪龙

夕照靓车 / 白雪龙

整装待发 / 白雪龙

目　录

散文随笔

诗　歌

小　说

剧　本

散文
随笔

◎赵钧海

　　中国作家协会会员，克拉玛依市作家协会名誉主席。曾任中国石油作家协会副主席、克拉玛依市文联主席、克拉玛依石油文联主席、《新疆石油文学》主编。在《中国作家》《北京文学》《中华文学选刊》《散文》《美文》《作家》《天涯》《散文海外版》《散文选刊》《广州文艺》《山花》《清明》《芳草》《延河》《上海文学》《飞天》《湖南文学》《人民日报》等多种报刊发表散文、小说400余万字。出版散文集《准噶尔之书》《发现翼龙》《在路上，低语》《永久的错觉》《隐现的疤痕》《拐弯，去斯图加特看奔驰》，小说集《赵钧海小说选》等，入选《2009中国散文排行榜》《21世纪散文年度选·2014散文》《21世纪散文年度选·2015散文》《散文2013精选集》《2016中国散文排行榜》《2018中国散文排行榜》等100多种精选年选，获第六届冰心散文奖、首届丰子恺散文奖、首届西部文学奖、《北京文学》2020年度优秀作品、第三届与第四届中华铁人文学奖作品奖、第五届中华铁人文学奖成就奖等奖项30多次。

惊鸿一瞬间

赵钧海

一

八十四岁的老岳母腿骨折了——竟然是因为舍己救人。

云蒸霞蔚，四野明丽。凝视她皱纹密布的面庞，抚摸她干瘪凹陷的嘴唇，咀嚼她善良纯朴的灵魂——英雄啊！我沉思，冥想，泪目。

对英雄的崇拜，是从小积淀在心底的绚烂，似旗帜，高扬着，庄严肃穆，透逸着神圣与伟岸。

岳母躺在病床上，瘦小，羸弱，如一只可怜兮兮的小猫。她怎么可能救人？怎么可能是英雄？但是，那一刻，她却冲了上去。侥幸，岳母没有牺牲，还够不上英雄称谓，可她勇敢冲了上去，用双手托住即将倒地的大汉，救人成功。岳母成了矗立我心中的英雄。

二

岳母走路，曾经风风火火，一路小跑的样子。她双腿摆动快，双臂也沙沙有声。远处张望，就像奔涌灵动的小斑鹿。岳母自然不是斑鹿。当年，她太鲜活太阳光了，才刚刚十八岁。小巧玲珑，清润秀雅，浑身洋溢着灵逸飞扬的青春气息。

那是一九五七年，岳母跟随岳父来到准噶尔荒野大漠，找石油。戈壁滩刚刚有了一个地名——黑油山油田。因为有一座十多米高的沥青丘，所以俗称为"黑油山"。去黑油山了！都这样说。浩莽的大漠一望无际，苍凉，复古，寂寥。远处，几座钻井井架矗立着，钢铁森林一般。岳母觉得自己像梦游。她好奇地穿梭于帐篷、地窖和土坯房中间，东瞧西看，仔细揣摩，时有戈壁卵石、砾石、风铃石、五彩石在她脚下作祟，她打了一个趔趄，险些崴了脚。岳父扛着行李卷，汗流浃背，他回过头大喊一声：快噻，前面就到了！于是岳母收回目光，加快了步伐，一路小跑起来。如斑鹿。

岳父是更早一年来到黑油山的。那时荒原一片空寂，茫茫戈壁只有几栋土坯房，两座钻井井架，稀稀拉拉一百来号人。岳父那一大拨人，全是志愿军战士。他们刚刚从朝鲜战场下来，炮声隐退，硝烟飘散，内心明澈。部队没有休整完毕，他们就被整建制用闷罐车拉走了，说是去挖石油。那时的口号是：到边疆去，到祖国最需要的地方去！到黑油山去！都抢着报名，写血书。岳父说，我也写了血书。黑压压一大片人，有一千多，下火车就又坐二十多辆大卡车走了，浩浩荡荡，壮观得很，嘈杂得很。岳父说，黑油山一下火了。岳父成了最早的创业者。

岳母也当上了石油工人。她把两条大辫子剪了，改成短发头。心疼了好一阵。可工人就要像工人的样子。岳母跳着蹦子，手舞足蹈。岳母说：那时候，戈壁滩太大了，任凭你咋跳就咋跳。青年岳母果真就跳了起来，像刀美兰一样。轻盈，飘逸，舒缓，抬腿扭腰，旋转腾挪，楚楚生风。

岳母说：那时候忙得很，女人少，我被安排去烧锅炉，说是活儿不累，适合女同志干，去了后我啥都干，烧锅炉、收资料、管材料、送开水、送饭，别人咋指挥，我就咋干。一次去三二井送资料，没有车，走了两个多小时，热啊，焦黄的戈壁滩像大火炉，晒着晒着，嗓子就冒烟，眼前发黑，双腿发软，浑身冒汗，没了一点力气，怎么也走不动……我脱下外衣，在梭梭柴上支个阴凉，坐在地下，哭啊哭，眼泪直往下淌。难受啊，怕耽误工作，又怕死，边哭边想，晒死了咋办呀？后来运气好，碰到一个送信的邮递员，姓马，发现了我，给我水喝，慢慢缓了过来。那叫中暑，知道吗？中暑！可怕得很，能死人！岳母说。以后到哪里都背个水壶，水壶能救命。

岳父在一边纠正说，是水救命，不是水壶。

岳母笑笑，不理岳父，继续说往事，脸庞像一朵盛开的大丽菊。

干一天活，太累喽，回到土坯房，倒在床上趴着就睡着了，死猪一样。四家人住一间土坯房，天天听各种打呼噜声、放屁声，笑话多，奇闻逸事天天发生。你们李三堂叔，半夜起来出门解手，回来迷迷糊糊上错了床，穿着大裤衩钻进别人被窝，让周麻子一顿臭骂。后来那事就被添油加醋传变了味，说李三堂是故意的，蓄谋已久，因为周麻子老婆长得俊，面皮白，水蛇腰，走路一扭一扭，很招人。岳母开朗幽默，始终乐呵呵的，给人一种风趣欢快的气场。我们喜欢听她聊往事。

冬天奇冷，人人缩着脖子，哆哆嗦嗦，哈气一出，嘴边就结一层冰。第一场大雪，雪片像鹅毛一样，横着飞，雪粒和沙粒混合，像子弹一样，斜着砸，砸在脸上刺疼。岳母说，终于搬进地窝子了，不用再听别人打呼噜喽。但夜晚没电，一盏煤油灯，火苗悠悠忽忽，幽灵一样，盖上棉被还冻得发抖，就把老羊皮大衣再盖一层，好久，才有些暖意。老羊皮味道太膻，熏得我呕吐了好多次，胃液都呕出来了，几年后我却喜欢上那个味道，睡不着觉，闻一闻老羊皮，瞌睡就来了。那件老羊皮大衣，是李三堂给的，说他家有两件。雪越下越大，刮着风，呜呜地吼，如鬼哭。天亮起床推门，雪把地窝子门堵死了，怎么也推不开。李三堂两口子用铁锹一锹一锹把雪铲掉，挖开一条甬道。我们从甬道里爬出来。李三堂一家成了咱家的铁杆好友，你们一出生，就叫"三堂叔"，叫他老婆"红梅阿姨"，叫了几十年。岳母聊着聊着就激动，刹不住车。

那一天，岳母从地窝子窄窄的甬道中爬出来，一眼就看到了耀目的阳光和白茫茫的大地。她拿起一把铁锹也去救人了。大地上蠕动着黑褐色的铲雪人群，人头攒动，热火朝天，他们挥动着铁锹、坎土曼、十字镐、木铲、舀勺以及脸盆，还有卸下门板拴上麻绳拉雪的。叮叮咚咚、吱吱喳喳的大军，扭动，曼舞，堆起一道道雪墙和硕大的雪堆。那是一个激情四溅的年代。旷野朗灿，民风淳厚。他们是一群无所畏惧的拓荒者。

三

一年后，岳母跟随岳父转战到了远离市区的一个荒野输油泵站。那是一条刚刚兴建的长距离输油管道，每隔三四十公里就有一座中间管理泵站。数字符号是地名——三泵站。

从此，岳母蛰伏在一望无际的荒野深处，一蹲就是三十多年。黄沙浩渺，天地苍冥，穿窿飞虹。岳母身穿灰蓝色老式石油道道棉工装，头戴黑色棉工帽，低头行走在北风呼啸沙土翻卷的小道上，与男工没有什么区别。浮土、雪粒、沙石从脖颈、袖口直往身体里钻，冰凉、坚硬、黏腻，如厌恶的小甲虫，越动越痒。岳母打着寒噤从扶梯爬上油罐，一手拿量油器具，一手紧抓罐梯，动作艰难而笨拙。每日重复爬油罐许多次，慢慢就成了习惯。

一日，黑风嚎叫着，睁不开眼，脸被沙石拍打得刺疼。旋风卷过，岳母的棉帽子"嗖"地被刮飞了，在空中旋转、曼舞，如一只受伤的乌鸦，刮向洪荒深处。她瞟了一眼帽子，无奈地闭上双眼，任凭风沙蹂躏、撕扯，散乱的鬓发阻挡了视线。她歇息了一会儿，低头继续攀爬。喘息急促，行动困难，身体疲惫，手脚不听使唤，一不小心，脚底打滑，摔倒了……踉跄，失控，旋转，她从罐梯上翻滚下去……晕厥了。懵懵怔怔中，她又被强暴的风雪弄醒，发现自己竟然躺在罐梯中间平台上。六神无主。深呼吸，感觉满嘴是沙子，强忍着镇定，嘴角滑过一丝淡淡的侥幸。那时年轻，身子骨充满弹性，韧度好，又有厚重的棉工服保护，不然后果不堪想象。风嗖嗖地刮，杀气腾腾，淫威，嗥叫，暴虐。岳母却不再恐惧。终于发现手中还捏着量油尺，长长吁了一口气。还活着，岳母自语。

狂风之夜的搏击与跌宕起伏，多少年后岳母依然刻骨铭记。没有气馁，没有屈服，没有放弃。她继续攀爬、向上，完成了计量监测工作，待回到工房，手已经冻得麻木胀痛，后脑勺冰凉隐隐作痛，好一阵，都没有缓过来。岳母用雪粒搓手，直到把手指搓得潮红，毛细血管似要喷发一样。危险过去了，她知道。赶紧做油样分析、登记、汇报……惊心动魄的一幕被远远抛在脑后。

在荒野泵站的油罐、管道、操作间、泵房、机房中攀爬、行走，一晃就是许多年。岳母的皮肤渐渐变得粗糙，脸颊慢慢变得黧黑，但熟悉了原油气味、铁腥气味、沙土气味，这些味道让她有种异样的躁动感、缠绵感、闺蜜感、依附感，她觉得她与它们融为了一体。

后来，岳母就怀孕了。她怀上了第一个女儿——我妻子。

如一枚金属螺丝钉，镶嵌在钢铁支架的某个角落，任大漠风沙的侵蚀与拍打。岳母弱小，但不在乎。肚腹一天天隆起，她一天天爬罐梯、量油位、看浮漂、取样、化验。沙丘小路上，细沙在旋风的抚弄下，呈现出一道道灰蛇状的流体，脚踩上去，沙子如蛇信子一样往上乱窜，围着她的身体打转、咬合、翻飞，滚滚向前。岳母用栽绒棉帽子包住头，用花头巾裹上鼻子嘴巴，眯着双眼，从缝隙中看荒野、看沙丘、看旋动的沙子，它们即刻温柔了。她笑了笑，像是在抿嘴微笑，也像是在讥笑，然后顶风前行。岳母看上去有些踉踉跄跄，趔趔趄趄，其实她心里甜丝丝的。她能感觉到自己身体里的小生命在萌动，在膨胀，在欢跳，在奔跑，在歌唱。于是就愈发卖力地工作，忘记了时间，忘记了预产期，或者说，她那时根本就不懂得那些繁缛的孕期细节。她们那一代人，哪里知道妊娠期胎教、语言启蒙、古典音乐、催眠小曲、世界名画、打扮自己以及脑细胞树突和轴突增长。那些琐碎的母体情绪分泌激素和刺激胎儿活动，与她无关，她只知道踏踏实实工作，本本分分干活。勤劳贤淑，行性温和。恶心，呕吐，再恶心，再呕吐。她承受着，一点不在乎。从冬天到春天，再从春天到夏天，雪飘无阻，风沙无阻，暴晒无阻，漆黑无阻，狼嚎无阻。岳母唯一私密的，就是偶尔踩在荒野细沙上展臂、伸腿、舒腰、旋转，面向蓝天，面向孤寂，面向黑夜，跳那种轻柔的舞蹈，憧憬幻想着妖娆明丽的未来。

一不小心，岳母就把孩子生在了工房里。

那天夜班，刮着风。风是荒野的家常便饭，不必在意。她依旧去爬油罐了。走着走着，感觉肚子疼，而且越走越疼，与先前的疼不一样。忽然意识到，是不是要生了？一阵惶恐袭来。她捂着肚子爬罐，颤颤巍巍的，怎么也上不去，于是蹲下歇息，疼痛更加揪心……无法再坚持，她只好呼喊着往回返，小心翼翼，边走边喊女工宋连枝的名字。那天是她和宋连枝的夜班。

宋连枝是小班输油泵工。她们常常结伴而行，说一些暖心的私房话，甚至结伴上旱厕，在旱厕没有建好之前，她们就往沙窝子深处走，找一处低洼地或在一丛梭梭柴、红柳枝后面解决问题。牛虻、蚊子围着屁股嗡嗡乱飞，必须一边驱赶，一边快速解决，但还是常常被叮咬出许多大包。一人解决问题，另一人就扫描四周，像侦查员。她们是无话不说的好姐妹。宋连枝是泼辣的山东女子，个头大，身躯壮硕，大大咧咧的性格，说起话来瓮声瓮气，整个站区总能听到她唱歌一样的胶东卷舌方言。

宋连枝听见岳母的呼喊，就急匆匆跑出来。一看，感觉不对。要出事。宋连枝大声说：哎呀，不好，要生了，赶紧找车去医院。宋连枝话一出口，后悔了。黑灯瞎火哪里有车呢？医院在又哪里？淹没在黄莽莽沙海深处的小小泵站，除了大漠荒野，就是黑魆魆的沙丘和空寂狰狞的暗夜。那时，老式嘎斯水罐车每周来送一趟水，供泵站工业和生活用水，职工们前往基地办事、看病，都要等待水罐车，或者碰巧搭乘其他来泵站办事的卡车。远水啊，救不了近渴。

宋连枝意识到严重性，浑身一阵冒汗。嘴里嘟囔着她让自己镇静，跑到岳母身边说：别慌、别慌，有我、有我哩！宋连枝扶着岳母慢慢走，让岳母躺在长条凳上歇息。见岳母疼痛难挨的样子，宋连枝焦急冒火，嘴里不住说：不行啊，得去找人，你别动，俺找找人。说完她就跑了。

岳母下腹一阵剧痛，羊水破了，血水顺着工装的裤腿流了出来……惊愕，惶遽，疼痛，疲惫，崩溃。终于忍耐不住，岳母高声呼叫：啊呀，不行、不行啦，要、要出来了……

宋连枝转了一圈，没见一个人影，又听见岳母呼喊，就匆匆返回。宋连枝焦灼地搓手，转圈圈，又搓手，又转圈圈。急中生智，她迅速脱下工作服，从工具柜里拿出了毛巾、纱布、卫生纸，还翻出了剪气垫子用的工业剪刀，以及酒精。她摇一摇暖水瓶，拿过脸盆，又奇迹般翻找出一块油布。宋连枝长长吸了一口气，说：咱不走了，不走了，就在这生。

是的，宋连枝阿姨要在工房为岳母接生。窗外，漆黑一片，西风呼啸，沙土飞扬，隐约有野狼的嚎叫传来，像是在为岳母催生。

一切准备就绪，只剩下等待。不再喊叫，不再扭动，静静的，屏息静气。岳母忽然淡定了，有种炫亮又明媚的感觉。莺飞草长，百花绽放，幽香袭人，万象生辉。安谧中，她开始迎接肚腹中的那个小生命——那个急不可耐又豪情奔逸的小生命。不再惶恐，岳母沉湎于内心的静谧之中。

宋连枝果断地用酒精擦拭剪刀，一遍又一遍，然后大声说，使劲、使劲，再使劲、再使劲……出来了，头出来了。宋连枝大叫。她小心谨慎地剪断了脐带，手微微颤抖着……啊啊啊，啊啊啊，一阵婴儿啼哭，嘹亮震天。

宋连枝用毛巾、棉衣裹上婴儿说，是个女孩，白胖白胖的。宋连枝额头渗出一层晶亮的汗珠。大风骤停，星辰闪烁。岳母舒心地笑了，娇艳而妩媚——叱咤风云，须眉傲骨。岳母和宋连枝在那个长条凳上完成了一件奇谲的大事。这件事，后来被添油加醋广为流传，油田女人们銮铃清脆又华缛斑斓的津津乐道着，流露出由衷的赞叹和敬佩。

许多年后，宋连枝阿姨复述着细节说，那时胆子真大，一点不想后果，也不知道后怕。听说有产后得破伤风的危险，我七上八下惴惴不安好多天，吃不好，睡不踏实，走路双腿打哆嗦。宋连枝阿姨连珠炮一般说。你丈母娘胆大，我胆更大，两个贼大胆碰一块了，哈哈哈哈。宋连枝阿姨爽朗地调侃，山东腔嘹亮而高亢，宛如小号吹奏出的美妙音乐，激昂，奔逸，余音绕梁，久久不散。

四

一九六二年早春，冰雪依旧覆盖着广袤的荒野，皑皑白雪闪着银色光泽，圣洁中夹杂有一些灰褐色的斑点、枝丫及隆起物——那是戈壁石、梭梭柴的躯体。

一批女工被裁减了。

岳母没能幸免。岳母说，一开始，单位精简的名单里并没有我，说我干活泼辣、不怕吃苦，不挑肥拣瘦，不找领导麻烦，群众基础好，又继续工作了一段时间呢。一天，你爸突然找我商量，说你也下来吧，上面让党员带头，我不带头，人家盯着，攀比、议论、说三道四。精简是党的决定，我要带头执行。岳父那时只是一名党员班长，却主动让妻子精简，是一种什么样的觉悟？难以理喻。接触多年后，我不再怀疑岳父的人品、个性、忠诚以及思想储备。岳父是真听组织的，不是那种卖嘴皮子、花花肠子的假把式。岳父心尖上清晰地刻印着那些入党时的铮铮誓言。在岳父眼里，那是神圣的、不可玷污的，没有回旋余地。

心如刀绞，岳母捂着被子大哭一场，眼泪把牡丹花被面洇湿了，好大一片。哭完之后，她没有说话，只是看着远方，那里忽闪着一些沙漠屐景，以及矮小的碱蓬草、骆驼刺和兜蒌在微微摇摆。岳母沉默了很久。从此，岳母再也没有去过那些熟悉的油罐、管线、操作室和工房——那些留下她艰涩脚步、轻盈舞蹈、浊重喘息、殷红鲜血、凄厉呐喊的地方，留下她雪夜搏击、生死别离的地方！岳母懂得，正式职工的分量有多重——拿工资，有后盾，有生存保障啊。旧社会过来的人，哪个人不盼着当一名堂堂正正的工人？身穿背带裤，说话如蹦豆，走路昂着头，那才是新中国女工的形象！来之不易啊，它镌刻着自己这些年在洪荒寂寥和酷日严寒中砥砺的轨迹——嗡嗡的机器声、汩汩的油流声、吱吱的排气声、呼呼的炉火声。亲切，悦耳，温柔。岳母还是决定放弃。

成全了丈夫，岳母放弃了个人生存的依赖和基石，放弃了正式职工的娇美颜面。那种离别和隐忍，那种煎熬与割舍，没有经历过的人无法想象。它包含着奢望、祈求，也包含着尊严。顾全大局，绝不仅仅是为了抚慰丈夫的心，消解丈夫的淤积，或许还有更加高远和灿若云锦的指向。我想，肯定是。

忍痛割爱。岳母成了地道的家属。

这不是来到边疆的真实目标啊！曾想堂堂正正做一个新时代女性的。流着眼泪，岳母不能不想起自己九岁起就给人当童养媳的凄苦和罹难。那时，精瘦的她只有背篓高，行走在川中丘陵沟沟坎坎间，打柴禾、割草、拾粪、烧火、洗衣服，还给躺在炕上的老人喂饭。一个小小的黄毛丫头，什么都不懂啊，却已经开始知道忍耐，知道承受。悄无声息地干活，在辱骂、指责和痛苦中求生，宛若大巴山下一棵即将枯萎的苦苦丁，被疾风蹂躏，被淫威肆虐，叶片在慢慢凋零。往事不堪回首。岳母说。

岳母缄口不谈童年往事。我是许多年后偶然得知的，惊诧许久。那些只有忆苦思甜大会上才能听到的奇闻，竟然就在身边。那些阴霾、哀凄、幽怨、萧瑟，就隐伏在一个少女的青春时代。悸动，惝恍，迷离。问岳母。岳母就一句话，讲那些做啥，都是旧社会，忘喽！忘喽！好奇与猜测被迅速扼杀。大巴山的解放让岳母获得了自由，经人介绍，她认识了志愿军战士王成吉。她决定忘记从前，跟这个人前往邈远的大西北，远赴闻所未闻的亘古荒原。冥冥中，她知道生存的樊篱与艰涩，也知道黎明的曙色和希冀，但她更知道不能辜负他。想到这些，岳母就释然了，开阔了，一股明晃晃的亮光在眼前闪耀。她觉得天空湛蓝湛蓝，热风变得清凉柔和，远山青黛如画，旷野洋溢着香脂气息。岳母脸颊又恢复了红苹果一样的笑容。

从此，岳母就兢兢业业生孩子。一口气生了七个。

如今很难想象，岳母是怎样在那个逼仄、低矮、拥挤、阴暗的地窝子里拉扯一群嗷嗷待哺的小家伙们的。她竟然每两年生一个孩子，一气生了十四年。岳母后来说，那个时候，灰蒙蒙的漠野上，空空荡荡，只有几户人家，女人们也大都是家属和被精减下来的女工，开荒不行，种地栽树也不行，没有水呀，吃的水都不够，哪里能开垦荒地？女人们就比着生孩子，彼此彼此，心照不宣。你生一个，我也生一个，哪里晓得计划，哪里晓得避孕。岳母爽朗风趣，笑声在灿黄的背景里飘荡，冉冉上升。诙谐地说过去，像说别人的事。你们看，桂荣家七个，金凤家七个，海湖家六个，桂兰家七个，刘大个家九个，咱家也七个，只是最小的婷婷……岳母哽咽了，声音沙哑而厚浊。小婷婷九个月时得了重感冒，高烧四十度不退，黑灯瞎火，哪里有车啊，急得我抱着孩子跺脚，打转转，疯了一样跑到公路上，搭车——没有车，哪里搭得上？只好沿着公路往三十公里外的医院跑，顾不上了……跑啊，哭啊，跑啊，哭啊……一点不晓得害怕，跑了一个多小时，终于碰到一个好心司机师傅停车，拉上了我们。那是一辆到和什托洛盖的拉煤车，司机河南口音，拉上我们母女就朝独山子开，到医院后，值班医生是被叫醒的。——小婷婷烧成了肺炎，耽误了，没有抢救过来，才九个月呀……岳母眼泪簌簌往下掉，哭得一塌糊涂。我听得惊悚，战栗，瑟瑟发抖，心口堵了许多天。

妻子抽泣着说，小婷婷太可爱了，一逗她，就笑个不停，咯咯咯，满屋子都是她的笑声。岳母说，那年夏天奇热，没有下过一场雨，热浪蒸腾，戈壁滩上的石头都被晒出了裂痕，"啪，啪，啪"，爆裂声像鞭炮一样，此起彼伏，怎么也忘不掉。

遥想当年，邈远荒寂的旷野上，伫立着一座小小的输油泵站，它是为了原油能汩汩流淌而建的，它就是命脉的支点，必须有人蹲守、打理和付出。这样一想，茅塞顿开。那个年代，幽闭、贫瘠，但石油人脚踏荒原，战天斗地，拼命也要拿下大油田的指向和气势是清晰的，明亮的。他们大干、苦干、实干、拼命干。一边是抢夺石油大会战——尘土、撬杠、管钳、铁锤、扳手、麻绳，黑乎乎、油腻腻、脏兮兮，钢铁摩擦声，工人呐喊声，北风呼啸声；一边是蹲伏在地窖里过日子——灰暗、土腥、狭窄、拥挤，玉米面、白菜帮、咸菜条，土灶、火墙、煤烟、干柴垛，但心态依然乐观，生活有滋有味。白天玩命生产，苦干加巧干，夜晚累了，困了，乏了，钻进低矮的地窝子，吃完饭体力就又恢复了。无事可做，就睡觉，就造人。毕竟年轻啊，一睡就睡出一群孩子，让自己的生活平添了另一种欢悦。做爱，生孩子，是那个年代荒野石油泵站人生活的真实写照，也是那个年代中国许多家庭生活的真实写照。

从职工蜕变为家属，岳母似乎并无多少抱怨，死心塌地经营小日子。三十年后，改革开放，工作难找了，学历至上了，大学生茫然了。鼓励自主择业，自主创业，还要求爷爷告奶奶托关系找门路，想进央企国企宛如登天。岳母她们那一帮老阿姨们恍然大悟，猛然警醒——原来，我们有过那么好的工作和生活来源，就轻易放弃了，伤感，悲悯，懊悔。于是有人上访，要求给一个合理说法，要求解决当下生活困难，恢复工人身份。有人怂恿岳母也去，说人多势众。岳母很清醒，不去。岳母说，都下来那么多年了，当初也是自愿的，人不能太私欲。

岳母居然说出了私欲。我惊讶。岳母说，是啊，谁会想到几十年后中国发展得这么好、这么快，工资涨得这么高，但既然那时听了组织的话，下来了，也没有人绑住你的手脚，自己下来的，就要适应现在的变化。岳母没有被说服，她稳稳坐在小板凳上，手里正忙着剥蚕豆。一个一个剥，不慌不乱，剥完蚕豆又开始刮鱼鳞。怂恿者没趣，只好悻悻告退。岳母想的是，周末让孩子们回来吃蚕豆炖棒骨、红烧鲤鱼和四喜丸子。

数年后，岳母她们这批被精简的石油女工还是被重新定名了，叫退岗职工家属，给她们开始发少量生活费，每月都发，几百元。岳母把洗肉的手在围裙上蹭蹭，泪眼蒙胧说，这么多年没干活，还发生活费，不好意思的。岳母的话，没有一点做作和虚伪，表情凸显的是愧疚，语气透溢的是感恩。岳母从不昧良心说话。

五

承担起所有家务，全家九口人的吃喝拉撒睡。岳母默默地干，井井有条。做衣、洗衣、打柴、挑水、养鸡、做饭、带孩子，忙里忙外。关键是，还参加家属队组织的生产劳动。打土块、盖房子、挖防空洞和开荒种地。当年岳父工作变动快，长输管道新建扩建，岳父经验老到，曾是骨干和标杆班长，就被一个泵站又一个泵站地调动。提拔干部后，他带领一帮小青工穿行于储油罐、机泵房、锅炉房中间，沉降罐、缓冲罐、脱水器，如知识储备库一般，流程缛节和地下管网全在他的脑海掌控中。

于是搬家，奔波。尾随成了岳母的常态。从一个戈壁输油泵站，到另一个沙漠输油泵站，然后又到另一个荒野输油泵站，距离城市越来越远。浩渺，寂寞，阒静，艰涩。那时口号是：石油工人一声吼，地球也要抖三抖。石油人驻守荒原、大漠、沟壑是一种必需，也成为一种象征。因为石油就埋藏在这种地貌之下，你必须接受。岳父、岳母只是石油人肌体中的一个普通细胞，庸常、渺小，但他们蹲伏在亘古荒野上，一蹲就是二三十年，磕磕绊绊，跌跌撞撞，朝朝暮暮。直至我又加入其中。

我目睹亲历了那个时代的苦涩和意趣。认识岳母是一九七五年。岳母家住沙漠与荒野交错的四泵站，那泵站同时又是一个农场。

岳母也在农场下地劳动。她们一群阿姨家属叽叽喳喳的，是农场最能干活、最热闹，也最放荡不羁的群体。我亲眼看见她们一群阿姨大妈拽住一个男人的四肢，五马分尸般做蹾屁股游戏（俗话"蹾沟子"），那男人被弄到一块石子地，上下起伏蹾屁股，一次又一次，蹾了十多次，蹾得那男子嗷嗷直叫，连连求饶。据说那男子说了一句调戏妇女的粗野话。一大妈说，服不服，不服现在就扒你裤子。哈哈，看谁更粗野。

西瓜熟了，空气中漫溢着沁人肺腑的浓香。农场瓜果远近闻名，百公里外的单位都会慕名来拉瓜，指定我们农场。晚夏到来，叠叠绿浪，葱葱绿荫，瓜秧拱翠，枝叶攀附。我忙得屁颠屁颠。动不动有人喊：拉瓜车来了、拉瓜车来了！于是就提着裤子跑，随叫随到。跟曹培恒副队长，卖力地装瓜、扛麻袋、过秤，然后再扛到大卡车上。那时都是五吨的解放或嘎斯大卡车，我一个人装车，累得哈哧哈哧大汗淋漓。五十公斤的麻袋包，捏着两角，一使劲，就扛在肩头，一步一步背到汽车厢板上，一包接一包，一天能装几车。不仅能干，我还能估算出各种麻袋里西瓜的重量，精准到让购买者和目睹者惊讶，啧啧称奇，我沾沾自喜很久。

一天，我和曹培恒连续装了六七车，他被累得倒地不再起来，而我年轻，只得继续硬撑着独自装车。扛麻袋、过秤，用铁丝或麻绳扎口，背着往车上走，慢慢就吃不消了，双腿颤颤巍巍抖动，几乎要摔倒。这时，背后有人帮了我，那人扶着麻袋，陪我行走、装车、摆放。立刻，我有一种被拯救的温暖感觉。转身凝望，记住了那人的模样。那是一位家属大妈。

你猜对了。那大妈许多年后成了我岳母。岳母从来就是一位心地善良、乐于助人的好大妈。以至于推衍到当下——她已八十四岁了，还会舍己救人，肯定不是刻意作秀。岳母，骨子里就藏匿着一种给予的内力，一种鼎力相助的笃厚，一种与生俱来的淳朴。

那家属大妈容貌整丽，结实，操一口四川口音，挽着衣袖，帮我装袋、背扛、过秤，力大无比。我感激又敬畏。大妈的行为，让我潜心铭记四十年。遥想当年，岳母已经四十岁，干活却利索、泼辣，虽然已是生过七个孩子的母亲，可她热心、温良、爽朗、爱意浓厚，宁肯自己吃苦，也会伸手帮扶别人。岳母后来说，看你一个小伙子干得气喘吁吁的，我心疼呐。

天空湛蓝，骄阳刺目。装完车，岳母就向大沙梁东面的西瓜地走去。她深一脚浅一脚踩在田埂上，身姿灵动，廓影婆娑，在黄褐色的沙丘映衬下，愈发显得娉婷娇艳，百媚丛生。远望，我享受着那个洗亮的时刻，心中升起一股缠绵柔曼之情。田埂窄窄的，细细的，她走着，还不时伸出胳膊，掌握平衡，宛若一位激情四溅的少女，清丽，通透。双腿步履倒得很快，小碎步，须臾间她就消失在沙梁深处。

六

数年之后，我与妻子开始悄悄恋爱。

　　在苍灰的戈壁滩漫步，迎着旷野微风，踏着散乱的砾石，偶有低矮的盐爪爪、丝叶芥和骆驼刺掠过，气味撩人。月夜静美，星空如洗，内心甜美如蜜。很快，我就大着胆子走进未婚妻家中，当第一眼见到岳母。愕然，愣怔，蒙了。呆呆的，半天没有回过神来。喜悦与亢奋交织，记忆与过往迸发。瞬间，周身暖流嗞嗞作响，如汹涌的狂涛。

　　我知道。我太幸运了。

　　幸运不是挂在嘴边的饰物。它是细密柔和的流苏，是穿梭于血管中的清逸，丝丝缕缕，汩汩流淌，永不停歇。自从我踏入未婚妻家门的那刻起，似乎就被这种暖流包裹着，溺爱着，只要有好吃的，一定最先想到我，最先犒劳我。那时，未婚妻在距离我百公里外的大沙河石油会战新区上班，每月倒休，才能回一趟家，小见一面，忙了还回不来。但我却与岳母家同在一地，虽然也是远离市区的荒郊，但总有一股温馨让我缱绻快慰。未来岳母家近在咫尺，我心无旁骛。

　　周六（那时没有双休日），夕阳慢慢下滑，云朵渐变成橘红、酱红，浓郁的红光穿透玻璃窗，抚弄着我的脸颊，铺洒在我手握排笔的展板上，与水粉颜料重叠，与耀眼的彤红重叠，这时，室外玻璃窗上就会露出一个小男孩的脑袋，黝黑黝黑，轮廓线清晰，逆光下宛若涂了一层熠熠的金边。我知道，他是找我的。小脑袋背后，潜藏着一股浸润心田的煦暖和隐秘——小脑袋就是我未婚妻的弟弟们。

　　由于小脑袋时常交替变化，搞得同事们诧异又一头雾水。他们说，喂喂喂，怎么回事、怎么回事？我傻笑。其实未婚妻有四个弟弟，个头都差不多高，最小的只有八九岁。于是小脑袋们就成了同事羡慕和调侃的焦点。同事民子、少华、萍萍、晋新均是我的同龄年轻人，小脑袋的缓缓升起，成了一个笑谈，一桩喜事，一抹婉丽。这些小脑袋总是趴在窗台上，从未进过我办公室，也从未说过一句话。他们用眼睛死死盯着我，如盯一块丑石，抑或盯一只荒原狼。不过，他们看见我发现他们后，就满意地转身跑了。欢快地扭动着身体，似完成了一项重要使命。

成了习惯。每到周六下午，民子与萍萍就会神秘兮兮地说：大海，小脑袋，小脑袋来了！我下意识地看窗户，看完即刻后悔。因为那里一片空白，我知道上当了。民子与萍萍哈哈大笑。笑完她们说：太嫉妒你了，怎么就找了这么一个好丈母娘。她们竟然提前喊出我的丈母娘了，感觉诡异又乖张。脸红。但我不能反驳。同事们知道，我未婚妻并不在家，她在参加石油大会战，不能每周回家。未婚妻在前线吃风吃土吃沙，我在她家吃肉吃鱼吃虾。于心不忍。帐篷、浮土、暴晒、干渴，一度把未婚妻涂染成了黑人，黝黑黝黑。一次回家，她站在我面前，浑身散发着污油与土腥的混合气味，我惶悚和心痛。那年，在荒原浴火的淬炼中，未婚妻当选为新长征突击手。我欣慰和骄傲。

摊上一个善良、淳朴的丈母娘。这是真的。太阳西坠，四野一片金红，小脑袋就从后窗升了起来，缓缓的，如一块黧黑的小石头。他们是我未来的小舅子，是岳母遣来的友好信使。同事民子说，你到底几个小舅子，怎么看着看着就又换了一个，我晕。我咧咧嘴还是傻笑。感觉羞于享用小灶了。那时大食堂伙食天天水煮白菜、土豆丝，所谓肉菜也不过三两块碎肉。小灶让我不仁、不义、不地道。

未来岳母把肉和大米存储到周六这天，加工制作成好吃的菜肴和饭食，然后就让四个儿子轮流喊我过去吃饭。忐忑不安又涟漪轻荡。不好意思同事们眼巴巴望着；我假惺惺又忸怩作态地离去，然后坐在小板凳上狼吞虎咽。每次我客套地喊他们，他们都摆摆手，仿佛一点不在意，但他们却缜密如克格勃般偷窥到了小脑袋的差异细节，骨子里不爽。

我精瘦，胃口却奇好。不进门，岳母全家都不上桌，摆上筷子，静静地等待，包括年龄最小的林林。他望着餐桌上的红烧肉，馋得直流口水，情绪于是就很糟糕，噘嘴藏到里屋墙角，以此抗议，怒目冷对我的特权。在他混沌模糊的意识里，我是一个与这家毫不相干的外人，我却总来与他争夺美食，极其猥琐与可耻。多年后，我还能忆起小林林赌气绝食的样子。说起那事，全家人欢悦无比。

岳母做饭手艺闻名。那时家家户户安装小喇叭，有一句名言叫：嗒嘀嗒，嗒嘀嗒，嗒嘀嗒哒哒——小喇叭开始广播了！一次，我与同事少华、晋新挨家挨户安装小喇叭，当安装到岳母家附近时，正巧赶上中午下班，我就带俩同事去岳母家蹭饭。岳母诚惶诚恐又忙中有序地快速端出了辣子炒鸡块、梅菜扣肉和红烧排骨，吃得少华、晋新大汗淋漓，话都顾不上说。后来我们四散开去，调到了不同的单位和地方，不再是同事，我也早已忘却此事，但一次老友聚会上，少华与晋新却说出了那个中午，那顿美餐。记忆犹新。他俩甚至能说出菜名，连连称赞我岳母厨艺好，水平高，香味浸润他们大脑皮层与肌理，多年不散。

岳母端上菜后，站在旁边看我们吃，还搓着双手，用四川话说：莫有啥吃的，莫有啥吃的！以至于后来几十年，我形成条件反射，只要在岳母家吃饭，就会想起岳母这句话。不论如何丰盛，只要菜肴摆满一大桌，岳母肯定会说这句话。我铁定牢记着。岳母每每要张嘴说话，我就开玩笑说：莫有啥吃的，莫有啥吃的！岳母定会溺爱地用筷子抽我，朗笑。

离不开岳母的饭食了，不管妻子在与不在，我都厚着脸皮去蹭饭，一蹭就是四十多年。我有一个喜爱女婿的丈母娘，有一个皇宫御厨一样的丈母娘，有一个疼爱子女有加的丈母娘。我养成了好吃懒做的恶习，只管吃，只要会吃。不用买菜、买肉，不问岳母是如何在几天前就忙着去肉菜市场挑拣，然后摘、洗、切、剁、煮、炖、炒、炸、焖。天不亮她就在厨房忙碌，也不喊别人帮忙。她说：你们忙，你们把工作干好，我是你们的后盾。妻子终于发话了，厉声说：你只会大腿翘二腿吃吗？怎么一点眼色也没有？不能动手端碗、收筷子盘子吗？洗碗去！妻子忍无可忍。我猛然醒悟：我不是客人，应该主动洗碗。岳母往往会把我推开说：坐着、坐着，这些小事我来干！岳母宁愿自己吃苦，也要让别人安逸、舒适。

不是铁打的。几十年操劳，日复一日，年复一年。她曾经姣好丰腴的体态消瘦了，曾经弹性柔润的皮肤布满皱褶，脸上也留下了岁月侵蚀的斑驳痕迹，原本就娇小的川妹子，似乎又矮了一截。再后来，腿就使不上力气了，一颠一跛，走路吃力，还稍稍有点摇摆。她一摇一摆地去菜市场、肉市场转悠。稔熟每日鲜肉、鲜鱼、鲜蛋、鲜豆腐、鲜奶的价格，与四五家卖肉摊主混个朋友，见面不仅打招呼，还给她留排骨、棒骨、五花肉、精瘦肉和猪尾巴，且价格市场最低。摊主们已习惯岳母在那个光景准时拿走她之所需。岳母缓慢地走，红阳硕大，背影一起一伏，满头白发在逆光中闪闪烁烁，有一种渐行渐远的消隐，悲凉而凄楚。岳母已经是进入暮年的老太太了。

岳母不仅为我们，更在精心呵护常年与病魔搏斗的岳父。晚年岳父已没有了曾经的阳刚和威猛，病恹恹的，身体退化与透支严重，是邻里间有名的老病号。

岳父能从一次次病魔的阴影中遁脱，功劳来自岳母精心伺候。

七

岳母躺在病床上已经整整七天，困兽一般。

岳母被确诊为右股骨颈骨折，骨裂隙影清晰。没法活动。躺着，右腿明显短一截，瘦弱、干瘪，面颊扭曲，嘴角凹陷还不停地翕动，有时发出轻微的呻吟，凌乱得一塌糊涂。她一点不像英雄。

其实像不像英雄都无所谓了。

岳母煎熬着。原因是小长假三日，大夫休息，没法做手术。大手术，必须等。接诊大夫说：不可能自然长好，只能等待换右股骨颈，不然要瘫痪。患者年纪大，血压高，危险大，要等消肿，手术能否成功，不敢保证，等吧！盯着大夫，我们木呆着，无语。

护士忙忙碌碌，白色身影晃来晃去。量血压、换尿不湿、缠绷带，如护花使者。她们说：听说老太太是救人摔的？厉害，太不可思议了。八十多岁老人，救一个四五十岁的大汉，奇迹呀，英雄一样！我顿时被击倒，热泪盈眶。

没啥说的了，只能选择等待。

目击者说，一个高个男人，醉汉一样，身体趔趔趄趄、歪歪斜斜，马上就要摔倒……这时老太太正巧在对面，五六米远。老太太先是一愣，然后就喊"哎、哎哟……"边喊就边冲了上去。目击者又说，老太太冲上去抓住大汉的身体，那汉子醉鬼一样倾斜、失控，继续倒……老太太使劲扶、顶，还是支撑不住。大汉树桩一样，重重压在老太太身上……大汉没事了，老太太怎么也站不起来。

那个瞬间，四野清亮，英雄凝固了。

那是一条通往小区外的人行道，铺着坚硬的灰色地砖。凉亭下一群老头老太太在打扑克。他们目睹了岳母救汉的全过程。清晰，惊心动魄，全是目击证人。

妻子从北京赶回新疆，泪眼迷蒙，愁容满面。我们都心情沮丧。悸动，凋败，郁闷，彻骨疼痛。异口同声说：同意手术方案——换金属股骨颈。必须让老太太重新站起来，与先前一样。不能让她在轮椅上度过余生。

岳母终于被推进手术室。她却忽然惶恐、焦虑起来。血压不稳，节节攀升，收缩压 208，舒张压 120。大夫慌了，不敢再做手术，出来说：血压这么高，怎么做？出问题就是大问题。

又被推了出来。医生护士们表情严肃。瘦高女护士说，过来帮忙，推回病房。我们傻眼了，半天才反应过来，脚步纷乱地推床。

沉默。每个人手心都捏一把汗。

一个多么普通老太太啊，她救人，那一瞬间忘我、果断、勇敢。可她却害怕手术，一如小姑娘害怕毛毛虫，害怕蟑螂，害怕叮叮咚咚的金属器械碰撞声和杂乱密集的吊瓶与管子。岳母还原成了一个凡人，一个庸常人。

不怕，不怕，咱不怕，手术会成功的。我们说。一流专家，精美的人造钛合金股骨，多少人换过后，都正常了，走路，遛弯，打牌，买菜，样样行。岳母时而乖巧听话，时而龇牙咧嘴。数日后，血压下降，每次测量，均无升高迹象。终于等到二次进手术室。整整七个小时后，护士终于出来喊家属了。

岳母一动不动，面如土色，毫无表情。甬道漫长，床边悬挂着输液袋、氧气袋。万向轮锈蚀，发出吱扭吱扭的尖叫声，刺耳无比。换吊瓶、插输液管，观察监视屏，心律、血压、血氧等等。护士交代，不垫枕头，平躺六小时，不吃不喝不动。我们频频点头，默记着。屏幕上的红线、黄线在波动、闪烁，嘀嘀嘟嘟嗒嗒，瘆人。

岳母愈发苍老了，孱弱的身躯又小了一圈，显得那么渺小，卑微。一个瘦小老妪，怎么会舍己救人？我又想。可她却偏偏爆发了，冲锋了……那一瞬间，她勇猛、纯粹、高大。正是那一瞬间，反射了她一生的为人与品格，凝聚了她一生的善良和淳朴。灵魂婉丽丰艳，思想高邈华美。

一场舍己救人的短剧谢幕了，没有人头攒动的返场，没有鲜花掌声的祝福，甚至没有见过被救大汉亲属的影子，更没有歉疚和感恩，仿佛岳母救人是活该，是自作自受，是自讨没趣。

愤愤不平。我们委屈，坍塌，崩溃，四目喷火。

出院结算，花费十多万元。一场英勇又委屈的营救啊。凉亭下打牌的目击者为岳母鸣不平，大呼良心何在？有传言说，那家人是想让那个汉子摔死，说那大汉现在也木讷了，还是管闲事者造成的后遗症。——呜呼，竟有如此卑鄙的不要脸者。摩拳擦掌，我们要找那家人算账。

面色苍白的岳母摆摆手，有气无力说，算喽、算喽，放人一马天地宽。说完，岳母轻轻闭上眼睛。盯着岳母，双眼潮湿，一股液体慢慢溢出……

岳母救人换来的是右腿股骨颈的失守，以及未来日子的荆棘丛生。八十四岁的老人，经过一场大折腾，幸福指数还会好吗？！落日缓缓下坠，晚霞火红。岳母似乎并不计较这啼笑皆非的结局。她看着远方，目光沉静、恬淡，漫溢着一种和善、高贵和从容。星空如洗，天地硕大。

儿女们给岳母买了轮椅和四腿拐，联系了康复中心，期待出院后她能够支撑起双腿，重新站立，就如挺拔傲立的青松一样。

　　风轻云淡，旷野明净，青山迤逦。摧枯拉朽的风吹走了迷雾与混浊，大地一片清浴。那个惊艳一瞬间，愈发显得煌煌荧荧，熠熠闪亮。

　　岳母自如地迈动脚步，宛如回到了从前。

◎李显坤

　　1964 年 10 月生，山东莱阳人。克拉玛依市政协第六届委员会常务委员，第七届、第八届、第九届委员会委员。曾任克拉玛依市文联主席，克拉玛依市政协副秘书长、办公室主任。现任独山子区人大常委会党组书记、副主任。

散文两则

李显坤

鸟鸣心意动

我喜欢鸟鸣，万千的鸟儿之鸣宛若天籁，一咏三叹，曲调悠长，是一种纯净的音乐，能够打动人们的心灵。

——题记

百灵飞且鸣

我国笼养鸟有四大名角，在鸟友圈子里犹如"四大名旦"般名气隆盛，更为相似的是，这也是四大鸣鸟。备受喜爱的百灵鸟居其一，更被誉为"笼养鸟之王"。

这种喜爱，首先体现在鸣叫方面，百灵鸟可谓首屈一指。这种羽色朴素的小型鸣禽音域宽广，音韵婉转，还有着高超的后天学习所得的啸鸣本领，堪称动物界的语言天才，所学的叫声，简直惟妙惟肖。在轻易模仿画眉、麻雀、燕子、黄莺等鸟儿的鸣叫声之外，甚至模仿起猫、狗、母鸡、鸭子的声音也几可乱真，当学起了婴儿的啼哭声，更是令闻者惊心。

当然，自由生长的鸟儿，才能更加丰富大自然。因为叫声绝美，便被圈禁了自由，不能不说是这些鸟儿的一种悲哀。

百灵鸟不是确指，而是一个总称，这类鸟儿品种多样、外表各异。一般与麻雀的体型、体色和外貌特征较相似，不过体量要大上四倍多。

在我国，这类鸟儿主要分布于内蒙古、河北和青海，栖息于干旱山地、荒漠、草地或岩石上。

汪曾祺就说过，坝上出百灵。而且他发现鸟也是有乡音的，"塞外百灵到了关里得经过一段时间的调教，否则它叫起来带有塞外的口音。"

因而早前南方鸟友很少养百灵鸟。南方鸟市的百灵鸟，也多来自内蒙古、河北地区。可惜这两地的百灵鸟，远没有新疆地区的百灵鸟叫口多。

新疆人能歌善舞，新疆的百灵似也沾了这种灵气。新疆的百灵鸟种类也多，常见的有二斑百灵、草原百灵、大短趾百灵、亚洲短趾百灵、凤头百灵、角百灵、云雀。黑百灵纯是新疆特有的鸟种，只是神龙见首不见尾，非机缘难得一见。一位朋友是鸟类摄影爱好者，辛苦追踪五年多，才在阿拉山温泉的山间，拍到了几张清晰的照片。

多数百灵鸟飞姿优美，多边飞边鸣，还能且歌且舞，这在鸟类世界里，真可算得是一种独特的小精灵了。由于飞得很高，往往让人只闻其声，不见其影。"小百灵"也成为了声音甜美好听的代名词。

每当到了花开季节，也就到了百灵鸣唱的季节。只是城市的外延在不断扩大，越来越多的人远离了草原森林，也就远离了鸟儿的叫声。日常能在城市里听到的鸟鸣，总是零碎不完整的。

"你从大地一跃而起，

往上飞翔又飞翔，

犹如一团火云，在蓝天

平展着你的翅膀，

你不歇地边唱边飞，边飞边唱。"

云没有故乡，云雀却有。这是雪莱笔下的云雀，这种百灵鸟就是以如此优美的飞行姿态和自由天性，从而让大多数鸟类羡慕，足可称之为"百鸟无一"之美。

而梁实秋曾说过，这都是诗人自我的幻想，与鸟何干？想来也是，鸟儿的真正快乐岂是人所能够完全感知和准确传递的。

独山子时常可见百灵鸟。我经常能够见到百灵鸟在地面上行走。夏天，烈日炎炎，地面上高温蒸腾，百灵鸟也能自由自在地生活。冬天，漫天大雪后，百灵鸟穿梭在裸露的地面与街边花园的灌木丛之间觅食。我曾在一片沙地上，见到一只百灵鸟蹭来蹭去，原来是为了保持体温而刻意所做的动作，这样既能够防暑降温，又同时梳洗了羽毛，真是个爱干净的小生灵。

生存环境和独特的适应性，使得百灵鸟对食物的要求并不高，荤素不忌。通常春天里就吃一些幼嫩的小草芽和昆虫。夏秋时，则主要捕捉昆虫。到了冬天，只吃一些草籽和谷类充饥。有一次，在办公楼的后面，我意外地看到，一只百灵鸟的嘴里，竟然叼着一只虫子，冰天雪地的，这是在哪儿捉出来的呢？百灵鸟不会破坏农作物，在这点上绝对是坦坦荡荡。夏季来临之时，也正是抚育幼鸟之时，百灵鸟的喂养之物，是捕捉来的大量的虫子，如此不难定义，完全是不可或缺的益鸟。

去年夏天，在独山子中沟，我见到了一只小沙百灵，第一眼如不是它的身量，我还以为是只山麻雀呢。让我辨识出其真身的，是那声色委婉动听的叫声。小沙百灵尤其擅长于学习许多鸟类和小动物们的声音，叫声响亮且时间长久，一冲而飞可直抵云霄。而我举目远望，久久站立，只想与小沙百灵一起听风。

凤头百灵真叫人喜欢，每回见到凤头百灵，我都如见到了凤尾蝴蝶似的，有一种莫名的亲近感。这种鸟儿身具褐色纵纹，冠羽长而窄。上体及翅覆羽沙褐色，具黑褐色轴纹，后头有一簇细长并几呈黑色羽毛构成羽冠，下体棕白，喉侧和胸部密布黑褐色条斑。鸣声较云雀的鸣声慢、短而清晰。

在阿勒泰草原我发现，角百灵飞行时的叫声，音高里透着忧郁。

陪同的老任也喜欢鸟儿，给我指认了角百灵。还神秘地告诉我，角百灵不但会把鸟巢搭建在大草原上，而且还会有意选择在牧民的毡房附近抑或是人们经常来去的路旁。知道为什么吗？

还未及揭示答案，老任这时被人叫走了。

在乌尔禾，早年我交结了一位同龄的蒙古族朋友巴图，小时随家在白杨河上游放牧。从阿勒泰回来后，在乌尔禾恰巧见到了巴图，他告诉我，牧民懂得人与自然和谐共生的道理，有着朴素的生态保护思想，且有一种信仰，不会损毁任何鸟巢，也不会轻易伤及鸟巢里的鸟卵或雏鸟。狐狸、黄鼠狼、鹰隼等，才是鸟儿的天敌。故而能够与这些角百灵共同拥有一片草原，这样的历史，足有上千年了。而聪明的角百灵，之所以有意把鸟巢搭建在了人们居所的附近，就是利用了那些天敌因畏惧人类，才不敢轻易靠近鸟巢，从而使鸟卵和雏鸟得到了很好的保护。

巴图为此还自豪地说：记得小时候，我和小伙伴们总把搭建在自家毡房附近的角百灵鸟巢叫作"我们家的鸟巢"。因此鸟巢里的大小鸟儿，自然也顺理成章地都成了"我们家的鸟儿"。

新疆的大地广袤雄浑，在有草原河流村庄田畴的地方，时常能见到些耳熟能详的鸟，除了成群结队的麻雀外，恐怕就是凤头百灵了。

数年前，与几位朋友在魔鬼城的荒原上捡彩石，走到一处长满了芦苇的小沙湖边，听到鸟儿齐鸣，真是戈壁的天籁之音。有一只鸟儿从湖中飞出，落在离我不远的一棵梭梭旁的石头上，我才看清，竟是一只凤头百灵。过了片刻，又飞来一只，两只鸟儿就相伴在戈壁上演奏起了连音乐家都难以谱成的美妙乐曲，这就是凤头百灵高唱的情歌吗？

多年来一直相信，我是真切地听过夜莺的叫声的，可是却从来没有见过这个小精灵。

早年我在部队的哨所，夏日黄昏后会走进转山的一片林子里，有时会待到天完全黑透了，顺带看看皓月当空，满天星斗闪烁。这是片野生林，有些树木我还叫不上名，到了那里我就背靠着一棵大树坐下来，背部能感觉到太阳的余温。虽是百啭无人能解，我也会静静地倾听各种鸟儿的鸣唱，想着自己的未来。哪个人年轻的时候，没有满脑子的幻想呢？那时我就相信，这片林子里有夜莺，夜莺一定在欢快地鸣唱。

那时听过一句话，梦见百灵鸟，预示着很快会成功。在幻想的年龄里，这句话极有诱惑力，听着夜莺歌唱的时候，我也格外留意百灵的欢唱。

凭借着零碎的知识，我竟对夜莺和百灵做起了比较。这两种擅歌，且歌声美妙动听的鸟儿的羽色虽相近，但在择时而歌，适性而唱方面，二者却自有独特的时差和个性。一个给深沉的夜平添韵味，转而温馨相送夜晚，一个给朦胧的晨带来情致，欢欣迎来崭新清晨。

"百灵鸟从蓝天飞过，我爱你，中国……"优美舒畅的旋律，恢宏而壮丽，这应该是我四十年前就听过的，能给人以辽阔旷远的想象。去年国庆期间机关举行歌咏比赛，我们这队选唱了两支歌曲，其中就有这首《我爱你，中国》。原来，因为这首歌，百灵鸟早就深入我的内心了。

今天中午走过一棵高大的榆树，上面有很多麻雀在叽叽喳喳叫得欢实，突然传来了几声清脆悠扬的鸟鸣，抬眼望去，一只稍大的鸟儿轻盈地在树枝间穿梭，宛如一位优雅的舞者，我想，声音不像是雌乌鸫的，或许是只百灵了。我旋即又摇了摇头，默默走远，因为百灵并不在树上栖息。

戴胜堪听

相对而言，八月间是独山子的一个"鸟荒"阶段，这时大批迁徙的鸟群尚未来，本地繁殖的鸟儿因酷热又离开了不少。

在独山子，清明来几日，戴胜已堪听。春季里在草地上、树林间，甚至野地里，便可经常见到戴胜了。此后，似是自己没再多留心，几乎没有见到的印象，八月的一天在街边林带里不意又见到了，恰如旧友重逢。而这种美丽的、喜欢单独活动的鸟儿，独山子的很多人却并不熟悉。与我一同在街边花园林子里散步的同事便问道：这是杜鹃吗？

而在克拉玛依世纪公园，有一位朋友则是认做了啄木鸟。难怪呢，这两种鸟儿在科目分类上是同门不同属。只是戴胜的喙更长、更柔弱，虽不能啄木，但刨起地来找虫子吃则是极其灵活的。

我见到的这只戴胜，与我静静地对视着，头上的冠羽也轻松地收拢在了一起。因为很是好奇，我一度格外关注这种鸟儿的叫声，当然不及百灵、画眉的婉转动听，那叫声却是独特而极具个性的，三声一度，由高而低且极快。叫的过程中的动作也很独特，冠羽同时耸了起来，引颈鼓喉，频频点头。

这种鸟儿在戈壁地里也极好辨认，那斑斓的羽衣，高耸的羽冠，纤巧的体态，以及飞行时如蝴蝶一般的轻盈袅娜，都能给人以美的享受。唐代贾岛诗赞："星点花冠道士衣，紫阳宫女化身飞。"

不似鹡鸰，戴胜的名字里不带"鸟"的偏旁，其实这在鸟儿的命名里也不少见。有道是"东飞伯劳西飞燕，黄姑织女时相见"，劳燕分飞，这俩鸟儿也都不带。

戴胜，"头有冠，五色如方胜"。但戴胜二字之意，对有些人来说，的确有些生僻。戴字还好理解，戴帽子嘛。胜，说的是方胜，这是古代的一种首饰，两方块儿头饰，花里胡哨的，现代许多人一般都没有形象的概念。

《山海经》中数次提到西王母："西王母其状如人，豹尾虎齿而善啸，逢发、戴胜。"西王母每次出场，总是戴着胜，久而久之，"戴胜"就成了西王母的标志。

可见戴胜鸟的得名，源自古人丰富的想象力。

名之戴胜，简直再恰当不过，这鸟儿的头枕部长有棕栗色、黑白边的数十根长羽毛，平时收拢的状态就已经很像佩戴了美丽的头饰，而一旦遇到紧张、兴奋或求偶的情形时，毛冠则立即齐刷刷展开如扇，更像佩戴了极为华丽的头饰一般。

春季一到，戴胜便出现在了北方，冬季来临时，则会迁徙到热带地区，这自然与春天挂上了钩。故读古诗时，多见"戴胜降时桑叶青，梨花开处近清明"这般句子。谷雨节气有三候：第三候为戴胜降于桑。"雨生百谷"，谷雨后天气回暖、降水量增多，最适合作物的生长。在政治经济文化以北方为中心的农耕时代里，戴胜因之成为了"报春鸟"。贾岛说它"能传上界春消息，若到蓬山莫放归"，其同代诗人王建欣赏的则是它"知天时"。又因谷雨节气时，戴胜常穿梭或歇息于桑林间，看到戴胜，被提醒的人们即知又到一年采桑养蚕时，戴胜又获得了"织鸟"的美称。

更为有趣的是，因为戴胜戴冠披锦，样貌太过雍容华贵，竟然给了织者以压力。明代诗人李东阳有《戴胜》一诗："园中少妇把桑归，掩袖低眉半落晖。羞见山禽头似锦，茧丝缲尽不成衣。"

而戴胜为了生计，哪里顾得上理会这些，大部分时间里，都在地面上忙着寻找蛴螬、昆虫，以及小型脊椎动物。初夏，我在独山子南沟用手机拍到了一只戴胜，嘴里叼有一物，正在得意地左顾右盼。回来后放大了再看这些照片，那只戴胜嘴里叼着的竟然是一只蜥蜴。当然，戴胜也知荤素搭配，不时也会以植物种子和浆果为食物补充的。

任谁都不否认戴胜是美丽的，可有时名声却不怎么好。

在古代的民间传说里，有一个好吃懒做的少妇，每天不愿干洗衣扫地、做饭刷锅这样的粗重家务活，却梳洗打扮得花枝招展，后丈夫长时间出门在外，因无人做饭竟饿死了，死后变成了一只戴胜鸟儿。可都变成鸟儿了，而她依然懒劲十足，巢内堆积了粪便也不清理，以致臭气冲天，人们因此都叫她"臭姑鸪"。

其实，戴胜只在育雏期间才这样。那段时间，老鸟幼雏均将秽物堆积在了巢内，再加上雌鸟尾脂腺分泌一种油性恶臭液体，弄得四周都臭烘烘的，以至这种鸟儿住过的树洞，别的鸟儿短期内都不愿再光顾。或许，这还是戴胜生存的一种智慧呢！

戴胜与人的关系，却是极为密切的。"紫冠采采褐羽斑"，不只是在我国的诗词里，戴胜在其生活的大部分地区，都产生了一定的文化影响。

那年去三星堆，见二号坑出土了许多铜鸟，有一只铜鸟的头部有装饰华丽的羽冠，向外突起的眼睛又大又圆，还格外突出了一支又长又尖的鸟喙。头、颈、身上，都分布着鳞片状的羽毛。这只鸟儿的双翅相对较小，紧贴其身，翅膀前圆后尖，专家由此认定了这是一只戴胜，从而可知戴胜在古蜀国时期，已成为了王权的象征。

与之相近的是，俄罗斯北高加索地区，戴胜是掌管春天和生育女神的使者。在波斯，戴胜被视为美德的象征。而在以色列，则被定为了国鸟。

值得一提的是，古埃及坟墓和寺庙的墙壁上，戴胜的形象有大量出现。从图像学的角度解释，戴胜每一次被用作符号代码出现，都是被男孩握在手里的，这就意味着这个男孩，是家族里的第一顺位继承人。

我常想，这个被大半个地球的文化所钟爱着的鸟儿，繁殖季里独有的那点儿味道，又算得了什么呢？

想起八月间那天，那只戴胜突然叫了几声，顿然一鸟啼鸣，群鸟呼应，林子里不再寂静，也不可能寂静了，树梢上也有风儿拂过。

鸟鸣润心

人道"山花悦目，鸟鸣润心"，此言非虚。整个春夏，每天清晨醒来，有鸟鸣相伴，有时竟感觉自己的每一个细胞都灵醒了。

人类一向以万物之灵自居。不过，人在本真的自身感受方面，大多时候，却比鸟儿差了许多灵性。

人鸟并不会心灵相通。倾心以听，鸟儿那悦耳的鸣叫，其实只是为了鸟儿自己而已，愉悦了人或烦恼了人，都只是顺带的结果。

出于天性，鸟儿会依照自己的生物钟，很准时地鸣叫。最集中的时候，总在清晨五点左右，每当这时候醒来，我确信自己是被鸟儿的鸣叫声唤醒的。叽叽喳喳……仿若仅隔一窗，咫尺之外，鸟儿们在可劲地聊天、放歌，声音弥漫了所有空间，而我竟自然地把这当成了一种愉悦。

唤我梦醒的是什么鸟儿？交响之音，一时让人弄不清，也从没有去细究，反正这些欢快精灵的家园，就在附近，掩饰不住的快乐，已从叫声中传递给我。果然，出了门，生机盎然的林梢尖，瓦蓝的天上有一片来去从容的白云。

数年前在广州。梅雨时节，一夜的雨淅淅沥沥。清晨，天微启，窗外犹自雾气蒙蒙，便听闻了脆亮的鸟鸣声，竟不带半点洇湿。睡眼朦胧间想起窗外有一棵高大的芭蕉树，硕大的叶片摇曳在微风中，想必那里一定有小鸟儿的窝巢。

鸟儿的鸣叫声高高低低，婉转清脆，明显听出来是一群鸟。两三只一同鸣叫的，似乎在寒暄，更多只一同鸣叫的，也许在辩论。间或从远处传来一种低沉悠长的鸟鸣，似是老者在言简意赅地说着语重心长的话语。

打我记事起，甚或成年后走遍大江南北，听得最多的，是清脆短促的麻雀的鸣叫。若静了心，似乎能够听出，一大早的，这是精力旺盛的麻雀在例行地向早起的人们打着招呼："早上好！"

果然，开窗便在叶片间隐隐约约看见了麻雀的身影。似乎这些小精灵从无烦恼，或在闲适地整理着羽毛，或一边发出美妙的颤音一边在枝丫间飞来跳去，时而拉开距离，时而耳鬓厮磨，有时甚而相互争斗，适时发出几声尖锐的不和谐之音。

远处人声车鸣声渐大，沉睡了一夜的城市再次苏醒，生机勃勃的一天又开始了。有鸟鸣的生活，充满着律动和生机，一切都充满了美好。

记忆中除了闹钟和人，便是鸟鸣唤人醒。在被鸟儿唤醒的清晨里，这纯天然的轻唤，想必大多数人都会喜欢。

来到一座新的城市，听到一种迥异的鸟鸣，听起来是那么的清新悦耳，便仿佛与这座城市有了一段奇遇。

仲春时节，深圳繁花盛开。虽十日未见晌晴，但雨的间隙，气温还是很高的，似乎春天与夏天一块儿来了。

几天来的闻鸟鸣而醒，终于把注意力集中在一种鸟儿身上。这种鸟儿的声音并没有"鸟语花香"中的温润，听起来有点凄厉，发出的是"喔哦"的声音，而且一声比一声高，一声比一声急，一旦开始叫，就会达到一个高潮点，才会戛然而止。但是不久后，又开始不倦地鸣叫起来，听起来像是催命符似的。问过一位当地老人，因不明白我所表达的意思，只是礼貌性地对我点了点头。查了资料，这是噪鹃，又被称为"冤魂鸟"，冷不丁地听到它的叫声，许多人会感到莫名的害怕。

更关键的是，鸟之美，不可或缺地有人的想象成分。对于人们厌烦的鸟，又何尝不是如此？绝大多数时候，噪鹃属于"只闻其声，不见其形"的鸟儿，这也增加了人们对这种声音的恐惧。我并不感到害怕，却感到了一种意趣。

回山东老家，表哥告诉我他能够辨识鸟音。在一片桃林里，众多的鸟儿齐唱，他却不慌不急地告诉我，最响亮的叫声是什么鸟发出的，那奇异的一声，是公鸟还是母鸟发出的。甚至是高歌还是低语，是逞强还是示弱，是激昂还是低沉，是感情还是叱骂，都一一道来。起初我很惊奇，过后我就释然了。若喜欢就会去观察，久而久之，也就能够如此了。

其实，大多数鸟儿从不改口音，千百年前怎样鸣叫，而今还是怎样鸣叫。前人听到的那种叫声，现在的人也是这样听着的。

在我而今工作的独山子，我所居住的楼前楼后都有绿地，绿地及沿路生长着好些树木。所谓好水好树养百鸟，让我有了与麻雀、白鹡鸰、乌鸫、斑鸠亲近的机会，有些鸟儿虽然也亲近，但并不认识，像之前的太平鸟一样。与鸟儿相伴时，一度会有穿越回了儿时的感觉，带着许多意趣的回忆，能让人重拾一段流逝的光阴。

我对鸟儿心怀朴素的喜爱之情，始于童年。可那时晨起的鸣声唤醒，不是鸟儿，而是公鸡的啼叫。一家有了一只公鸡鸣叫，片刻间，各家各户的鸡鸣声便开始此起彼伏，比起小鸟的鸣叫，鸡鸣声更高亢有力且长久刺耳，听上去缺少些美感。

或许是心情不同，对于大多数贪睡的少年而言，听见鸡叫，意味着要起床去上学，不免心生烦恼。唯愿哪天公鸡不打鸣了，或者叫得迟了，让自己可以多些酣睡。而假期在父亲工作的乌尔禾，则是我难得的一段休闲时光，叽叽喳喳的鸟鸣透着一种轻松和惬意，在鸟鸣中被唤醒，是一种新奇的体验。

鸣叫的声音之外，旧时人们也常常以貌取鸟，臆定吉凶。民间就有了"喜鹊叫，好事到"，或者"燕子筑窝，自是旺处"的说法。

黑不溜秋的乌鸦可谓典型，这鸟儿叫声难听，人们便认其"不是好鸟"，为此皆避而远之，唯恐一遇而沾晦气。一旦谁被讥之为了"乌鸦嘴"，那么刚才他一定是说了什么不吉利的话。

"入春解作千般语，拂曙能先百鸟啼。"这是王维诗句里的百舌鸟。同样也是一身黑的乌鸦，虽不广为人爱，却身怀绝技，能模仿百鸟的叫声。

十多年前，还在戈壁油城克拉玛依旧居时的一个雨晨，我在鸟鸣中醒来，感觉不同以往，时间提早了很多不说，鸟儿竞相引吭，叫声抑抑扬扬，圆润清亮，千转百回，日常的拟声词在此刻简直难以言说。渐渐鸣声压过了雨声，有一只乌鸦，似乎就在我家窗台上鸣叫，撩起窗帘，果见距窗尺许，这只乌鸦的翅膀微张，正纵情地向着楼前的小树林欢唱。我猜想，它一定在共鸣着什么。

后来的时日里，偶见这只鸟儿成对了。不久这成对的鸟儿又带出了两只雏鸟儿，直至小鸟儿翅膀长硬，才一起飞走了。自此别离，让我多了几分失落。但它们曾用清亮的歌喉，唤来春光，唤醒草木，然后恋爱、繁衍，赋予了整个春夏更多的意义。

四年前初来独山子，平日里虽然见得最多的是蹦跳着的麻雀，但在这个清晨，出门后，天上飘着白云几朵，清丽的微风拨弄着树梢轻摇。几步之遥，我见到了一只慢条斯理地踱着方步的斑鸠。这鸟儿不似乌鸦那般见了人便匆忙飞逸，此时正颈项应和着脚步，在才修剪过的草地上来回颠动，像极了鲁迅笔下的着了长衫的孔乙己。

常挂在嘴边的黄鹂，其实见得并不多，多是只闻其鸣不见其影。

相比于今人，古人与鸟儿的关系更为密切。自"鸧鹒喈喈，采蘩祁祁"之句出现于《诗经》后，在古诗词中出镜率最高的鸟儿，那便数黄鹂了。

在唐代，杜甫和王维所写诗句，都曾把黄鹂与白鹭对举，视觉与意向中的雪白和金黄，形成了强烈的色彩对比，简直令人心帜摇动，轻吟诗句，还能享受到唯美相谐的声律，与西方的诗相比，真是一绝。

而所有描写"百啭无人能解"的黄鹂的诗句，流传最广、况味最浓的，也出在唐代，便是那句"打起黄莺儿，莫叫枝上啼"。闺阁少妇生的无名之火，为何要无端发在黄鹂的身上呢？还用问吗？这一定是一种迁怒，人的这种行为，简直毫无道理。

可爱的欧阳修写出了"黄鹂颜色亦可爱，舌端哑咤如娇婴"这样可爱的句子，这令我好生喜欢。

不知是否经常被无端迁怒，我所经见的黄鹂个个天生胆小，喜藏于叶底下鸣叫。前几日，爱鸟的摄影者，竟然用手机拍到了多幅黄鹂在林子里自在啼叫的清晰照片，发至群里，引来围观。大家知道，这就很难。我有这样的体会，有回早起，走过林带，"一掠颜色飞上树""——像是春光，火焰，像是热情"，这是徐志摩诗化了的黄鹂的飞舞，不同寻常的惊艳抢眼的一幕，已多年未见。

春夏里，我已习惯每天从鸟鸣中醒来，这动人的鸟语，我总要倾听、回味许久，然后才精神地起床。

昨晚散步，在街边小花园的一棵榆树枝杈上，见一人工安置的鸟巢，正面绝似一戴了斗笠的农夫的笑脸。这时应该不会有鸟，但我明日清晨听到的鸟鸣声，也许就有这一鸟巢里飞出的鸟儿清脆的和鸣。

鸟的鸣叫声可以让人心静。有一天，在办公，内心莫名烦躁，偶尔翻动电脑网页，有鸟叫音效，选了一个鸟鸣大全，第一种是画眉的叫声，共100 种悦耳的鸟叫声，静听百鸟争鸣声声脆，不觉内心澄净，果然动听的声音在自然！

有鸟儿相伴着，梦中醒来就能倾听天籁之音，平凡的日子也顿显生机、富有情趣，心情还会有何不畅？

雉飞时有隔林声

数年前，大雪天来独山子，在临近奎屯的路段，天地皆白唯有路面一线黝黑，一只满身披彩的大鸟突然进入视野，快速跑过了路面，一瞬间钻入灌木丛中，落下簌簌雪块，我脱口而出：野鸡。

那时就想，独山子外多山地，内多林带，自然也会有野鸡的。

深秋了，一周前趁着暖阳高照，进了独山子南沟。转过一面山坡，赫然发现一只美丽的大鸟在距我不远处觅食，显然它也是突然间看到了我，却没有即刻惊慌逃走，而是静静地立着，这只鸟儿长尾高耸，与全身五颜六色的羽毛不同，最显眼的是在脖颈处像是戴了一个白色的项圈。

过了片刻，这只鸟儿才振翅飞走了。飞得很远了，还能听到它所发出的"咯咯"叫声，以及双翅因强烈搅动所发出的"噗噗"声。

这是我第二次近距离地在自然环境里看到野鸡了。

第一次是在张家界，眼神不好的我指着从我眼前惊飞的一只五彩大鸟问导游，导游说当地人称这种鸟儿为"土凤凰"，因为生活在山里，美丽的羽毛堪比凤凰，在人们的心目中难免有此赞誉。其实就是野鸡，山里人多叫山鸡，我则很喜欢"七彩山鸡"的叫法，感觉这个名字透出了华丽，犹如旧时村姑红袄绿裤的打扮。而在古语里，则统称之为雉。我不由内心里轻笑起来，大汉高祖刘邦的皇后不就名雉吗？

这时我并不觉得滑稽，只是赞叹，雉原来是这样的美丽。

在深秋的南沟，这只雉以抛物线般的身影飞远后，我不由想起了杜牧的一句诗：雉飞鹿过芳草远。心中渐起苍茫。

古代士人之间相互拜访，所选礼物其中一种就是雉鸡。《白虎通》中是这样描述的，"士以雉为挚者，取其不可诱之以食，慑之以威，必死不可牲畜，士行威介，守节死义，不当转移也。"

在古人心目中，雉是很难以驯服的，且不吃嗟来之食，不受外力压迫，这样的特点堪比高洁之士的品格。

野鸡是一种对此类鸟儿的泛称，这种脖子上有一条白色的条纹的称环颈雉。我在来独山子路上，或在南沟所见到的，就是环颈雉。它们虽然能够适应形形色色的环境，但最为理想的，还是在山地灌丛或是丘陵地带。这些区域，既有助于隐匿其身影，也有着丰富的食物资源。

环颈雉是国家保护的野生动物，共有 30 个亚种，中国地大物博，多达 19 个亚种。其大小和家鸡差不多，雌雄形状不同。独山子是哪一亚种呢？我想有了机会，一定作一番仔细的考证。

环颈雉雄雉的头羽为青铜色，带有淡绿色的金属闪光。有显眼的耳簇，大眼睛周围裸露的皮肤鲜红；在阳光下，身上五颜六色的羽毛闪闪发光。尾巴很长，从基部到尾端，逐渐变尖，中间的尾羽比外面的尾羽长得多，尾巴的羽缘就像一根头发，总是高高地升起。

欧阳修《唐崇徽公主手痕和韩内翰》中有一句诗"玉颜自古为身累"，所言正是因为雄雉的尾羽太美，反而有时极易招来遭杀身之祸。看戏台上的武将，常用雉尾作为装饰。《水浒传》电视剧中宋江、张清、郭盛等人的戎装，就都有雉尾装饰，连辽国大将阿里奇也把雉尾插在了冠上。皇帝坐朝时，左右侍从所执的羽障，不消说是用雄雉尾制成的。就连《红楼梦》里元春省亲，也会来上一句"屏列雉尾之扇"。很显然，这种装饰，多限于高官显贵使用。

禽鸟类大多如此，明显与人类不同。一如雌雉这些邻家小妹，尽显朴素，羽毛暗淡，以棕褐色，深色为主，且尾巴还短。尽管从各个角度看，都无法与雄雉相比，但这是一种很好的保护色，尤其在孵蛋和带雏雉时，这灰暗的羽色最具隐藏效果。

曾经的独山子土地贫瘠，大多为戈壁沙砾，不适宜花草树木生长。人们因此常说，在南方，把一根扁担插进土里都能长成一棵树，在独山子，种下一棵树，三天不浇水就会变成一根扁担。即便地质条件如此恶劣，一代代独山子人依然凭借着双手挖土筛石，改良土壤，铺设管线，造就了如今的绿色家园。常有外地游客啧啧赞叹："这哪里像是石化基地，更像是一个花园嘛！"

居住在花园城市里的人们，也全面提高了对野生动物的保护，独山子自然也是"雉飞时有隔林声"了。唐代人写这句诗时，这应该是寻常景象，而今在独山子也时有出现了，摄影爱好者们也因此不用进到山里去，便拍了许多环颈雉的照片。

当地的新闻，也时有所见，关注角度却是不同的。

2020 年 11 月初，有记者经过城区一处防风林带，记录下了一闪而逝的环颈雉的影像。在记者的眼中，这羽毛色彩艳丽的动物安静地在林间走过，是这个季节中最亮眼的存在。那是因为城区成片的绿树及果实吸引来了很多野生鸟类，也包括环颈雉。

2022 年的春天来了，万物复苏，又到了动物出没的时节。3 月 11 日中午，记者见到一只环颈雉来到了石化公司办公楼外的绿化带里觅食，见人不惊，还旁若无人地阔步迈过淮南路，跨越双实线，全然不顾违反交通法规。我很欣赏这篇报道的标题自信有范儿，山鸡也来独山子"走模特步"。

看配发的照片和影像，都是雄雉。《诗经》有《国风·邶风·雄雉》篇。全诗四章，每章四句，每句四字，极具韵律感。诗的前二章都是以雄雉起兴，抒写想念、瞻望以及无奈之情态。每当读起"雄雉于飞，泄泄其羽""雄雉于飞，下上其音"，雄雉仿佛就浮现在了眼前，我甚至能见到它在舒畅地拍着翅膀，还听到了它那咯咯的欢叫声。

雌雉自然也会同来，只是更善于保护自己了。其奔跑能力较好，飞行能力一般，耐力较差，飞行距离不远，故而有很多天敌。很多食肉动物都会捕食环颈雉，但其最大的天敌，还是人类。

在大自然的生存磨炼中，造就了环颈雉生性机警的天性。相当聪明之处在于，极善于利用环境来隐藏自己的行踪。久之养成了一个独创的逃脱技巧，那就是"来者不动，我亦不动"。一旦看到来人，避之不及时，便会一动不动安静地卧在地上，随之紧盯着来者。在山地或草丛里，虽然通体色彩斑斓，但只要不动，就能起到迷惑视线的作用，让人看不见，然后再瞅准了机会突然起飞逃跑。

环颈雉是一种食肉目禽类，但吃起来比较随意。春季选择不多，主要啄食幼草茎叶；夏季可就极其丰富了，随处可吃到昆虫和植物浆果、种子；秋冬季更是无虞了，四下里刨刨啄啄，便可吃到草茎、果实和谷物。随着季节的变化，并不挑三拣四，可归于饕餮者，不能算是个美食家。

昨晚我在街边花园里散步，全身心都被幽静包围了，忽然听到几声"咯咯"的环颈雉叫声，声音不大，却异常清晰。我四处寻觅了一番，却不见踪影。只闻其声，不见其形，却心道了一声足矣，这也是我们的一种缘分啊！

树犹如此

难将众木同

在独山子，樟子松因其内敛之美而格外抢眼。

薄雾中，我注视着一棵樟子松，这棵樟子松独立于一排小叶白蜡树的中间，披着一件金黄色的透亮的轻纱，俊美而挺拔。从初冬天高地阔的远景里看，并不显高大，到了近前，若要看树的冠顶，则必须得仰视了。

独山子区行政楼前，台阶两侧各有五棵樟子松，看树龄当不下二十多年，树直挺秀颀，楼也显得高大，唯树冠大于茅盾笔下的白杨。

这十棵樟子松的树皮很厚，树干上部树皮及枝皮黄色至褐黄色，内侧金黄色，下部灰褐色或黑褐色，都深裂成了不规则的鳞状块片。枝条不似竹子向上，而是斜展或平展，呈圆顶或平顶，树冠稀疏，针叶稀少，短而细小。岁寒不凋，吟风振雪，森梢峻节，磊落殊状，不改枝叶，高洁坚毅，令人喜爱。

古人写诗，如绘画不分牡丹芍药，是把松柏合为一体的，多赞其岁寒不凋。那时若见有樟子松，照例会一样来写的。李商隐赞松，"桃李盛时虽寂寞，雪霜多后始青葱"。而杜荀鹤则言，"虽小天然别，难将众木同"。吟咏着这样的诗句，我更为专注地看着樟子松，这样的诗句，果然是专咏樟子松的。

樟子松原多生长于我国东北地区，大西北这里的，都是引进于东北。两地所具有的一些共同点，能满足樟子松的生长条件。

那么更远的时候，樟子松来自于哪里呢？单看其学名欧洲赤松，顾名思义便知原产自于欧洲，这种松树一度覆盖了苏格兰喀里多尼亚森林。一万多年来，逐渐流落四面八方，向东北，跨过欧亚大陆到达东西伯利亚和中国。

樟子松因其极强的适应性，具备了从不苛求土壤水分，能忍受 -45℃左右低温的耐寒、耐旱性强的特点。故而无论是在养分贫瘠的风沙土上，还是土层很薄的山地石砾土上，均能良好生长。

从这点上看，独山子地区也很适合樟子松的生长。这里地处天山北麓，准噶尔盆地西南边缘，地貌大体可分成丘陵山地、洪积戈壁平原及河流侵蚀切割地貌三部分，土壤盐碱极度。因属北温带大陆性干旱气候，蒸发量高，水的渗透量也很大。为了植树，早年间，独山子人挥镐弄锹，挖坑筛土，将砾石含量降低到了 10%。特别是总结出了"土壤改良七步法"后，土壤更适合于绿植了。

近年来，更是依靠科技植树，通过种植抗盐碱能力强的植物，造就了城区以白蜡、黄金树等乡土树种为主体，樟子松、云杉等常青树种为背景，红叶海棠、宿根花卉为点缀，各种植物达 80 余种的四季常青的园林景观及生态绿色屏障。

樟子松是一种阳性树种，人们常可以看到这样有趣的一个情形，在林内缺少侧方光照时，便会影响到它的生长，孤立或侧方光照充足时，侧枝及针叶繁茂。

樟子松多松脂，且其松脂含樟子芳香，故名。中生代白垩纪至新生代第三纪的松脂滴落于地，掩埋在地下千万年，在压力和热力的作用下可石化为美丽的琥珀。在中国古代，琥珀被认为是老虎死后的精魄入地所化为石，另有一说是"老虎的眼泪"，这些传说都蕴含着中国古人对琥珀的揣测和追寻。

欧洲的人们也从未停止对琥珀的揣测和追寻。

普鲁士国王腓特烈一世极其痴迷琥珀，为效仿法国国王路易十四的奢华生活，命令普鲁士最有名的建筑师兴建了一座琥珀屋。这琥珀屋面积 55 平方米，共有 12 块护壁镶板和 12 个柱脚，全都由当时比黄金还贵 12 倍的琥珀制成，重量达 6 吨。

不妨设想一下，建造这样一座琥珀屋，需要多少松树的树脂呢，进而又需要多大面积的森林呢？

独山子多樟子松，仅我日日走过的大庆路、银川路、学院路上，小区旁的街边花园里，都可见其身姿。可以说，每一棵樟子松，都足以是一道风景。

我发现，风景不必过于辽阔，亦可彰显出樟子松的高大。有时完美与否并不是绝对的，在一定条件下是可以相互转换的，樟子松以自身的俊伟很好地诠释了这一哲理。特别是在大道旁的，离开了林间的拥挤，自身已高出了周围树木许多，便不再需要增加高度了，身体率性地横生逸出，朝向四方，光合作用在鳞次栉比的轮枝上开始了，同时一轮一轮地截留了树根向上运化的水分，蓬勃得就像千手观音的手臂，还加上了一种挥斥方遒的苍劲。尊天敬地，不卑不亢。

多年来，在新疆，我进入过不同季节、不同区段的天山、阿尔泰山，向来喜欢松树的厚重、坚实，喜欢它的稳重、沉默。新疆的山中没有野生的樟子松，多见云杉、红松，成林的、单株的，散落草原上的，孤立于悬崖边的，形态各异，株株独立寒秋的感觉都令我喜欢。但越为关注，发现的精彩就越多，虽是形态别具一格，莫不经过了岁月的沧桑。更奇的是，许多树的根是裸露出来的，盘根错节或如龙爪蟹脚，丫丫叉叉地纵横在泥土、岩石缝里。那每一条树根，都经历了无数的风吹雨打，即使是很细小的一根，也挺着不屈的意志。我专门站在了一个细根上，居然稳稳当当、纹丝不动。我坐在树根上静思，听阵阵松涛在无边的松林里婉转低回。

我居住的小区旁，是规划精致的街边花园，清晨和晚间，我很喜欢去那里散步。观察过那里生长了多年的樟子松，也是如此，甚至它的坚强，也不遑相让。

特别是清晨，浅红色的云霞在林间升腾，金色的阳光穿过了樟子松针叶的空隙，一时有无数个光斑在林荫间熠动。雾渐渐浓了，这些光斑也悄悄隐去了，更加灰蒙蒙的水雾弥漫在整个林子里，我首先嗅到的，却是那一樟子松散发出的清新醉人的香气。樟子松在这般浓重的雾气中，愈发挺直了俊伟的身姿。我走出了林子回望，发现这幅雾气迷蒙的写意画的整体韵味，竟是少不得樟子松的。

意犹未尽，傍晚时分我又走进了那片林子，烟灰色的气息笼罩着林梢，樟子松也在林中静静沐浴着团团轻雾，酣畅享受着水汽浸润。俄而，天空中飘起了雨滴，顿起簌簌打叶声，这样的声音，肯定不是来自于樟子松，樟子松却愈发苍劲了。非同一般的单调里突然传来了鸟鸣，犹如一场典雅的丝竹音乐会。这是一场急雨，不足十分钟就过去了，清风徐来，斜阳辉彩里，蜻蜓、蝴蝶在翩飞，昆虫、走鼠在觅食，万物各自寻觅着自己的生活密码，林子里每一种动植物都与樟子松一样悠然自得。

我极为赞美樟子松的内敛之美，每一次它展现在我面前时，总是沉稳而不招摇，庄重而不轻浮。默默用笔直的树干，诠释着生命的刚直不阿。我轻轻用手抚摸那褶皱的肌肤，感悟着岁月的寒苦，也感悟到了，只要扎下了根，樟子松便会努力向上生长，无惧电闪雷鸣，笑迎风霜雨雪。在高处的不卑不亢，在低处的从不低头，即使被弯曲折断也不改本色。

在旺盛生命力加持下的樟子松，一年四季都是美丽的。任凭季节如何变化，不变的永远是与自然和谐相处的那份安宁。并以雕塑般的身躯，及不因时序更替而脱落的枝丫，矗立在岁月的轮回里，从不自恃和追求华丽的外表，一身苍绿便包含了自己全部的内心世界。

一如一个成熟稳重之人，自会具有平静的心态，不变的情怀。樟子松的气质是坚定果决的，每一个季节，虽有不同微变，但基本妆容依然。春天里，它们悄然由黄变绿，一脸欢欣掩不住自信淡然；夏天，它会用高大的躯干阻挡着雨水的冲击，一身翠绿透出冲天豪气；秋天里，并立着的西府海棠、苹果树已是硕果累累、香飘四溢，一身浓郁的绿色，渐渐变得深沉了，一点点沁入岁月的风骨里。直至草木凋零，本色始终保持改。

独山子在数九寒天里的气温，一般也不会低过零下30度，这就使得这时的樟子松与放荡不羁的油松相比，更像是一位诗书满腹的君子了，气质依然是内敛的，恬适而朴素，含蓄而劲峭。

冬天，曾经争奇斗艳的花草都凋零了，白雪覆盖的大地上已没有一点绿意，可平视自己的目光，樟子松依然苍翠挺拔。大雪过后，又是一个清亮的雪晨，棵棵樟子松披霜挂雪，洁白的雪块下青翠的树枝向着太阳升起的地方伸展着，如孔雀开屏一般，充满傲娇地展示着自己的卓尔不群，为原本萧条的冬季增添了无限生机。

"青松寒不落，碧海阔愈澄。"这样的赞誉，樟子松是当之无愧的，默默以一种傲然屹立的英姿，昂然向上的形态，在我心中树立起了精神的象征。

秋林红果

相对着的两棵树上，都结着红果，一样的硕果累累。在风中摇曳着，那红，竟是动人心魄的。

这样的红，多见于秋果。

见到秋林红果后，内心里满是喜悦的秦牧曾这样描写道："在秋高气爽的日子里，白天经常晴空万里，入夜银河璀璨，原野上到处结满了果子。"

当然不是在原野上，这两棵不一样的树生长在楼前的车行道边。斜对而立，直线距离不足五米，在一小片林带里，格外显眼。

这两棵不一样的树，很容易从树形和所结果实上看出，一棵是西府海棠，一棵是阿尔泰山楂。

深秋里，几场劲风过后，半个月前还是金黄色的叶子，便一片也没有了。只有红透了，不再饱满的红果了。成熟的果实就是终极的宣誓吗？极似爱情，一如更多的人并不在意过程中的细节，追求的永远是最后的结果。

现在，这两棵结满了红果的树，就傲然地挺立在蓝天之下。天上虽有大片的白云，但大片白云旁，都是絮状的碎云。就如周边的树，大多已是片叶无存了，虬枝直指蓝天。而白蜡树虽然落进了枯叶，枝头依然挂着一簇簇的焦黄翅果，不远处的暴马丁香与之相似。我却感觉依然茁茁，仿佛这些红果，也挂在这些树的枝头。

尽管有时也很喜欢天空无垠的蓝色。这样的纯净，无比宁静，静到了有一丝呼吸都会淡去它的色彩。为此，在有些人的心目中，这样的蓝天根本不需要云的衬托，也不需要风的修饰、雨的点缀，更不需要雷电的张狂。但在我的眼中，终究不应太久，这样长久的蓝，是缺少灵魂的。一如一片林子，成熟的果实，已不再是一两棵树上的了，哪怕有些树，压根就不会开花，永远不可能结果。

这时一只小鸟落在了一棵落尽了枯叶的榆树上，这只精灵欢快地鸣叫了起来，一片林子都因之生机勃勃起来，那摇曳在清风中的两棵树上的红果，竟如跃动的火焰了。

长冬忍者

经冬不凋，隆冬时节仍然挂满红果傲立雪中，气质堪比松柏，我想，这种落叶灌木因而才会有"忍冬"这样一个意味深长的名字。

就风韵和雅趣而言，宋代时出现的金银花之名，应是远逊于忍冬的。黄白移时变，金银任俗称。世间难免有人喜欢这富贵的俗，何况这清丽的花儿，在整个春夏里都自有素雅的气质。

曾也有人道"忍冬藤上金银花"，这是一种折中的说法，其实也并不能说明什么。尽管金银花之名还是唯美的，但我只愿称其为忍冬。

我发自内心喜欢忍冬这个名字，还在于暗香般透出了凛凛孤傲之气。足以自豪，笑傲了整个严冬，这可是对忍耐力最大的考验。

从阿根廷作家博尔赫斯的诗中，经常会读到"忍冬"。有首诗他写道："秘密水池里，流水的循环，素馨花和忍冬的香气，安睡的鸟儿的宁静，门道的弯拱，潮湿。这些事物，也许，就是诗。""忍冬"之名与博尔赫斯那隐忍、克制的文字，竟是如此相生相偕。

忍冬使人印象最为深刻的，一是花开时节，一是隆冬雪中。花开之时，"忍冬清馥蔷薇酽，薰满千村万落香"，这自是不需赘言了。而雪中的忍冬，彤红赤圆、晶莹剔透的果实成串地挂满了枝头，洁白的雪花轻覆其上，更添灵气，也使之艳丽异常。

独山子可以说是广植忍冬。其匍匐生长能力极强，适合做地被栽培。在南方，人们往往会根据自己的审美意境，将其细而柔的藤条，缠绕弯扎成花廊、花架、花栏、花柱，以及缠绕在假山石等处。而在独山子，只是一蓬一蓬地栽植，根根藤条直指长天。

走遍独山子各处，时常可见这种四季都能令人赏心悦目的绿植，只是大多数人并不知晓竟是忍冬。我问过几位老人，大多知道这是金银花。春末夏初一树之间，花朵次第，金银相映，远望整个植株恰如一个美丽的大花球。清雅芳香的花朵，引得蜂飞蝶绕。若在乡间，定是优良的蜜源树种。进入盛夏，藤条繁茂、叶色深绿，观赏效果颇佳。入秋后，花果并美，观赏价值又增。

秋深风劲，忍冬叶开始籁籁飘落。过了立冬、小雪节令，叶子便脱落无余了，只剩下枯筋瘦骨的藤条，和红灼灼晶灿灿的小果，在清冽的阳光下闪着夺目的光芒，满树的晶莹，彰显出一抹激情，一片明朗。

漫长冬日的萧瑟中，除了白雪，很难找到其他让人眼前一亮的东西，忍冬果，尽管颗粒不大，却是朔风酷寒中一道红艳靓丽的风景。

我仔细观察过，忍冬果儿长在叶腋，是对着生的。于北方人看来仿佛小红果，南方人多见相思豆，便会称之为北方的红豆。想起今年早春时节，带朋友在克拉玛依看残雪中的忍冬果，朋友是位诗人，先是感慨忍冬果得储备了多少能量，才能在生死未卜的枝丫上坚忍住风吹雨打、霜降雪凝、雀跃鸟啄，继而直赞这忍冬果是来自古冰川纪的冰糖葫芦果。

这些还都只表外形，但就光泽和感觉上的弹力，二者是无法相比的。红果滚圆透亮，晶莹如红色玛瑙，满枝若雪压红梅，果皮呈现不可思议的光洁。两两相依，极少单数，多为四个一簇，密密蓬蓬，满树红艳，所有的神韵，都一一展现出来。叶儿落了，不落的果儿便全部显露了出来，覆了霜雪，愈发红艳。岁寒不能欺，风雪不能瞒，就这样施展俏丽于长冬，轻吐笑靥迎严寒。

可这红艳的果实，对人们而言，只可入药，不可食用。早年我吃过忍冬的果子，苦涩麻舌，后来知道是有毒的，这种苦，只有尝过，才会刻骨铭心。

但这却为鸟儿提供了美食。体态优美、鸣声轻柔的太平鸟，很受用忍冬的果实。曾见五六只太平鸟在一根忍冬藤条上进食的场面，太平鸟虽然身量娇小，还是把那藤条压得弯成了一张弓形。这架势，莫非是要把虹彩弹射上天？

不过在独山子，忍冬果之外，太平鸟还以油松、蔷薇、海棠、沙枣等植物的果实和种子为食。

那天早起，走进街边花园，在一棵榆树上，我看见了几只太平鸟，一个晨练的老者路过时说："这是什么鸟啊？"听了我的回答，老者手指右前方说："那边有一群太平鸟，在吃枝条上的红果呢，还别说，这太平鸟真好看，尤其是头上的那一撮毛。"在老者的引领下，我们来到了一蓬满缀着红果的忍冬树旁。老者很惊讶："咦，刚才还有很多呢，怎么现在一只也不见了？"

此刻太阳升高了，冬阳明媚，光照柔和，洒在身上暖洋洋的，驱散了不只是人周身的寒冷。肯定是因我们而来惊走了的太平鸟，也许感到并没有任何风险，为享这一刻的温暖，呼啦啦一大群，旋即又从对面的一棵大树上飞了过来，开始三三两两飞落在我面前的一丛忍冬树上，左顾右盼一番，便开始放心地啄食起忍冬果了。起起落落，黑亮的喙含着、叼着红艳的果子，在阳光下煞是令人惊艳。看它们的姿势，自是千姿百态，有高高翘着头的炫耀的，有低着头毫无旁骛的，还有侧卧着休养精神的。顽皮一点的，竟是几只去共抢一粒红果，这纯粹就是找乐子玩耍呀。

有一只鸟儿，似乎是吃饱了，欢快地从这个枝头跳到另一个枝头，嘴里含着粒红果就是不下咽，还抖动着翅膀，打着转舞动起来。这时另一只鸟儿飞了过来，两只鸟并排站在了一根软藤条上，相互亲昵，头顶上的羽冠直立，格外耀眼，仿佛这个世界上只有它俩才是最幸福的。其中一只歪头看了一眼我，乌黑的眼睛向周围环视了一圈，尾部黑色次端斑和黄色端尾在阳光的映衬下，尽显华丽。忽然间一同飞离，落在了远处的一棵大树上。

这是在一栋楼房向阳的背面，忍冬和榆叶梅是间隔着种植的，一排下来，也有七八棵忍冬了，棵棵结满红果，难怪会招来如此多的太平鸟啊！许是食物充足，这些鸟儿便一点也不珍惜了，动作大开大合，折腾得红果噗噗落地。我弯腰看了看太平鸟吃过的树下，薄雪上满是掉下来的红果，有不少是鸟儿啄食后所剩的残粒。

太平鸟如此偏爱忍冬果，在于整个寒冬，小小的鸟儿们是赖此充饥，继而凭借意志，依靠群体坚忍度日的。

我住的楼后，有一排十几株忍冬，今日中午看到有两只乌鸫鸟落于藤条之上，也在啄食着忍冬果。正午暖阳高照，几无阴影，白的雪、黑的鸟，红的果，黄的藤，一时构成了一幅绝美的画面。

我又将目光收回到忍冬藤上，念叨忍冬之名，我似乎接收到了一种生命的暗示，同时也感悟到了忍冬展示的意志和涵养：忍，不怨天尤人或悲天悯人，而是默默主动适应，若放在人的身上，可将其看成为一种修行。

忍耐不是弱者的专利，有时却是强者的韬略。但凡坚守信仰和充满智慧的忍，均属大忍，大忍都是有原动力的。忍冬就具备这种属性，坚定地等待冬的过去、春的归来，终会开出馥郁的金银花，结出累累珊瑚般的红果。

"明镜半边钗一股，此生何处不相逢。"这是杜牧一首诗中的句子。"钗"指的就是忍冬藤。在明镜般的水边作别友人，随手扯下一根忍冬藤相送，不完全只是一种情味，或许还有"忍"的共勉之意。

故而看待一种植物，人们大可不必老是把眼光落在花儿上。花儿固然美丽，但生长花的枝、茎、藤、蔓也有独特之美。古人很善于发现一切美好的东西，并藉此充实自己内在的精神，寄托自己丰富的情感。在茱萸未开花时，插枝以表相思。在柳絮未开时，折柳以为赠别。古人对待生活的这种浪漫和优雅，现代人艳羡之余还应效仿。

前段时间多雾，一夜千树万树梨花开，连地面的小草都纤叶披霜，偶有个别藤条的顶端挂有黄绿相间的枯叶，更显得一条条旁逸而出，直指长天的藤条上的忍冬果，像是雾晨里长街上那串红灯笼。今早一场雪后，尽管时有风儿吹拂，忍冬树上仍有一层薄薄的积雪轻压藤条，其实那也不能称其为雪了，浅黄色藤条和红色的果儿上，凝结着的，既有白色的霜雪，也有晶莹的冰粒。加之此刻，高天蔚蓝、白云闲游，这都从一个微小的点面昭示了，冬天真的很美。

若注视久了，就会发现，阳光在忍冬果上是会变魔术的，不须过多变换手法，能透视红果的光交相辉映，营造出灿烂之幻。红艳的忍冬果迎风不落，在简约单调的冬天，无疑是风景最好的点缀。

忍冬，漫长冬日里，虽不是一片冰冷中的最孤寂者，却是赍志的独行侠，隐忍的苦行僧，终究还是一方苍寥之间最明事最彻悟的禅者。这是最孤傲的忍冬最高贵的品质。

漫漫长冬里众多的植物中，比只存了枝叶而无果的松树更了不起的忍者，当非忍冬莫属了。

地锦红艳

这段路足有一公里半那么长，是一家职业技术学院面西的后院墙。

昨天下午路过时，日前还被爬山虎几乎覆盖着的密不透风的白漆刷过的铁栏杆墙，完全被清理了出来，曾经白色的墙体，锈迹斑驳。进秋后，绿色的爬山虎日日变红。这一公里半的路，其实也是沥青公路的人行道，沥青路面的青光，更映衬着茁茁爬山虎溢着秋的劲光，透着秋的成熟。

几天前，有个老同事从克拉玛依打来电话问我，她在单位院内散步，墙边那红色的攀援物是什么？现在叶子在一点点坠落，露出了一颗颗紫色的圆果实。我去过那院，便回道："是五叶地锦啊！也就是人们常说的爬山虎。"

"原来爬山虎这么漂亮啊！"原不曾留意过的她不由惊叹起来。

爬山虎是一种长了脚的木质藤本植物。小时候我没有见过爬山虎，一度好奇过喇叭花是如何爬上高处的。叶圣陶先生却格外用心，他在《爬山虎的脚》一文中写道："今年我注意了，原来爬山虎是有脚的。"不过爬山虎的"脚"，在植物学中称作茎卷须，是由地锦的茎变化而来的。正因为有了这样的脚，爬山虎才能够在光滑的墙面上"飞檐走壁"，也才能攀树，爬满栏杆。

很多植物都是在春天生长，然后在秋天枯萎。爬山虎也遵循了这一生命的轨迹。春夏季，爬山虎的叶片是充满活力与生机的碧绿色，到了秋季，便成为缤纷秋色的组成部分之一，似"地铺红锦"，斑斓多彩，展示出独有的风韵。

爬山虎的美，是一种不能被完全定义的自由之美。爬山虎总是以自己的意志攀援、匍匐、肆意生长。但爬山虎有个特别之处，尤其是在秋季，本来努力向上的它，却在整体上给人以火红的瀑布般倾泻而下的强烈视觉感。没错，它是从很高的建筑物或树木上倾泻而下的，便使得低矮之处的，也为所依附之物平添了不少古朴与神秘。

在晚秋里，爬山虎的红艳与樟子松的苍翠、白蜡树的金黄、银杏树的橘红在白云下相得益彰。

一切植物在一定时间段里的枯萎，都是宿命般无可避免的。懂得了物极必反也才能够懂得自然性和人性。去年我就专门观察过了，枯萎了的爬山虎，样子着实不好看，叶片皱皱巴巴的，匆匆走过的秋风，带着一丝玩味还会不时吹落几片。不消多少时日，爬山虎就渐渐地露出了枯瘦的茎和脚，在墙上留下一幅悲伤萧索的图画。

但今天，行走在这条路上，被从栏杆墙上清理下来的爬山虎狼藉一地。委顿于地面的叶片，多是日常并不向阳的背面，看着色泽陈旧。原来红艳的爬山虎之下，有历年的陈枝。在树上的依然红艳，才被斩断了枝干和根部，攀援在树上的枝叶还没有来得及枯萎。

努力攀登，蓬勃向上的爬墙虎的生命力量，始终透着一丝不甘和顽强。到了冬季，从大雪的覆盖下伸出的枝条告诉人们，肯定不是只有光鲜亮丽，活力满满才是一种活着的形态。一季的枯萎，难掩的悲伤，其实也是生命的一部分。而暂时的苟且，无非是期盼发芽，等待春天的过程。以冬严寒沉淀的力量，只要遇见春天温暖的风，就会蓬勃而发。只有如此，我们才能感受四季的诗意与浪漫，才能接纳生命的所有状态。

爬山虎却能通过这样的无言，用神奇的力量给人们点燃坚持不懈的信心，激励努力向上的恒心。

明代唐伯虎有写爬山虎的诗句"扑檐直破帘衣碧，上砌如欺地锦红"。看到霜降之后红色的爬山虎墙面，让我真正体会到，为什么作为诗人的唐伯虎，会写出《落花诗》以赞爬山虎了。叶如花似锦，开落年年约略同。

今天上午再次路过那段路，有一名正在破坏美的环卫工人，漫不经心地坐在铁栏杆墙上打着电话，看样子，他是正在剪除高处的爬山虎时来的电话。

　　一路上有几位环卫工人，把昨天散落于地的残叶扫拢了，然后铲入墙内，覆盖在爬山虎的根部。这才看清，爬山虎并不是连根铲去的。一如秋后人们多会剪去紫穗槐的枝条，把新绿的希望留给了来年的春天。看来昨天开始的剪除，只是一种对爬山虎的养护。果然这种养护是别样的，也算是"落红不是无情物，化作春泥更护花。"

　　人们总会面对消亡，做出关于生长的想象。爬山虎春夏秋的美丽，早印刻在了心里。曾经的美丽，难道就不是一种真实的存在？

◎王咏剑

1973 年 10 月出生，新疆博乐人。克拉玛依市政协第七届、八届、九届委员会委员。经济学硕士、管理学博士。曾任克拉玛依市政协副秘书长、办公室主任，中共克拉玛依市委党校常务副校长。现任新疆第二医学院党委常委、组织部部长。

也谈花剌子模信使问题

王咏剑

读过一些历史小故事，经历了一些人和事，让我有了写一写"迁怒"的想法。

"迁怒"的意思，是把愤怒宣泄到不相干的人身上，让无辜的人受到牵连。作家王小波曾经写过一篇叫《花剌子模信使问题》的杂文："据野史记载，中亚古国花剌子模有一古怪的风俗，凡是给君王带来好消息的信使，就会得到提升，给君王带来坏消息的人则会被送去喂老虎。于是将帅出征在外，凡麾下将士有功，就派他们给君王送好消息，以使他们得到提升；有罪，则派去送坏消息，顺便给国王的老虎送去食物。花剌子模是否真有这种风俗并不重要，重要的是这个故事所具有的说明意义，对它可以举一反三。敏锐的读者马上就能发现，花剌子模的君王有一种近似天真的品性，以为奖励带来好消息的人，就能鼓励好消息的到来，处死带来坏消息的人，就能根绝坏消息。"

我没有对这则野史的真实性做过查证，但见过英文里有个谚语，叫"Killing the messenger"，意思和王小波的文章大致一样，谚语的来源还有正史记载：说是罗马共和国时期，一次战役中，有一名信使向亚美尼亚国王提格兰二世报告说，罗马将军卢库鲁斯的大军正向他的位置进发，提格兰二世听后暴怒，一刀砍下了信使的头颅，于是再也没有人敢告诉这位国王关于罗马大军行进的消息，直到他被卢库鲁斯包围。后来莎士比亚的戏剧中也提到了类似的桥段。

我们的历史上，像这样既蠢又坏、暴虐无辜的例子不胜枚举，《资治通鉴》里就记述了不少。

后梁太祖朱全忠有一个叫李振的属官。一次，李振趁朱全忠大杀朝士时建言："此辈常自谓清流，宜投之黄河，使为浊流！"朱全忠竟然依从了李振的建言,当天晚上就把朝中的三十多名缙绅之士全部绑到黄河边的白马驿,杀掉后把尸抛到黄河里,制造了震惊朝野的"白马之变"。

还有更狠毒的。黄巢攻下长安建立齐朝后,有人在长安尚书省都堂官府的大门上涂写了一首诗,嘲弄黄巢军,被黄巢军的二号人物尚让看到,勃然大怒,把当时在尚书省的官员和守门的士兵,全部挖掉眼睛倒挂在城门上;又在长安城里大肆搜捕能写诗的人,抓到后全部杀头,凡认识字的人都罚作贱役,一口气杀了三千多人。记得第一次读到这一段是在夜半时分,直叫人汗毛倒竖,头皮发紧。

历史不会重来,但人性亘古不变。我甚至猜测,迁怒也许是人的天性使然。这不,韩愈老先生就曾发出"穷极则呼天,痛极则呼父母"的感慨——想想多么形象,时至今日,我们遇有强烈情绪需要排解时,仍然会脱口一句"天哪!"或是"妈呀!"——这大概是人类容易怨天尤人的潜意识表现吧。

也正因为这样,才让那些遇事勇于承担责任而不迁怒别人、处处向内反省而不归因外部的人,更显得难能可贵。《论语》记载:孔子在众多弟子里最推崇英年早逝的颜回,谈到原因,孔子只讲了六个字,说颜回"不迁怒,不贰过"。颜回英年早逝后,孔子扼腕叹息说,当世再也没有这样的人了。言下之意,这六个字连孔子本人也很难做到,更何况我们这些凡夫俗子?

既然迁怒是人之常情,它的心理根源和心理学机制又是什么呢?

心理学上有个"情绪转移定律",大概可以部分地解释迁怒产生的原因。很多人可能都有过这样的经历:遇到塞车时,如果有一个司机不耐烦地按喇叭,这种烦躁的情绪就会传染开来,引来其他司机也不停地按喇叭,而喇叭的刺耳声又会让更多的人烦躁不安。生活中,这种负面情绪转移现象随处可见:在一处受了气,心情一时很难调整过来,就把坏情绪带到下一处。事实上,这种现象是人们常用的一种心理防御机制,从积极的一面看,有利于帮助我们及时把坏情绪宣泄出去,尽快恢复正常。问题是，选择什么作为宣泄的对象非常要命。根据我的观察，这也是判别一个人涵养、修为的屡试不爽的"试金石"。如果选择不妨碍别人的"物"——比如一块大石头或一堵墙——自然就无伤大雅；但如果转移到其他人——尤其是更为弱势的人身上，来化解自己的焦虑和怒气，也就成了所谓的"迁怒"了。

探究起来，习惯迁怒的人大多缺乏基本的情绪管理能力。没有人可以一直一帆风顺，"万事如意""心想事成"之类的说辞，永远都只是美好而虚妄的祝愿而已。当我们遭遇挫折、经历失败或是受到批评时，产生挫败感或是自责、羞愧等负面情绪，本身是再正常不过的。不同的是，有的人善于从自己身上找原因，并通过努力提升自己，尽量做到像颜回一样"不贰过"——避免在同一个地方跌倒两次；而有的人，遇事不从自身找原因，反而把所有责任都归于外部环境，逃避责任、诿过于人，甚至迁怒他人。

心理学告诉我们，人类所有的情绪都有一个隐藏的目的，至少情绪的诱因都和这个目的密切相关。容易迁怒别人的人，潜在的想法往往是：之所以出现问题，是因为很多外部因素不可控，甩锅给环境或者别人，我自己就显得责任没那么大了。可见，动不动迁怒别人的人是很无助的。之所以把愤怒和焦虑表达出来，向别人传递"我很不开心，不要惹我"的信息，目的就是借此获得安全感。小孩子用发脾气来支配大人符合自己的心意，或者得到更多关注，大概也是相似的心理机制。可一旦形成了心理习惯，长大后还想用这种情绪支配别人，就过于幼稚了。不难理解，一个只是在意自己的情绪而没有同理心感受别人情绪的人，不但很难达到自己的目的，还可能伤害到别人，等到负能量积攒到一定程度，还将反噬自己。

还有一部分喜欢迁怒他人的人，是源自失败者深深的自卑感。前文提到的黄巢、李振之流，都曾经屡次参加进士考试而不中，于是极其嫉妒科举出身的官员，进而对天下的读书人都怀有莫名的仇恨。由此也不难理解，"文革"时期越是胸无点墨的造反派头子，揪斗起知识分子来越格外起劲。

当然了，像黄巢、李振这样，迁怒到要取人性命的程度，只是些极端的例子，但这也足够警示我们，现实生活中绝不能忽视迁怒的杀伤力。琢磨一下，我们还会发现，迁怒的对象不仅无辜，还往往要么是我们最为亲近的人，要么和我们相比更为弱势。对此，鲁迅先生一针见血："勇者愤怒，抽刃向更强者；怯者愤怒，却抽刃向更弱者。不可救药的民族中，一定有许多英雄，专向孩子们瞪眼。这些屠头们！"近一个世纪过去了，鲁迅先生眼中的这种"英雄"，仍然远远没有禁绝。君不见，生活中这样的例子何其寻常——接到影响心情的来电，下一通电话仍然会愤愤不平、冷语相加（当然，下一个来电话的如果是个领导，则除外）；在单位受了领导的批评，回家对老婆孩子疾言厉色、恶语相向，或者拿锅碗瓢盆、小猫小狗当出气筒……总之，把自己的怨愤转移到比较安全的对象发泄便是了。也正因为我们选择的宣泄对象少有反抗，也才更容易造成更大的心理伤害。

一个好社会，需要思想者，更需要行动者。坏情绪通常会像疫情一样，如果不加控制，就会不断蔓延。诚然，时时处处反躬自省，并自觉为中止坏情绪蔓延做出努力，需要很高的修为。毕竟，做到"不迁怒"，于常人来讲，是一个超高的标准。但古语有云："天下事有难易乎？为之，则难者亦易矣；不为，则易者亦难矣。"一个真正有责任感的人，就要敢于正视自身差距，勇于从弱点开刀，学会管理情绪、克制怒火、修正言行。反之，任由坏情绪伤及无辜，和我们所憎恶的"杀掉信使以阻止坏消息"的暴虐国王相比，和"解决不了问题就先解决提出问题的人"的豪横官僚相比，又有什么本质区别呢？

◎冯青蕊

　　1981年10月生，甘肃天水人。克拉玛依市政协第八届、九届委员会委员。曾任克拉玛依市供销社市管中心准噶尔市场主任，现任克拉玛依市喜欢餐饮管理有限责任公司副总经理，市青联委员。

生活小品两则

冯青蕊

假期，不必远行

十·一小长假，听起来真是让人期待得不得了，那些想要远行的人们早已跃跃欲试。但是，对于内心坚定、知道自己要做什么的我来说，现已经不会再跟风，种种的诱惑动摇不了我。朋友的千呼万唤，闺蜜的私密计划，还有孩子种种的辅导班、内训班、传统教育集中营，林林总总，着实让我也纠结了几分。

我决定不远行：在家里，守候假期、整理家务、关注孩子。

在这个假期里，我想和儿子一起整理自己的内心，难得有如此多时间陪伴孩子，一个"养"字，是这些天的宗旨。

这来源于儿子学校家庭教育指导师群里推荐的一本书《以心养心》。由于"书非借不能读也"的思想作怪，在儿子每晚写作业的时候，我也坐在身旁坚持看完了。

书中最让我启发的是知道了教育的最佳状态在于一个"养"字。"家庭教育重在养，而不在教。养鱼重在养水，养树重在养根，养人重在养心。如果孩子的心在家里面得不到养护，得不到有效的滋养，天赋的聪明就没有基础；智商再高，没有恰当的、相应的心态支撑，天赋很难发挥。我们先不讲孩子的心如何，先看看养孩子心的人，也就是父母的心适不适合养孩子，或者如何达到养孩子的状态。如何点燃孩子内心的学习热情，点燃需要一定的温度，需要一定的状态才能点燃。如果家长的心是冷漠、麻木或者是焦虑不安的，我们很难去点燃孩子学习的热情。面对孩子不管出现任何状态的时候，保证母亲情绪的平和，这是你对孩子最伟大的教育"。

这无疑指出了近阶段以来，自己在对孩子学业上吃力、精力不足等问题的根本原因。归根还是自己的情绪管理不好，对孩子的责骂，其实是一种最狠的报复。

母亲的"母"包含什么样的生命意义？这是我们生命角色里面必须解读的内涵。

"虚""弱""柔"三个字很好地阐明了一个母亲真正的力量，母亲的教育力量，是不能通过愤怒表达出来的。这八天里，我着重开始抓几个方面："养"规律的生活。每天睡醒后，练琴、读书、去图书馆、游泳馆、逛街，全家去就近的地方小游。我们像好朋友一样，开心得忘记了想要远行的野心，交流的时间多了，感情增进了不少。

"养"独立自主，敢于担当。乖巧可爱的儿子，在七天的时间里，学会了做早饭。特别是带给我的感动无限。每天早上学着爸爸的样子，冲一杯红糖水，煎鸡蛋，学会了西红柿炒鸡蛋、煮面条等简单的饭。一天早上，他边穿衣服，边对我说："妈妈，我现在9岁，会做这么多饭了，等我长到你这个年龄就会做更多了，我一定做给你吃，我不会像你对待姥姥一样对你发脾气，我会像姥姥对我一样对待你。"可爱间透露着真情，我一时无语，谁知道将来他听老婆的还是听我的呢。

"养"做事的用心。我们每晚读书，他挑一本自己喜欢的书，由我来读，我挑一本我喜欢的书他来读。我们会在不经意间戛然而止，问刚才说的什么，或抽问前几段里的内容，非常有意思。他很开心，也乐意读我的书。我才从图书馆借了一本卡尔维诺的《为什么读经典》一书，里面有一些哲学的东西，其实也是我想让他先接触一下，尽管我自己也不太读得懂，但珍惜一些读不懂的书，偶尔有开窍的时候，我愿意他能拓宽一下思路。

"养"心的道路太长，首先是我自己的"滋养"。《大学》里讲"正心、然后诚意"，正谁的心，就是正我们做家长的心，再去正孩子的心。

我相信气质决定了孩子的学习差异，孩子的气质就是父母的状态慢慢内化给他们的，就像我们的职业习惯一样。如果一个家长的内心永远是浮躁的状态，任何教育思想在他的心里面都会是一种厌烦感，无用，父母的情绪与气质影响着孩子。

还是引用一位老师的话："所有的父母都是一个文化的载体，不同家庭文化培养出来的孩子的气质都是有差异的。文化是教育的旗帜，教育做到最高点就是文化，文而化之，不用说话孩子内心就被我们感化了，同时产生另外一种生命力。"

学而受用，才是教育的真谛。

初夏·雨斜

清晨，没有听到鸟儿欢快地鸣叫。

睁眼，天是灰色的。期待，夏雨入城。

出门的风微凉，就这样开车漂泊在塞满车子的路途上，每每这个时候我总是思考着我的人生，那些隐藏在柴米油盐下的真谛，那些因繁忙无暇顾及的价值，周而复始，迷惑沉沦却不自知。

周末加班总是件让人纠结的事。初夏的天空，充满了暴雨将临的信号，隆隆的雷声，熄灭心中的无名业火，你来，我便退去。静静地在纸上画着，听雨，正如人间私语，若闻雷，便如当头棒喝，心性驳杂之时，确有醍醐灌顶的功效，世间之事，奇妙如斯……

傍晚，小雨，下了起来。透过车灯，丝丝斜斜，灯光照亮了雨的身影，让我想到了上学时期的雨花，灿烂也清寂，那个在屋檐下等信的女孩子如今却已经老了。遥想，那年雨季，打湿了易碎的心。正巧在南疆的同学打来电话，微信中传来了那个时候我的样子，如今看起来尽是青春的气息……

晚上，坐在椅子上，在儿子的琴声中，睡了几次醒来，即便这样，细微的走调也逃不过我的耳朵，我能感受到他稚嫩的狡黠，伺机钻空子的小得意，每当这时候我就会拿着手上的尺子，狠狠敲去。时过境迁，现在已经敲得很少了，当年不知打断多少尺子。事实说明这办法很有效。我们就每天这样对抗着，时而充满硝烟，时而充满快乐。陪伴，就是最好的成长，我喜欢，也乐在其中。乖巧的儿子本周又被选去当值周生，不知何种心理，当妈的心中却有些看着儿子吃瘪无奈的小得意。

西北的雨，随性也暴烈了些，就像一个人的坏脾气。只是为人友、为人子、为人妻母，却不能简单一句随性便可率性而为，肆无忌惮。于是便需时时静心，了悟人生之理，少些执着刻薄，多些豁达宽容。其实，红尘茫茫，有人在乎，就是幸福，有人惦念，便得温暖。

◎白雪龙

　　1988 年 6 月生，山东泗水人。现为克拉玛依市政协经济委员会科长。

揭棋棋呓

白雪龙

近来睡前常常有些闲暇时间，为了娱乐且还不至于太过用脑而兴奋得难以入睡，我玩起了揭棋。揭棋以中国象棋为基础，明、暗子共同对局，改变传统的走法和布局，象士可过河、棋子位置变幻，减少和局，扩大竞争，增强弈棋的趣味性。总而言之，揭棋既考验棋艺也考验运气，兼顾了趣味性和技术性。

要对弈，不要对赌。谁都希望开局把暗子翻开就能得到一手好棋，然后顺风顺水一路掠杀直到最终胜利。可这是运气，不是实力，未经战斗牺牲的胜利难免轻浮甚至不值一提。我当然也希望赢得轻松，但我所理解的实力，必然是经过艰苦卓绝的思考、历经兵荒马乱的厮杀，在瞬息万变、险象环生的劣势下稳扎稳打、变危为机，直至笑到最后。在下棋过程中，难免出现需要碰碰运气的时刻，但如果整局棋都靠运气，那恐怕是走不远的。不到万不得已、走投无路，还是要靠实力。当然，并非所有努力都会走向胜利，意外常常伴随揭棋的全过程，揭棋的趣味性也体现在此。我所希冀的是努力之后便无愧、奋斗之后便无悔，正所谓"尽人事，安天命"。

有实力，难免失利。揭棋的乐趣在于你永远不知道一开始翻开的会是哪个棋子，像是拆盲盒游戏充满了新奇。在下棋过程中也是要竭尽全力保护每一个暗子，避免在未知中丢了子、失了势。一手好棋赢得胜利是理所应当，一手烂棋谋求胜利才惊险有趣。随着明子越来越多，形势越来越确定，就要给自己预判的空间：下一个暗子可能是什么要做到心中有数。也要给暗子留条出路，不能自己挡了自己的后路，把自己困毙或置于险象环生的境地。还要注意象、士，因为能过河、能越界，楚河汉界限制不了他们的自由，它们在普通象棋中不为重用的功能现在常常有意外的收获，冷不丁可能踏车、杀马，导致"大意失荆州"。

多享受，少些执着。揭棋"意料之外"的情况常常让人猝不及防，有时甚至让人哭笑不得，原本形势一片大好也可能功亏一篑，本来跌跌撞撞却也能疯狂逆转。戎马厮杀一剑封喉固然爽快，闲庭信步你来我往也是情趣。我下揭棋虽然也想从胜利走向胜利，但也有娱乐心态，不想大费脑筋像下正统象棋一样一板一眼，有时也作为小憩前"哄睡"的习惯性操作。楚河汉界一番笑玩，有助于进入昏昏沉沉的休眠状态。有人说，揭棋是对象棋的侮辱，因为象棋是为数不多的、主要靠技术取胜的棋类，这种揭棋的玩法增加了运气成分，降低了技术要求，因此不值一提、拿不出手。我觉得其实都是游戏，认真了你就输了，何必较真呢？"青史几番春梦，黄泉多少奇才"，恩怨胜败都付笑谈中。

◎杜腾飞

1988年5月生,陕西汉中人。中共党员,克拉玛依区政协第三届委员会委员。现就职于克拉玛依团区委。克拉玛依团区委书记、克拉玛依区高层次领军人才、区理论宣讲"腾飞工作室"负责人、自治区"优秀宣讲员"。其撰写的文章《探寻革命精神 传承红色基因——浅谈"红船精神"指引下的"兵团精神"与"石油精神"》获得自治区党委宣传部"三个一"工程奖,曾多次在自治区、市级宣讲员大赛中获得佳绩,并多次代表克拉玛依市参加自治区巡回宣讲工作。

一座桥的故事

杜腾飞

这天，在迎宾大道上，一辆挂着"新 C"牌照的汽车从南向北驶入了这座因油而生、因油而闻名的城市。

3月，气温还未回暖，幼芽还在破土，没有绿色与绚丽点缀的城市最能凸显出它最真实的一面。宽阔的马路与整洁的环境相互映衬着，眼前广阔的土地让人心旷神怡，远处林立的高楼让人满怀期待。当汽车驶过一座像本摊开的书一样的建筑时，车上那些第一次来这座城市的人们不禁猜测，这充满艺术气息的大楼到底是做什么用的。当汽车驶过永升大厦时，车上的女士们瞬间兴奋起来，其中一名政协委员说："等送完小杜，我们要来这购物中心好好考察一下克拉玛依的经济发展"。而此时，大家所要送别的、也是即将扎根在这座城市的那个青年的注意力，却被眼前的这座大桥所吸引。

"友谊大桥"四个字赫然映入眼帘。整座大桥横跨在一条大河两端，这个时节虽然河里没水，但不难想象到了夏天这里将是怎样的一幅水清树绿、悠然恬静的景象。如此宏伟气派的大桥，另一侧会是怎样的一派繁华景象呢？这个青年不禁期待起来。然而，走过大桥后，道路逐渐变窄了，城市变拥挤了，老式居民住宅楼的外墙上一片片斑秃，所谓的市中心看起来满是上个世纪的风格，一切都显得这么陈旧。青年心中的"诗与远方"随着汽车离目的地越来越近，而越来越远了。刚才那座宏伟的大桥，此时，俨然成了一个"跷跷板"，桥的这头越来越轻，而来时的那头却越来越重。

这座城市的老城区陈旧的外表下有着怎样的内核？那座宏伟大桥为何不能像根"扁担"一样两头平衡呢？

带着这些"大桥之问"，这一年他作为政协列席代表参加了克拉玛依区"两会"，当听到政府工作报告中关于老旧小区更新改造、城市精细化管理、城市绿化美化亮化工程等内容，以及了解到政协委员为此付出的辛勤汗水时，他受到了鼓舞；这一年，他作为指导组成员，在区政协副主席的带领下，走进老小区收集群众问题、社区问题、物业问题，为区委、区政府决策提供基层信息。政协，让青年逐渐接近"大桥之问"的答案。

在协助参与政协工作中，他渐渐发现，这儿的办公楼宇不怎么高也不怎么宽敞，但白天大伙忙碌的身影穿梭在走廊和各个办公室，晚上大楼也总会亮着一片片的灯光，他们，包括所有的政协委员，为了市民的安居、为了这座城市的发展，似乎总有用不完的干劲。居民小区的楼房不怎么高也不怎么宽敞，但跟着政协委员走家串户时他发现，居住在这儿的各民族群众之间没有城市居民中的那种陌生感，反而像是当年住平房的邻里似的和睦，这儿还有个新鲜的词叫"文化早市"，这可不卖东西，而是大爷大妈们在国旗下吹拉弹唱、载歌载舞，宣讲员古丽大姐热情洋溢地给大家讲述着民族团结的故事，傍晚，老人们在树荫下乘凉唠家常，孩子们则围着结满果实的桑葚树，品尝着大自然的甜蜜，他们，虽不住在带着花园、电梯的新式小区，却有着最朴素、最宝贵的幸福生活。市中心的商场和"汉博"的楼房不怎么高也不怎么宽敞，但是却充满着最朴实无华的烟火气息，母亲曾说过，她们小时候能从兵团团场来一回克拉玛依的准噶尔商场，那得高兴好几天。这么多年过去了，它的繁华可能已经比不上大桥另一边的永升大厦了，但克拉玛依及周边地区群众心中对它的那份情怀依然不褪色，而"汉博"这个地方，第一次来可能不觉得有多惊艳，但它总是能让人不断想来，当胃被街边小吃填满，无意间溜达到穿城河边，遥相望去，此时的友谊大桥已经灯火通明，一改白天的威风凛凛，此时似乎是位柔情似水的女子，正俯视着这座城市的宁静祥和。

在和政协委员一起调研中，他感受到了老城区的底蕴，感受到了委员们想让"跷跷板"变成"扁担"的担当作为。此时，这座大桥在青年的心中悄然发生了变化，老城区这边变得越来越重了。

　　然而，新的"大桥之问"随即产生：这座城市的未来会是什么样子？这座大桥所承载的到底是什么？政协委员们的辛勤付出会收获怎样的成果呢？

　　春来微风轻拂，夏日阳光播撒，秋季飞叶亲吻，严冬银装素裹。春去秋来五载，大桥的两侧竟然开启了一场"赛跑"，就像 1955 年 10 月 29 日，一号井喜喷工业油流那样，积蓄的磅礴力量喷涌而出。在这个过程中，政协委员们就像大树的根系一样，扎进基层的土壤中——铸牢中华民族共同体意识、老城区更新项目、数字经济高质量发展、分级诊疗服务体系、文旅产业发展……一个个优质提案，成了大树与土地之间的连接，也成了这座城市从外到内核的发展动力，更让大桥的两侧不断地发生着新的变化。

　　桥的南边可不得了，大油泡、科技馆每天迎来全国各地的游客体验石油精神；迎宾花园、天盛花园、泰富嘉苑等一批新小区的建成让市民喜迁新居；新丝路广场、百瑞广场、康城风情街消费购物餐饮中心拔地而起，让市民享受"一站式"的消费体验；五大场馆将"文化润疆"送到群众的身边；科技创新大厦为科技型企业孕育着梦想；"人才小镇"的建成让五湖四海来建设克拉玛依的青年有个家；云计算产业园等一批现代化园区的建成强有力地推动着城市经济的发展；中国石油大学（北京）克拉玛依校区等三所高校以及新建的绿雅中学、红山湖小学等学校不断提升着这座城市的教育教学水平；中心医院搬迁新址以及紧密型城市医疗集团建设不断提升着医疗水平；"你好·丝路"网络国际传播交流大会、中国氢能大会、克拉玛依马拉松比赛这些重要会议赛事的举办不断提升城市形象，等等。

　　与此同时，桥的北边也不甘示弱。园林、苑泉等老旧小区改造提质，当年的斑秃不见了，老旧管线更新了，还加了保温层；老区的市政道路得到了改建，增设的封闭式公交站台、停车位方便了群众生活，准噶尔路、友谊路风貌提升工程整体完工，城区景观全面优化；中心医院的旧址正在打造未来产业园，将带动准噶尔商场焕发新的生机；新建的汇嘉购物中心让滨河广场充满时代气息；八一棚户区改造、"大夜市"自由市场改扩建把宜居安居的生活送到了咱老城区老百姓的身边，等等。大桥北边的一切都在向着越来越好变化着，唯独那个不怎么高也不怎么宽敞的办公楼宇中的那群人忙碌的身影没有变，唯独小区里居民吹拉弹唱、载歌载舞、民族团结故事和桑葚树下的甜蜜没有变。

在政协委员们日复一日、年复一年的辛勤付出、参政议政、建言献策下，此时的友谊大桥，已经从一座"跷跷板"，变成了一根"扁担"，它从此不会倾斜向任何一方，而是担负着南北两边统筹协调地发展、大踏步地前进以及生活在这片土地上的各族群众幸福美满的生活。

如今，青年也如愿成为了克拉玛依区的一名政协委员，在区政协的带领下，他和各界别的委员们在"委员大讲堂"中汲取知识和信念力量，在与群众促膝长谈中获取民生密码，在与基层干部的座谈中了解城市底色，在提案中描绘大桥两侧的城市万象。此时，他心中的"大桥之问"早已有了答案——这座城市的未来将会成为各族群众所向往的那样！会有各行各业的政协委员们永不停歇地在大桥两侧奔波忙碌着！这座友谊大桥所承载的是克拉玛依这座全国文明城市奋进的昨天、发展的今天和辉煌的明天！

◎崔磊

　　1973年2月生，陕西旬邑县人，自治区政协第十三届常务委员会委员。克拉玛依市政协第八届、九届委员会委员，供职于克拉玛依市文化馆。中国书法家协会会员，中书协女书法家委员会委员，自治区第六届"天山文艺奖"获得者，自治区"四个一批"文化人才。书作《江姐家书》被中国国家博物馆永久收藏。

荒原的见证

崔磊

如果我不曾走进罗布泊，一定同你一样，不知道死亡之海里蕴藏着滋养生命的养分；不知道在大漠腹地有一片盐海，水天一色，烟波浩渺，盐花绽放，洁白晶莹。无垠大漠里筑起楼宇厂房，万古莽原上响彻轰鸣机床，这是国投新疆罗布泊钾盐公司的生产基地。形成于亿万年前、深藏于地下的天然卤水经开采、采收、提炼，便有了农作物生长必需的钾肥。而开启地下盐湖沉积层这一宝藏的带头人，正是"时代楷模"——李守江。

早年间，为开发罗布泊地下盐湖沉积层苦心孤诣，让他早已双鬓斑白；如今科技创新，决策企业多元发展未来，又让他殚精竭虑。时过境迁，只有基地现场遗存的地窝子、盐块房，可以见证当年李守江带领"罗钾壮士"骄阳蒸熏、饮风卧沙的开拓时光。人才短缺、试验失败、资金链断裂等种种难题，都未曾拦住他前进的脚步。李守江靠着目标坚定、远见卓识以及拼搏奋斗，与同伴们用"罗钾精神""罗钾速度"在荒原里建设出一座现代化的工厂，生产哺育农作物的钾肥。

作为世界上最大的硫酸钾生产企业，国投罗钾建有年产 150 万吨硫酸钾生产装置和年产 10 万吨硫酸钾镁肥生产装置，产品质量世界第一，曾两次获得国家科技进步一等奖。这不仅改变了世界硫酸钾生产格局，缓解了我国钾肥供应紧缺的局面，还形成了世界钾肥价格的洼地，让质优价廉的硫酸钾肥走进千农万户，使我国农民得到了实实在在的实惠。

前进的力量来源于什么？来自内心真挚的情感、使命的召唤。这个力量在时间的积累下越发强大，传递给几千罗钾人。荒原见证英雄，机床吟咏传奇，盐湖传续伟业。君且看：沃野千里，农桑固邦；邦畿千里，维民所止；物阜民安，国祚昌隆。

另附词一首：

《满庭芳·咏罗布泊钾盐公司开拓者李守江》

烈日蒸腾，苍茫绝域，俊杰矢志云天。

匠心劈地，卤水漫荒原。

碧海盐花绽放，霜风劲，挥斥忧欢。

强肥业，国投罗钾，盛誉震瀛寰。

铁肩担道义，三农泽被、物阜民安。

盼明朝，科研提质攻坚。

岁稔年丰追梦，旌旗展，鼓棹扬帆。

霞如赋，千秋功炳，华夏创新篇。

◎王研充

　　1970 年 8 月生，四川省井研县人。克拉玛依区政协第一届委员会委员、第二届委员会常委。现为中国书法家协会会员，中国楹联学会会员，新疆文艺评论家协会会员，克拉玛依市书法家协会主席，新疆艺术学院教授、硕士研究生导师。

既雕既琢复归于朴
——朱生军艺术鉴赏随笔四题

王研充

前人有诗书画印"四全"之谓。集多种素养于一身，熔根雕、泥塑、藏石、摄影于一炉，四艺全能而又造诣殊深者，概观西部，朱生军先生应当之无愧。

根雕

那是在 1997 年，当我第一次看到朱生军先生的根雕艺术作品时，我脑子里出现了一个词——不朽的生命。生命是不可能不朽的，但我还是愿意用这个词来加以赞美。

朱生军的根雕创作始于 1983 年。他是新疆较早从事根雕创作的人，至今已创作出大大小小根雕作品逾千，其中有精品百余件。80 年代的作品以《阿里巴巴》《思想者》等作品为代表，90 年代的作品以《苦禅写意》《问天》《傲视群雄》等为代表，2000 年以后以《天塑》等为代表。综观朱生军根雕作品，有以下几个特色。

材质特殊，因材施艺

朱生军的根雕作品是就地取材。新疆天山南北广袤的土地上，生长着千姿百态的植物。朱生军最看重的根材是红柳（学名柽柳）、天山圆柏（俗称爬地柏）和细叶忍冬（俗称千层皮）。这几种新疆独特的木材，形状变化多姿，坚韧且色泽自然悦目。其他省份根雕艺术家很难见这种材料。朱生军创作作品，在茫茫荒漠戈壁之中寻找千年的木材也是极其艰难的过程。他曾以明清之际的大画家石涛讲的"搜尽奇根打草稿"来形容。为寻根材，他上阿勒泰山、额尔齐斯河沟和偏僻的山村，去阿克苏、和田大漠深处的村落柴堆，到东疆中蒙边界的古村村民家，常去平井场引水工程地、深山河沟和绿洲乡村老乡家的柴垛里、馕坑边寻找，所以对根雕材料，乃是以目视之，以神遇之。他的作品以"珍惜生命"和"朽木可雕"为主题。新疆著名画家李灼先生为其题写"化腐朽为神奇"，他以此为宗旨，施于必要的雕刻，合理的取舍，最终经修型打磨后使雕琢部分与天然部分形成虽由人工宛似天成。如《瓶梅》《窥》取材红柳，以表面扭动变幻的线条表现其巧思中的古朴之风。

借取书画，既雕既琢

朱生军根雕创作的成功，最大的创作理念是源于对中国传统书画的理解。他在学根雕之初仔细探究过中国书法和中国画的表现技巧，从中汲取营养，运化到根雕创作中。他注重块面之凝重，注重龙蛇游走般之线条，注重纹理色泽，还注重情感的表达。他不断在发现美，塑造美，感召美。朱生军更像是"化腐朽为神奇"的"神医"，其刀斧之功在于巧妙地把一块块灰土的木材雕琢成精神矍铄、意趣横生的艺术品。如《苦禅笔意》就是取著名大写意画家李苦禅画作之意。这无疑是根雕的大写意，根雕的文人趣味，使根有了笔情墨趣，从而凸显主题或展现意外的神韵，最终使中华传统文化的味道得以彰显，达到庄子所谓"既雕既琢，复归于朴"之艺术境界。无怪乎 1989 年 12 月在广州市广州画廊举办"朱生军大漠根雕展览"时，著名书画家赖少其先生为展览题写了"自然之美"！（并出席剪彩仪式，《羊城晚报》和"广东电视"做了报道）

似与不似，归于天成

朱生军的根雕有孔、有裂缝……，这些或许都是其他省区作者眼中的"败笔"，但在他的作品中却有另一番景象与味道，更彰显其独特风格。在长达近四十年的根雕艺术创作中，朱生军的创作追求从具象到抽象，从似到不似，再到似与不似之间，即不似之似而神似；从既雕既琢到浑然天成，他经历了多次的蜕化、涅槃与重生。他一直坚守对中国书画的解悟，清楚地认识到"苍茫大气""古朴天然"才是它的艺术追求。可以说，根雕艺术家把他的作品视作书画艺术，而书画家则认为他在用根雕艺术表现书画，而且是大写意。一个"意"字成为他的追求境界。"意"包含了"有意"和"无意"以及"有意无意之间"。有了"意"就脱略了"形迹"；有了"意"进而"无意于佳乃佳"；有了"意"才能返璞归真，妙造自然。他取斋名为"天成斋"是有其深刻寓意的。

在当代艺术语境下来观照朱生军的根雕，我以为他正切中脉搏，切中中华文化的脉搏，以"意"为胜，以大写意精神为胜。我们切不可以把他的根雕工艺化。反之，他极力把根雕工艺向艺术、向大写意靠近一大步，更具意象之美。中国根艺美术协会主席马驷骥赞评："朱生军的作品既有南派根雕的细腻温润，又有北派根雕的雄浑大气，由此形成了自己的风格。"赞则赞矣！窃以为没还赞出深度。

朱生军的根雕作品曾多次参加全国展览。1991 年 10 月，参加"中国第二届根艺评比展览"获一等奖；1997 年 9 月，参加"中国根雕博览会"获金奖；2007 年 11 月，参加"中国第十一届根艺石艺精品展"获"刘开渠根艺奖"金奖。2009 年，参加"中国第十二届根艺石艺精品展"获"刘开渠根艺奖"金奖……。

泥塑

大约是 2005 年，我女儿还在上幼儿园，我把她送到朱生军老师的泥塑班学习。当我看到他教的小朋友泥塑作品时眼睛一亮，精神为之一振。在后来的日子里，我又逐渐观瞻了他的许多泥塑作品。作为国家级工艺美术大师的他，是因根雕而成就的，但当我看到泥塑作品的时候，我更加有一种叹服的感觉。其功底之深厚，造型之生动，手法之简练，风格之独特，令人钦佩！他的泥塑作品有以下几个特点。

一为"朴"。"朴"就存"土"气，有了土气才能妙造自然。说他"朴"是表现在美学风格上和表现手法上。泥巴是土，属五行之一，土的特性是本，为万物之母。而从艺术的角度看，"朴"是极难达到的格调和境界。在朱生军的泥塑作品中，我们不难看到拙朴、生朴、浑朴、简朴、质朴等味道。格调尚朴，正合庄子"复归于朴"之谓。

二是"真"。他所表现的形象真有其人其事，即有真实性。如《采油工》《冰塔冰人》等作品有其源头活水。这些作品是他生活在油城几十年的所见所闻、所思所想的艺术表现；是真情所至、真切感人的真实表达。从审美角度看，又真而不真，不真而真，加入了艺术的处理和迁想妙得，是直率，是真率，返璞归真，一切都源于生活而又高于生活外相的艺术境界。

三曰"厚"。"厚"与"朴"本不可分，但"厚"更注重质感和分量感，最终是气息壮健的表达。南齐谢赫《古画品录》提出绘画六法首先在"气韵生动"。气厚的东西看似不够潇洒灵动，但有老到的意味，可以不断品味，而味道也越品越浓烈，越品越醇厚。当然，朱生军的泥塑的"厚"是要靠粗糙的泥土得以体现的，厚到什么程度呢？这需要艺术家拿捏的本事。如衣服的布料、围巾，本来很薄很轻的，但他却表现得厚；人的造型瘦高是美，但他偏偏表现得矮短，让我们看了更觉得是另一种美。这种美是不巧之巧。这就犹如普通人不太喜欢的碑派书法，从表面看它是多么的不典雅，不文气，甚至于东倒西歪不堪入目，既不成熟，又像小孩子的字。本来一撇是很飘逸轻松的，它反而成了厚重迟涩；一捺是很灵巧挺健的，它反而是圆钝不见锋了……。

泥塑是民间艺术之一，所以要避免所谓的高雅或者是酸腐味，同时又要不俗、不洋。尤其要接地气，溢真情，法自然。他做到了。他怎么做到的呢？笔者以为他的作品是渊源有自的。明末清初道家学者傅山提出的"四宁四毋"，即"宁丑毋媚、宁拙毋巧、宁支离毋轻滑、宁直率毋安排"，这是书法理论，也是艺术理论，其实也是泥塑理论。再有，吐鲁番洋海墓地出土的3000年前的简约概括的人头像泥塑，西域丰富的陶塑、铜铸、石人等，以及汉代霍去病墓那古朴浑厚的石雕……不正是他取法之源吗？正是"矮短不入时人眼，古风犹存格更高"。近几年，他还有缘拜天津"泥人张"为师，学习其精湛的技艺，为他的泥塑创作提供了更高的平台。笔者相信他的泥塑作品将焕发出新的生机和活力。

藏石

《尚书·禹贡》记载，"泰山山谷中产怪石"，并进贡禹王。这可能是关于奇石最早的记载。《山海经》中描绘过众多盛产奇石的地方，引得无数人为之痴迷。《淮南子·女娲补天》中记载的"女娲炼五色石补天"。文人隐士陶渊明坐躺"醒石"。自古以来，许多文人士大夫爱石成癖，藏石、赏石、论石、画石、咏石、听石，更是造诣颇深，比如苏东坡藏"五色石""北海十二石"等，米芾更有"石痴"之称。对于我们这代人，一首《木鱼石的传说》的歌曲，婉转悠扬，几十年过去了，至今尤能忆唱。

奇石，显然与根雕、泥塑不同。根雕、泥塑除天然外，还要人工刀斧之雕凿，而奇石几为天然，人工的成分则是拾到它，为之命名，最多再等着给它配个底座，但这并不简单，依然需要不同凡俗的艺术识见和文化涵养。

20 世纪 80 年代初，朱生军几乎在与根雕相逢的同时，也与戈壁奇石结缘。1982 年深秋，单位派他去扬州学习园艺。他第一次在江南狮子林等许多名胜古迹中感受到中华观赏石的无穷魅力，加之学习中有制作山水盆景课，更增加了他对"美石"的爱恋。朱生军在上世纪 90 年代就把他的藏石带到上海花会、"九九昆明世博会"。他也是在油城第一个举办个人石展和公益开馆的人。朱生军的藏石并不拘泥于克拉玛依本地及周边。他走遍了天山南北的奇石产地。因此，他的奇石藏量之大、品种之丰富、石质之精美是疆内观赏石藏家少有的。关健是朱生军不敢也不愿将这些天地之功据己自傲，而是拱璧珍之，设馆广之。

几十年来多少次地徒步在荒野戈壁滩上，一次次地寻觅上苍赐予的神物和瑰宝，他几近疯狂地只为被奇石所吸引。朱生军前期并没有自己的车，寻根觅石的过程都是租车和搭班车完成的，其中不乏有许多心酸的故事。而如果要让他把每一块奇石得来的经过讲述出来、记录下来，那自然是一本厚厚的《奇石传》。著名作家张红军先生曾选取了他获得两块奇石的经历写道：

2003 年初春，他与石友一起去克拉玛依魔鬼城东 50 余公里外戈壁滩上觅石，辛劳几天未果，极度失望伤感。在别人吃午餐时，他却迷迷离离，如有神牵，独自背着行囊向远处走去。当他走到一条季节河叉道时，下意识一回头，猛然发现二十米开外有一块金黄色的木纹玛瑙，正静静平躺在沙石上沉睡着。等到他捂着狂跳的心，慢慢地走近它、靠近它，天哪！它竟然是一位绝色的"睡美人"。他不由得双膝跪地，深深叩谢造物主的赐予。两小时后，在几公里外的河道里，他又意外寻到一块难得的浑圆饱满的戈壁石。于是他又连连叩首，虔诚地感谢上苍。

就是这两块被他命名为《天骄》《韵律》的奇石，在"2003 年新疆奇石评展"中获奖，并且朱生军是此次展览中唯一获得两枚金奖的藏家。

这些奇石，奇就奇在它不需要人工的雕琢和人工的执意模仿，而是来自天授。它是天地的印记，它是日月的精华。它能将宇宙万物容纳到这一颗小小的石头上，而你人并不知晓。它也可将你心头的一点点诗意，哪怕是一片片小竹叶描画在其间，让你感到心有灵犀。它可以是塞北的，也可以是江南的。它可以是五千公里黄河，可以是六千米昆仑山……。

朱生军很低调，前两年退休了，躲到九公里外的小院里不知道又在捣鼓什么？我了解他是珍惜时间勤奋的人，不定什么时候又有新作品问世。他也许看着这些奇石，在那里待上整整一天，茶不思饭不想。他在神游九州，妙悟古今，博观约取呢！

艺术品之间似各有其不同，依据艺术感受，根雕创作、泥塑创作是往外放的，奇石收藏则是一种向内收的，如果说根雕、泥塑、藏石的内在关联都是为展示美，表达思想，触及灵魂，那么，这些行为对人生来说就有了意义。

造物有情，使我们能透过奇石看到岁月的沧桑。人间有爱，使我们透过执着的精神去发现美的光芒。

摄影

新疆是艺术的天地。它的自然资源和人文资源不断吸引着全世界的艺术家来此采风创作。

就摄影而言，拍摄可以从最南的"万山之祖"的昆仑山，向北到塔克拉玛干大沙漠、塔里木河奇观，到风景独特的天山山脉，到"塞外江南"的伊犁河畔，到博斯腾湖、赛里木湖、喀纳斯湖，世界魔鬼城等。向东可以有火焰山、葡萄沟等。当然，我们更可以用手中的照相机聚焦古丝绸之路上的高昌故城、交河故城、阿斯塔拉古墓群、伯孜克里克千佛洞、克孜尔千佛洞以及龟兹石窟艺术等等。当然，另外还有一个摄影角度，就是人像摄影。

朱生军是千百个摄影家中的一员。但知道朱生军摄影的人不多，知道他摄影特别好的人更少。

笔者很有幸，在《朱生军摄影作品集——天山南北新疆人纪实》出版之际为其题写书名。更有幸的是先睹为快，欣赏到他那本带有浓浓新疆味道的书卷。他特意委托我，给北京我的先生吴悦石呈上一本。吴先生一页一页地翻阅，赞叹不已。

我认为他的摄影作品与他的根雕、奇石、泥塑相比，更有过之而无不及的艺术魅力。在人人都能拿起手机拍照的今天，似乎摄影并不神秘；摄影技术已经被现代科技所覆盖的当下，似乎摄影等同于拍照；在经济实力比几十年前远超的时候，能买得起高大上的相机，似乎自然风光成了旅游者必带回家的礼物，但即便这样，摄影家还在不断坚守。那么，摄影自身更面临的是困境和失落，失落的是什么呢？当然是视角，是味道、是感觉、是思想。我们看到许多摄影作品，或炫技术，或炫色彩、或炫奇异，或炫唯美。朱生军则不这样。他是既写真又纪实，每张画面对读者都是一种深邃的代入感。他的摄影应该归于人像摄影，但是在他的作品中又不单单只表现人像，而是用场面，用背景来衬托人。他的摄影镜头既瞄准国际性的大师水准，又以普普通通的各族平民百姓为主体。他的摄影是对新疆平民人文生活的忠实纪录，也是对他近六十个春秋在新疆生活的人生记忆，更是留给后人的珍贵影像史料。

他摄取的完全是民众的生活场景。但朱生军的意义更在于当摄影家在追求"艺术化"的时候，朱生军已经跨越了"艺术化"的界线，他"明白了'摄影不是艺术'"，"领悟到纪实摄影是体会人生'百味'的大课堂，是摄影人在不断按下快门的同时，对自我心灵深处的一次次叩问，更是对当下对人生对世界的再思考"。他坚定"要用最平实的镜头去追寻最走心的影像"。他的作品题材广泛，表现"叶尔羌河畔的茶馆""柯尔克孜族猎鹰之乡的人们""巴扎里的大千世界""喀什老街的时光记忆""凝视军垦老战士""东窝子里的故事""砖厂里的窑工""阿勒泰山转场的牧民"等等。我在谈到他的根雕作品的时候，认为他的作品使根雕工艺向艺术靠近了一大步，那么他的摄影作品是向非艺术化走近了一步。他摄影，不是艺术，重在纪实，却获取了直面强悍的艺术感。它是不是艺术的艺术——超艺术。

从摄影作品，我可以看出他强大的综合能力。除美术能力、造型能力、色彩能力，还有对新疆历史的谙熟和民族语言的驾驭能力，这是十分不简单的。这一切都来源于他在新疆这片热土上生活长达六十年而热爱它，理解它，忠于它，赞美它，维护它。他终将因它而感到无比荣耀。

《朱生军摄影作品集——天山南北新疆人纪实》是"2016第十六届中国平遥国际摄影大展凤凰卫视优秀摄影画册奖作品"，由北京电影学院宿志刚教授作序，中国摄影家协会副主席李舸、中国著名摄影家王福春、《数码摄影》主编邓登登等众多名家推荐。

朱生军先生的根雕、泥塑、藏石、摄影，门类不同，形象各别，但总觉有一种相同的意念浮于其上或融于其中，表现为不寻常的魄力，锐利的鉴凿力，浑然一体不能说得清楚的融合的超然气力。他的简朴浑厚，时不时会从树根、石头块、泥坯、照相机等唤出活生生的生命来。简得不能再简，真实得不能更真实，似有意似无意之间，总能相逢相遇一种巧缘，这种巧缘只能邂逅相逢，人工追求难遇。这种邂逅显示了作品背后的强悍执拗的大力气和超然见识。

对于朱生军先生的根雕、泥塑、藏石、摄影的鉴赏，和学人二十多年来对他的认知，只能通过这短短的笔墨著笔于此。对于一位大艺术家与小家、与他人的不同，绝对是不刻意讨巧，简削约取，以崇尚自然为最高规范。自古以来，中国人的艺品人品论，并未把纯艺术看成最高境界，而是把艺术浑然融于人生、融于社会和融于自然。朱生军先生的实践精神实际正是中华民族的人文精神。大巧若拙，大朴不雕，老匠斫轮，超越的艺术似无艺术。此正"常无，欲以观其妙。常有，欲以观其微"之谓。我们看看他的诸般艺术实际是一，而非二、三、四。一又归于无，无合于道。

◎薛雅元

　　1972年6月生，江苏南京人。民盟盟员，克拉玛依区政协第一届、二届委员会委员。现就职于克拉玛依市教育局。新疆作家协会会员、中国石油作家协会会员、克拉玛依市作家协会会员、克拉玛依区文学协会会员。多篇（首）作品在《星星诗刊》《中国文学》《西部》《地火》《绿风》《新疆日报》等媒体发表。组诗《消失的村庄》获"第六届海内外华语文学创作笔会"诗歌二等奖，小说《岁月》获克拉玛依市第二十二届"黑宝石"文艺奖。

今夕月光灿烂

薛雅元

在哪里遗失了你？头顶灿烂的月光。久违了，你朴素的光芒，在深蓝的天幕里显得遥远而珍贵。在这样的黑暗中，我已经很久地忘记了仰望。失却了闲适的心，失却了容易感伤和激动的心。

我想，是否到时候了，是否这就是岁月的必然，在秋天到来时，一切多余的，无论如何留恋，也必须离开枝头。到冬天的时候，要眼睁睁地看着雪花飞满我们的头颅。

你闪烁着，温暖又亲切。寒夜里，这是唯一的火花，在我的心头嗞嗞作响，点燃片段，点燃风烟，我嗅到了难以言说的诱惑。

在你的纯净与光泽中，我是低微虔诚的飘摇水草，在柔的波浪里追逐你，在暗的水影里举着你，在昏昏的尘世咀嚼你。

在失却轨道的洪流中，与泥沙俱下，忘记了疼痛，忘记了着急，忘记了轻重。如果我不是丢失了你，必然是丢失了我自己。

回头是岸！星光照耀，这个无比光辉的秋夜，飞花照耀着我的苍白，蒹葭在梦里飘絮飞舞，激情秋水是我迸溅的泪花。

今夕月光灿烂！照见我透明的灵魂，是我的本色。逡巡徘徊之间，感觉你搀着我的手臂，要带我从黑暗走向光明。

我的双脚陷在苦楚的泥潭，忧伤损坏了我的神经，心底里的歌唱不出声音，我这一颗黑暗里的莲花种子，能否还能开出久违的笑容？

长天深深，月光融融，我的眼睛里注满了黑暗。夜风歌了一曲又一曲，把你的亮片缀成我美丽的夜衣。星儿，从忧郁的蛛网里挣脱，此刻，我要大胆地望一眼你的明亮，赴你期待已久的约会，然后走向光荣的祭坛。

◎毕鸿彬

1967 年 7 月生，河南孟县人。克拉玛依市独山子区政协第七届委员会委员。新疆作家协会会员，曾任克拉玛依市独山子区独库公路博物馆馆长、独山子作协副主席。著有个人作品集《秋天的音符》。

情系喀什

毕鸿彬

一滴水从时光深处跌落

当你隔着山、隔着水，隔着无法预料的可能，向我一点点儿靠近的时候，那张分别留影已经被我的目光抚摸得发黄。

记忆中，离别是一场清冷的雨。那个早晨喀什噶尔只有一个人在远离。我低吟的呜咽压住心中喷涌的呼唤，像走夜路的维吾尔族大叔忧伤的高歌。不为壮胆，只求惜别的回望中有你的身影闯入我欲碎的目光。寒风吹遍老城，潇潇雨丝是它赐予我的最后礼物，默默清泪是我回报她的最后别语。寂寂的，灰蒙的，连天接地的雨幕，紧紧将我们拥抱在一起。 是的，天地有情。围绕一个城池，在一片怀念的天地里，我们从未分离。我们走不出沙枣花幽香的记忆，忘不掉艾德莱斯一样多彩的故事，我们有沙尘暴掀起时手挽手的经历，有明月一泻千里的思念。风吹走一场雨，吹散一朵花，我们走向远方，在岁月的颠簸中模糊了身影。很多时候，那一城的雨又悄悄浸润了我的梦。

我相信心念的力量，它能让月亮发出慈悲的光芒。群星闪烁的夜晚，微信跨越时空，我听到你激动的声音。刹那间，天涯近在咫尺。我向你奔去，脚步有些踉跄，我怕认不出那一张张早已消退了春光的容颜。我惭愧断片的记忆，一些名字滑落黑色缝隙。然而，一滴水已从时光深处跌落，撞响心弦，发出了悠长的颤音。

相聚铺开如虹的情愫

隔着三十五年的光阴，我们再次相聚。我用想象编织的相逢，没有一个和现实相吻。远处的灯光照亮你招手的身影，晚风里传来你的召唤，仿佛从前上学的路口年少的我们平凡的相遇。我们的双手紧握在一起，我们的目光交织在一起，心中跃动着同样激动的波浪。像奔波在外的小溪重新回到江河，所有的跋涉都是重逢的铺垫。我们重回集体放下了人间多余的累赘，仅用同学这干净而单纯的名词验明正身。

记忆的河水盛满往昔，任由我们拉开一张大网，寻找游向远方的从前。当回忆集体爆发出火热的力量，时光开始逆流而上。那些沉潜的意识慢慢向上漂浮，那些忘却的人和消失的事渐渐复原。我看见当年的你、当年的老师、当年的教室、当年的喀什……它们仿佛不曾更改，从未走远。时光不再隐秘与深邃，翻阅时间的篇章，三十五年恍若一页，而我们的须发已被洗白。在岁月的长河里，冲不走的是对喀什坚守如石的怀念，洗不掉的是对故人眷恋如虹的情愫。

握着彼此的手，我们就握住了从前；望着彼此的眼，我们就看见了从前的自己。在彼此的心中我们早已安放下彼此，即使有记忆衰退的流沙，也难掩真情。草木春秋持续轮回，我的心顺着喀什吹来的风，敏感地飘摇，转瞬，已是半生。这迟来的相聚让思念回归原点，让灵魂变得干净，让心变得年轻，让岁月不再无情。我该怎样感谢你——喀什噶尔，我成长的地方，我的故乡。

深情化作温暖的祝福

今夜我们斟满情感的酒杯，不醉不休，所有的话语都指向南疆的喀什。今夜我们都是它的子民，我们从它的脚下走出，走向更广大的世界，把心却留在了它干打垒的高墙中。当年我离去的时候还是身着平布衣裤的少女，脱不掉生活拮据的印记，以致回忆总抖不掉时光的灰尘。我在记忆里走街串巷，眼前总浮动着煤堆维持着的瘦弱炊烟；水桶里晃荡的沉重；简单的衣裤、手纳的布鞋、笼蒸的发糕……生活简单却不失乐趣，我们单薄的肩膀开始承载艰辛，也体验成长的自豪。我常常在一个个地方驻足：四十二团招待所门前的路灯下，有父亲等我夜读归家的身影；第二人民医院，一位面庞红润的维吾尔族大夫驱走了我的病痛；综合商店，九分钱一袋的可可粉在舌尖上留下无法超越的美味；东湖公园的开挖劳动，让憧憬的双桨在人工湖上荡开波浪……我的耳畔时常响起《苏武牧羊》的歌声，那是我们为班级争光的翩翩舞蹈；我又听到老师的教诲，"学如逆水行舟，一篙松劲也难撑。"我在思念里根植青春饱满的种子，任由它的绿叶与繁花安抚中年的疲惫。

我跌进往事的梦里长久不醒，我向着你们追问：弥散着沙枣花幽香的大街小巷可还有铃铛欢响的驴车奔跑？节日里艾提卡尔清真寺广场可还有载歌载舞的欢乐民众？掩在钻天杨身后的简陋校舍可还是从前模样？我在你们的笑容里感到羞惭，我在你们的描述中晕染脸上粉色的欣喜。

喀什噶尔不是一位盘腿打坐的老人。它在远方，在时光的河流中汇聚美玉。她是一位灵秀的女子，荒漠的大风掩不住她迷人的风姿。他又是一位健壮的男子，坎坷的道路挡不住他豪迈的步伐。她沸腾歌舞，散播诗句；他在传统与现代的土地上，留下苍劲的笔墨，世界为之瞩目。我要为你饮下祝福的美酒，将一片冰心融进玉壶。

人生甜苦总在分离之间体会最深。红尘依旧，沧桑难阻，我们相聚，又匆匆别离，一如花朵上飘散的花瓣，然而空气里已经有你亲切的气息。

◎刘玉萍

1966年12月生，山东济南人，自治区政协机关报《亚洲中心时报》驻克拉玛依市记者站站长。

我的风·花·雪·月

刘玉萍

"与浪漫绝缘",我一直这样评述自己。小时候,虽说很喜欢读书,但散文、诗歌之类的却鲜有涉猎,背诵的那些古诗词,也仅仅是为了完成老师布置的任务。到了大学开始涉及新闻写作,又要求实事求是,做真实的报道。毕业走上了记者岗位,闲暇之余除了看新闻、访谈之类的电视节目外,基本不看电视剧,少得可怜的追剧经历还是为了陪母亲顺带为之。我常调侃,父亲少言寡语,又是学机械出身,严谨而古板,这导致我的遗传基因里少了浪漫的因子。可是,随着年龄的增长,我的心态也慢慢发生了变化,除却纷繁芜杂的工作,偶有闲暇,见飞雪轻舞,竟也产生了随风而动的渴望;观枯叶凋零,更是悲从中来,叹岁月无常。神归之时,让我不由得产生联想:难道是蛰伏在我身体里多年的浪漫因子突然觉醒了?

述风

谈及对克拉玛依风的认知,最早能追溯到在外求学日子里母亲来信中的点滴描述,其中印象最深的,便是大风把克拉玛依友谊馆楼顶吹了下来。先入为主,这让我觉得克拉玛依的风太可怕了,更让我耿耿于怀的是大学毕业刚回到克拉玛依不久,一天在单位赶完采访稿准备回家时,发现外面刮起了大风,肆虐的狂风呼啸狂奔,卷起漫天黄土,天似乎都暗了下来。当时出租车很少,一遇极端天气,还愿意跑车的更是凤毛麟角。于是我只能无奈地硬着头皮往外走。谁承想刚出单位的大门,我便像是被人横推了一把,踉踉跄跄地跌进了路边的林带里,胳膊、膝盖上留下了不少划痕和淤青,好在男朋友来接我,才让我摆脱了困境。一朝被蛇咬十年怕井绳,此后只要听到天气预报中有关风至的消息,我便会依仗着记者这个职业不必朝九晚五的"福利"，不去上班，特别是冬季，更会借着当时《新疆石油报社》就我一个女记者，不必深入钻采一线采访的"关爱"，窝在房间里，裹紧被子，打开电视，绝不出门……

青葱岁月，韶华易逝。有时想想，从指尖、眉梢流失的青涩与激情换来的，往往是铅华尽褪的返璞归真。也就在这个时候，你才会发现你的所爱、所愿、所执为何？时之沙的流逝让我对克拉玛依风的认知慢慢有了改观。细细想来，每年若没了这风的加持，如何能够辨明四季，感悟轮回。若论克拉玛依之风加持的四季，只能用"恍若人生"暂解。就如这春风，就好似面对一个小姑娘，轻柔、敏感、活泼，还有那么一点小任性。大部分时候，她会围绕在你身边，欢快嬉戏，一会吹飞几缕行人轻柔的发丝，一会指挥新叶唱响跃动的和弦，奏响新生的序曲……我贪恋在春风中散步的感觉，谁能想象那如丝绸般轻柔的触感，夹带着若有若无的花香，在人脸上慢慢滑过，犹若拥抱般的包容与紧致，确不会让人感到压抑，和着温暖的阳光、淡淡的泥土与青草的芬芳，安全感和归属感油然而生，懒懒的，让人就想这样静静地睡去……

若道秋韵如诗，秋风便是那韵律中跃动的精灵，那深沉吟诵中荡漾开的涟漪。并非激情澎湃，亦非萎靡落寞。似一名上古舞者，轻盈、坚定、柔美。动静、刚柔在崩坏与创生间转化，成长与衰败在一念中轮回。秋杨的落叶随风跃舞，大农业果蔬甘美醇香，凤栖湖上金霞渲染的水云跌宕，耳边一缕若有若无的晚歌唱响，绛红色的祝福在这片土地上回荡……

世人皆爱美恶丑，而我却独愿处丑而向美。如道德所言，上善若水，水善利万物而不争，处众人之所恶，故几于道。冬风如刀，朔风呼啸，吹得人不敢远行，甚至不敢出门。风去一派凋敝之景，残雪塑型，像极了被海水浸润的沙滩，一层层一片片，在阳光下粼粼闪烁，恍若水波涌动，细看却又不着痕迹，别有一番意趣。万木枯槁，如耄耋之人退却一身铅华，往事种种，随落叶飘散，蓦然回首，身藏年轮以证过往，残破之躯回归本源，不必在乎愿或不愿，只是本该如此，心之亦然……

品花

母亲很喜欢花，为了满足她的这个爱好，我与妹妹没少给她往家里买，可喜欢归喜欢，要领归要领，在她的"精心呵护"下，家中花草鲜有存活。这时候，我总喜欢借机调侃母亲是"霎那芳华"的忠实践行者。而我所爱，却是那平凡的向日葵与爬墙虎……

记忆就像一条长河，我却经常能从河里掬起的水中看到荷兰画家梵高的《向日葵》。分不清是画的魅力还是花的神韵，让我如此迷醉，但每每忆及那绚丽的黄色系组合、张力的花瓣、不羁的线条，无不感到心惊神动，不能自已。恍惚间画与花交叠而出，让我仿佛坠入花海，扬起的花瓣缓缓而下，将我埋没其中，与这画与这花融为一体，难分彼此。

第一次真实地见到向日葵却是在乌尔禾，听友人讲乌尔禾种的向日葵很是壮观，第二天我就迫不及待地奔向了那里。一下高速路，看到那成片黄灿灿向阳高高仰起花盘，我竟然瞬间心跳加速，眼眶不受控制地湿润起来。在短暂地失神后，立即掏出手机疯狂地记录眼前这梦中的风景，并把微信背景改成了向着太阳绽开笑脸的向日葵。

喜欢向日葵，不仅仅是学生时代在图书馆看到梵高的《向日葵》后让我让震撼，还因为它叫"太阳花"。入目无他人，四下皆是你，有你时你是太阳我目不转睛，无你时我低下头颅谁也不见，这就是向日葵的花语。

清晨，向日葵张开笑脸，第一个迎接冉冉升起的太阳；中午，烈日当空，向日葵无畏地扬起它金色的脸庞，接受这炙热的祝福；夕阳西下，向日葵面向西方，恋恋不舍地与太阳告别。有时候风雨如晦，它不得不无奈地低下头去，可一旦太阳升起，它又会仰起不屈的头颅。春晓，几株嫩苗破土而出，褪去头上坚硬的膜衣，开始向阳而生。夏至，饱韵太阳辉光的花盘开始生长，追逐着阳光。秋风起，万物都在储备过冬的能量，向日葵向这个世界挥挥手，留下别离的馈赠，一盘饱满的果实，在人们团圆的日子，奉上祝福，带来欢笑……它执着、专情、生机勃勃，没有玫瑰扑鼻而来的清香，没有牡丹花雍容的气质，也没有月季楚楚动人的身姿，更不似百合芳香醉人，它是如此的普通、平凡。心若向阳，一路向暖，无畏悲伤……

特殊的日子里，秋韵渐浓，端起刚冲泡好的咖啡望向窗外，几棵枯叶裹身的树木，静静屹立在那里，神游物外，突然特别想去那条被我称之为"秋景最美"的路，那是通往妈妈家的必经之路，道旁的围栏上爬满了爬山虎，我不止一次为它驻足。念及初夏，微风徐来，片片嫩叶轻轻地摇曳，纤纤枝藤交缠而上，为这繁密的嫩叶铺下立足的龙骨。随着时间流逝，爬墙虎的叶子越长越大，越长越绿，大片大片密集的叶子织就出一张精美的绿毯，让沧桑严肃的围栏有了一抹活泼与生气。秋风瑟瑟，路旁残花凋零，枯叶如黄蝶纷飞，俗语道："霜重色愈浓"，一场秋霜洗地，爬山虎一改往日的朴素，换上了橙黄、半绿半绛的新衣，转眼间，杂色尽去，一袭红衣加身，如火、如血，无轻浮活泼之感，却蕴深沉厚重之意。四季更迭，从始至终，都没有人精心地呵护过它，甚至没有人愿意多看它一眼，但它依旧愿以这一抹赤红，对待这渺渺红尘、绮丽人间。工作之余，想起那抹红，想起那根骨，我便匆匆而行，渴望看看那让我心动的景致。可惜，确是错过了时节，空余一地狼藉。只得，待来年……

听雪

世人皆道，雪落无声。其实，雪落不但有声，而且很有趣。

克拉玛依冬天下雪的时候并不多，不如禾木那里犹如天地间的一抹画笔，勾勒出了这世间最纯净的画卷，闭上眼睛，用心去体会，可以清晰地感受到雪散发出的气息，那是一种纯净、透彻的气息，置身于这方天地间，心灵仿佛都得到了净化。但对我来说克拉玛依的雪却有着特别的韵味，因为这里是我的家。

闲时听雪，要有心境。最好是夜深之时，无人之处。抬头仰望苍穹，若是你能克服了头晕的障碍，那你所见，便是人间至景。万千雪花向你而来，大的若碎叶旋舞，小的如轻沙扬尘，不疾不徐，潇洒自在，闭上眼，耳边的世界显得格外清明，若有若无的"沙沙"声萦绕身侧，缥缥缈缈、恍恍惚惚，仿佛远古的鼓点，述说着世间万年不变的规则，传递着天地间蕴含的至理；又似先贤遗落在历史长河中的谆谆教诲，似乎懂了什么，又似乎什么都没有懂……如若有幸，适逢其会，那雪如鹅毛一般扑面而来，没了轻柔闲适。匆忙、急促，发出的声响便也有了交响乐的味道，磅礴、大气、伟岸，让人不敢直视，让人心生敬畏，雪花与外物的撞击，发出沉闷的键响，然后"叮"的一声崩碎成漫天粉尘。更多的是弦音的悠长、断续、婉转，这时候，天地间，唯有自己，却不独大，雪做人之衣衫，人与雪同演丹青。

人总是任性，我亦如是，偏偏就爱这雪天，喜欢静静地听雪落下的声音，这也许与我出生在一个大雪纷飞的夜晚有关吧……

说到我的出生，就不得不"吐槽"一下我的母亲了。母亲兄妹三人，她是老么，由于家中条件优渥，在姥姥的娇惯下，用她姐姐的话说"针头不知道针眼"。就是这样一个"娇小姐"，却跟着父亲来到了当时条件十分艰苦的克拉玛依工作生活。那时父亲一周才能回家一次，这对于生活能力相对"弱智"的母亲来说是个大麻烦。夏天还好，到了冬季需要生炉子取暖，母亲下班回到小屋经常是搞得乌烟瘴气也没能把火点着。那时，父亲回家母亲无忧，父亲一走，墙面上即刻挂上霜花，甚至连桶里的水都结了冰。就是在这样的环境下，母亲生下了她与父亲的第一个孩子。父亲因工作原因无法陪伴，母亲就一个人抱着孩子回了家。想来，那时的她自己还是个刚离开母亲呵护没两年的人，怎么可能会照顾孩子。三天后孩子又回到了医院，虽说大夫全力抢救，孩子还是连自己父亲都没能看上一眼，就永远地闭上了眼睛。空落的母亲回到家，看着给孩子准备的小衣物，心里五味杂陈，没怎么坐月子就返岗工作，导致她身染荨麻疹。至今，只要稍稍受凉，母亲的脸手就会肿胀起来，同时带来的是钻心的痒，这痛苦已经伴随她六十余年了……我出生的时候，又是一个冬季的夜晚，父母虽说已经团聚，可我降生时，母亲依旧要独自面对。在邻居的帮助下她忍着疼痛赶往医院，可走到人民路口时，却无法再挪动脚步了，邻居只能丢下母亲跑往医院求助。母亲躺在冰冷的雪地上，漫天的雪花飘落在她的身上、脸上，什么冷不冷，怕不怕，母亲说她没有任何感觉了，只祈求孩子能平安降生。邻居很快带着大夫赶来，担架踏上医院台阶的那一刻，我一声微弱哭声后再无声息，母亲的眼泪瞬间掉了下来，她好怕这个孩子又会离她而去，可耐不住我命大呀。至今母亲说起这件事还不忘调侃我，如若是个男孩就叫我"裤生"，我却认为我该叫"雪儿"，是纷纷扬扬的雪精灵佑着我来到这个世界，而我来到这个世间听到的第一个声音就是雪落下的声音……

赏月

对于月亮，我有种别样的情怀。小时候，常常在月光洒满大地的夜晚，听着母亲绘声绘色地讲那永远也讲不完的嫦娥奔月；也曾在七夕的夜里，披着一身月光，坐在小院里异想天开地去偷听牛郎织女的悄悄话。也许就是这一切的情愫，让我一不小心拉开了恋月的序幕。

因为妈妈讲的嫦娥奔月的故事，学生时代就养成了但凡走夜路，就会时不时抬头望望高高悬挂在天际的月亮，上旋月、下旋月倒不会引起我太多的兴趣，让我感兴趣的是满月，在繁星下月亮上的影像显得尤为清晰，我甚至痴傻地想着嫦娥会不会带着她的小白兔马上就飞舞下来，吴刚何时才能把桂花树砍倒……

随着长大，随着在外地求学，十五的月亮又成了思念父母的寄托。我想大多数学生应该与我一样，都有点叛逆不想被父母管着，如果可能的话，大学一定会选择远离家乡，那样就不会每天听到他们的唠叨了。

拿到录取通知书的时候，我心里别提多开心了。可是，当我真正离家不远千里来武汉上学的时候，我发现我错了。在武汉的第一个中秋是略带伤感的，吃过晚饭，我们同寝室的几个人来到学校操场，本想着高考冲刺一直在紧张的学习中度日，现在"解放"了好好赏赏月、聊聊各自家乡的趣事，可操场上时不时响起哭声，也让我心里发酸眼泪不由得簌簌往下掉，此刻的我真的体会到了什么是"每逢佳节倍思亲"了……

月亮里有我们每个人所留恋的故乡，无论是古人还是现代人，不管你身在何方，漂流到何处，于是，李白写下了"举头望明月，低头思故乡"；于是，杜甫道："露从今夜白，月是故乡明"；于是，张九龄言："海上升明月，天涯若比邻"；于是，苏轼有了"月有阴晴圆缺，人有悲欢离合，此事古难全"的感慨；于是，艾青的"思念亲人的人，望着空中的明月，谁能把月饼咽下？"引发多少人共鸣……

月的魅力真的是会让人迷醉的，有时它像一个含羞的少女，一会儿躲进云间，一会儿又撩开面纱，露出娇容，整个大地都会被月色浸成了梦幻般的银灰色；有时它又像是刚刚脱水而出的玉轮冰盘，不染纤尘；有时它宛如一叶小舟，翘着尖尖的船头，在深夜的静湖中划行，给人们送来了片片情思；有时它又像一架纺车，羽毛般的轻云缠绕着它，美妙极了……

今晚与友人小酌，因酒店离家较近就选择了踏月归家。月亮在薄薄的云层后缓缓移动，柔和清亮，月光下的树叶在微风抚慰中烁烁作响，仿佛在弹奏着一首美妙的《月光曲》，我醉了……

◎严宝根

　　1960年11月生，江苏泰州市人。自治区作协会员。高级英语教师、克拉玛依市政协第六届委员会委员、第七届委员会常委，现任克拉玛依市教育局史志编纂、克拉玛依市老科技工作者协会常务副会长兼秘书长，曾任克拉玛依区文联、作协副主席，著有5部英语教学专著、9部诗歌散文集。曾三次获"黑宝石"文学奖。

意趣新疆

严宝根

在中华人民共和国版图的西北部，有一片广阔的疆域，这就是新疆维吾尔自治区，古称西域，我寄情的故乡。

新疆地域辽阔，地形就像疆字右半边一样，是"三山夹两盆"："三山"分别代表北部的阿尔泰山、南边的昆仑山和横亘中部的天山，而"两盆"则分别代表天山南北的塔里木盆地和准噶尔盆地。"三山两盆"形成天然的温床，在这片古老的土地上孕育了一个个璀璨的传说……

新疆有着最独特的自然景观。在这里，有风景优美的天山、巍峨的昆仑山、水草丰美的塔里木河、静静的那拉提草原、如诗如画的赛里木湖、壮观苍凉的沙漠，有一望无边的戈壁荒滩及山顶终年积雪的天山山脉和雪水融化汇聚成的一个个湖泊。在这些湖中，最美的要数喀纳斯湖了。清澈见底的湖水在阳光照耀下，金光灿灿，璀璨无比。周围山上的红松、白桦、云杉，就像一排排威武的战士，守卫着美丽的喀纳斯。

新疆是驰名天下的瓜果之乡。这里有香甜爽脆的库尔勒梨、细籽沙瓤的沙湾西瓜、甘甜如蜜的吐鲁番哈密瓜、驰名中外的各种各样的吐鲁番葡萄。倘若您在新疆行走，热情好客的老乡会邀请你到家中做客，品尝香甜的瓜果，喝喷香的奶茶，品尝各具特色的糕点，一起跳热情奔放的舞蹈……

在新疆，一个城市和另一个城市之间的距离有几百公里。无论你驱车前往哪里，沿途的景色风光都会给你留下独有的深刻印象。一望无际的茫茫的戈壁滩，辽阔空旷的喀拉峻美幻草原，古尔班通古特沙漠，昆仑山雪域冰封，天山脚下的戈壁绿洲，无论哪一处人文景观、大自然奇美风貌以及璀璨文化都会让你的旅行趣味无穷，流连忘返。

新疆地方特色浓郁，大街小巷都能听到动感十足的音乐，沿街店铺可看到各种各样漂亮的羊毛地毯、挂毯、各式各样的花帽……

　　走进二道桥大巴扎街区，游人常被沿街店铺里琳琅满目的民族工艺品、各色瓜果、别具一格的美食所吸引。羊肉串、烤羊排、烤包子、手抓饭、拌面，让来自八方游客品尽美味，赏尽风光，不由自主地期待下次还能再来。

　　新疆的大自然更美，更迷人。站在高山之巅，遥望那美丽动人的天池，那郁郁葱葱的森林、清澈见底的湖水吸引的不仅是游人的眼球，更使人灵魂纯洁净化；欣赏宛如仙境的喀纳斯，雪山上皑皑白雪闪耀着人的眼睛，抬头遥望蓝天白云，神仙湾那飘逸的薄雾让人惊呼，仿佛神仙真的已经降临在身旁，这瞬间万变的美景，让人会感觉身处人间天堂，梦中仙境；走近赛里木湖，它的美惊艳了不知多少游客的眼睛，湖边四周群山环绕，山上是洁白的雪，蓝蓝的赛里木湖就像一块宝石安详地沉睡在山谷中，那湖水是透彻的蓝，清澈、纯净，在阳光的照射下，赛里木湖面成了一块巨大的蓝色水晶玻璃，反射出烁烁的光芒，近处的草原，远处山上的松林连成一个自然的世界，是那样的和谐美丽，呼吸着经过湖水净化的空气，人仿佛也变得透明而清纯起来；还有被评为中国最美六大草原之一的伊犁那拉提空中草原，绿色的原野、蓝色的河流、白色的冰川、雄伟的天山，刚直不阿的青松，牛羊游动的牧场，构成了一幅纯天然的绝美画卷。

　　新疆四季演绎不同的风光。春天，树木吐出新的枝条，长出嫩绿的叶子。解冻的小溪叮叮咚咚，欢快地流淌着。草地上盛开着各种各样的野花，黄的、红的、白的、紫的，好像争着向人们展示自己的美。夏天，万木争绿，沙枣花，发出浓郁的香气，招来成群的蜜蜂，翩翩起舞。太阳炙烤着大地，路上的行人，不得不一件一件地脱掉衣服，但仍然是大汗淋漓。秋天，是新疆最美的时节，到处是瓜果，葡萄园里一串串葡萄，层层叠叠，像珍珠，像玛瑙，晶莹透亮，圆润可爱。落叶飞舞在桦林、白杨树间的小道，森林、草原呈现一片金黄。冬天，寒风阵阵吹来，让人感到刺骨的疼痛，鹅毛般的大雪不时从天而降，路上、河上结满厚厚的冰，行人一不小心，就会摔得心惊肉跳，记忆永存。

　　新疆矿产资源十分丰富，在探明储量的矿产中，有8种居全国首位，

63 种居全国前十位，这里不仅有国家刚需的铁、铜、镍、铅、锌、金、钾盐、稀土等优势矿种，还有页岩气、煤层气、油砂、油页岩等非常规能源。石油、天然气资源储量排在全国前三位，煤炭资源储量全国第二位，铅锌资源储量全国第三位，金资源储量全国第三位，铁矿资源储量全国第十位。另外，近几年还新增锰资源及氧化锂资源，并实现了一批矿产资源的从无到有。

大批煤矿、铁矿、云母矿的发现，有效缓解了国家经济建设和国防建设的资源瓶颈问题。改革开放后，喀拉通克铜镍矿、阿舍勒铜矿、阿希金矿、罗布泊钾盐矿、土屋铜矿等大型、特大型矿床的发现，推动了新疆新型工业化进程。

进入新世纪以来，坡北超大型镍矿、卡特巴阿苏大型金矿、火烧云超大型铅锌矿等矿床的发现，使新疆的铁、铅锌、铜镍、金、钼、钨、钠硝石等优势矿种资源量大幅提升，南北疆一大批城镇因受益于资源开发而逐渐兴起。东疆、准东、和什托洛盖等区域煤炭资源整装勘查探获资源量达5200 亿吨，有力支撑了新疆煤电、煤化工产业的崛起。

新疆历史上曾是欧亚大陆交通和文明交往的通道，连接东西方文明的著名"丝绸之路"就经过于此。特定的地理区位，使新疆历史发展呈现出鲜明的多民族并存与融合、多种文化兼容并蓄的特色。自公元前 1 世纪起，新疆地区就是中国的重要组成部分，并在中国统一多民族国家构建和发展中发挥了重要作用。近年来，在国家西部大开发战略的正确指引下，勤劳开放的新疆各族人民，通过不断深化改革，使得经济快速发展，人民生活水平日益提高，城乡面貌日新月异，一个稳定繁荣的大美新疆，必将在中国复兴路上作出新的更大的贡献！

美丽的江布拉克

江布拉克，位于新疆奇台县半截沟镇南部山区，距县城 45 公里，总面积 48 平方公里，是古丝路北道重地，属国家 5A 级旅游景区。周边，远山近水相映，山清水秀，林海雪峰交融，绿波花海如潮，风景秀丽，独特的地理位置赋予了它绮丽多姿的圣洁自然风光。江布拉克是哈萨克语，意为"圣水之源"。整个景区由天山怪坡、万亩麦田、汉疏勒城、木栈道、黑湖等五区十八景构成。景区内可欣赏到雪山冰川、高山和亚高山草甸草原、中山深林、低山草原等不同的山地景观，还可以体验彩虹桥、管轨滑道、卡丁车、怪坡自行车、脚踏车等游乐项目。2003 年被批准为国家森林公园，并被中科院确定为国家保护最完整的最早绿洲文化之一。

在延绵的雪山之间，有一座雪山高高隆起，呈长条状，就像刀刃一样耸立，当地牧民称之为"刀挑岭"，它是江布拉克的重要标志。

江布拉克风景区以奇台县南山为中心，像一道秀丽的山水屏风逶迤而开，横跨吉木萨尔、奇台县、木垒县，这里既是一个封闭已久的处女地，也是一个即将准备揭开红盖头的新娘。它得天独厚的自然风光，堪称人间仙境。风光秀丽的中葛根河三峡，幽静神奇的镜湖、绿湖和墨湖，还有雄伟壮观的天山石林，如梦似幻的海市蜃楼，山青树茂石怪的马鞍石风景，一览群山的奶头山，古老的唐代仙人洞，奇特的补天石，巨大的八仙松，历史悠久的汉代疏勒城，险峻的石门，与沈阳"怪坡"相齐名的天山"怪坡""响坡"，五哥泉边花海子，刀条岭上七彩湾……雪峰、高原、群山、林海、山泉、湖泊、草地、鲜花、牛羊、毡房……奇美的自然风景为游人展示了一幅幅秀美的天山山水画卷。

江布拉克，夏无酷暑，冬无严寒，一草一木，一山一水都写满了绿色与美丽，充满着神奇和诱惑。它灿烂地袒露着美丽的胸膛，安详地静躺在东天山的臂膀之中，显得那么清纯，那么宽厚，那么温柔，那么圣洁。

游人进入山间，空气清凉得沁人肺腑，天空显得格外高远。绿色的草地上铺着一层薄薄的雪，在晨光的照耀下熠熠生辉。阳光淡淡地照在山间的草地上，薄雪渐渐消融，斑斑驳驳，草地上湿漉漉的，草色看起来有些衰败，却透着一种清凉、宁静而自然的美。

在这点缀着点点白雪的满山绿色之中，和煦的阳光暖暖地照着大地，清冷的空气缓缓流动，挺拔的青松苍郁繁茂，洁白的雪更加晶莹无瑕，挺拔的青松更加苍郁繁茂。这里的美，是一种原生态的美，没有任何人工雕琢的痕迹；这里的美，美得淳朴，美得大方，美得自然，美得独特，让人有放歌、有作诗、有绘画的冲动和欲望。沿着木栈道前行，视野里有挺拔茂密的松林，水滴从松枝上落下来，滴滴答答的水声清脆地响着。忽然，一只不知名的鸟叫了一声，扑棱棱从松林间飞过。密林浓荫下的木栈道上，覆盖着洁白无瑕的雪，让人不忍踩踏。举目四望，高山、雪松、冷杉、绿柏，苍翠挺拔；浅草、薄雪，相映成趣；蓝天、白云，高远明净。山林间云雾似的水蒸气弥漫缭绕，人处在其中，不禁怀疑是闯进了神话中的仙境。大自然的美，真的是如梦似幻，令人遐想万千！

抬头远望，山坡上马、牛和羊在悠闲自在地啃青，不远处有两座哈萨克毡房。天空，青色蔚蓝，草原、松林无边无际，视野一片苍苍茫茫。忽然间，想起北朝时的一首民歌："天苍苍，野茫茫，风吹草低见牛羊。"心在此刻，感受到超凡脱俗的淡然和宁静、恢宏而豁达。江布拉克的秀美，已深深地印在脑海里。

从奇台县半截沟镇出来，大约行走十公里的山间小路，另一番美景映入眼帘。路边的绿色慢慢多了起来，漫山遍野的黄绿、浅绿、翠绿色的大麦田，像是被精心裁剪过的绿毯。

每年六七月份是江布拉克风光最美的季节，漫山遍野叫不上名的各色小花争奇斗妍，那迷人眼的五彩，沁人心脾的花香令人陶醉；远处群山起伏，层峦叠嶂，连绵不断，苍松翠柏直插云霄，雪峰、林海和绿草鲜花构成了一幅壮丽的山水画卷。行走在这绿茸茸、湿漉漉的草地上，凉风习习，尽情呼吸新鲜的空气和花草的芳香，一种心灵被大自然净化的感觉油然而生。

美丽的江布拉克，以其秀丽迷人，自然本真的清新与纯净神奇，如诗如梦的花海子以及阡陌纵横的田园风光吸引着八方游客的目光，得天独厚的地域风情，促进了当地旅游业的快速发展，为推动经济的稳步提升奠定了坚实基础。

木垒胡杨林

由木垒鸣沙山北行三十公里，可看到一片郁郁葱葱、遮天蔽日的林带，那就是木垒胡杨林景区。现如今它是著名的旅游景点，也是新疆自驾游爱好者热衷的新疆旅游线路之一。

木垒胡杨林景区，距离乌鲁木齐市二百八十公里，吉木萨尔县、木垒县、鸣沙山、木垒胡杨林，它位于木垒哈萨克自治县境内，地处天山东段北麓，准噶尔盆地南缘，古尔班通古特沙漠东段，距北塔山约五公里（中蒙边界），距木垒县城约一百五十公里，面积三十多平方公里。据考证，木垒胡杨林至今已有六千五百年的历史，是世界上最古老的原始胡杨林。

在木垒胡杨林中，树龄在四百年以上的约有上万株，最大的胡杨高达六米上下，三人方能合抱。胡杨"生而千年不死，死而千年不倒，倒而千年不朽"的壮美景观，在此一览无余，真可称为"胡杨的大观园"。只有亲身"零距离"目睹胡杨生存的环境与现实风貌时，才能切身体会和感受到"峥嵘胡杨万古存，大漠英雄中华魂"的胡杨气质与神韵。

春天的木垒原始胡杨林，是沙漠的绿衣裳，到处都是一片郁郁葱葱、遮天蔽日的林带。那片片胡杨林，铁干虬树，龙盘虎踞，实为壮观，层层绿叶，形状各异，或叶圆似卵，或状态如柳叶，层层叠叠，密不透风。人行走在其中，扑面而来是一种原始的气息，让人感受到一种原始的生命律动。

夏日的胡杨林，没有了葱茏翠绿，但枝繁叶茂，遮天蔽日，雍容华贵，延伸的枝杈执着向上昂扬。

秋天的胡杨林，洋溢着生命的热烈，绽放着秋色的妩媚魄力，根扎在灰色的沙土里，头顶湛蓝的天空，万里白云自由飘荡，此刻走进胡杨林，胡杨在阳光衬托下，风姿绰约，妖娆淡雅，熠熠闪烁，醉人的绿黄、枯黄、鹅黄让人看不够，生生死死几千年的胡杨林给游客带来的不仅仅是震撼，更多的是对生命的感叹与敬畏。

冬日的胡杨林，没有春天的青涩，没有夏日的葱茏，没有秋季的妩媚，却能给人以铮铮铁骨和凛冽劲风的气概。伸出双手，就能触摸到大漠之风的豪爽和胡杨树内含的精气。抚摸枯枝，就能抚摸到胡杨树特有的风骨，感受到生命静默昂扬的信仰。胡杨的铁骨铮铮，不仅铸就了西部人的风骨，孕育了大漠人的灵魂，同时也为全人类立起了一座精神丰碑。

在木垒，鸣沙胡杨相伴而生，相守千万年，从空中俯瞰，林子与沙海互为依存，动中有静，静中有动，阴阳相生。如果说胡杨林为阴，鸣沙山则应为阳，"一阴一阳之谓道"。

鸣沙山要在动中游，必须让身体与沙子亲密接触，让自己动起来，让沙粒流起来，才能鸣响，你动得越快，它就越响，人越多，它就越响。滑沙时，最好是吼出来，会更尽兴，更忘我，更释怀。而观胡杨林，不宜发出声响，更不可攀爬躁动，这里每棵树都生长了几千年，是神树，你要怀着敬畏之心，走进林子，走到树旁，平心静气，观赏它，朝拜它。最好是变换角度，发挥想象，静静地体会它的千种风姿，感悟胡杨的百折不挠，体味胡杨之沧桑，人生之短暂，生命之顽强，而后你就会更加珍惜时光，加倍努力工作，不让时光虚度。

木垒胡杨形似钟情女子，傲骨柔肠，风姿无限，即使容颜已经老去，皮肤已经干裂，即使风沙肆虐，烈日炙烤，思念的眼泪流成了点滴清泉，它还是要坚强地生存，不停地变换颜色，改变梳妆，等待英雄的归期，守候千年的约定。

鸣沙山则高大雄奇，似出征的英雄，奔波沙海战场，它一边战斗，一边用沙浪抚平伤口，不停地生长，壮大身躯。它要发出怒吼，叱咤风雷，响彻天宇，让天涯恋人，每天都能听到它的声音，钟爱它百战穿金甲的胆魄和不破楼兰终不还的志向。

一场狂风吹起黄沙满天，胡杨屹立风中没有退缩半分，鸣沙山耸立沙海引吭高歌。清晨沙漠恢复了宁静，太阳已经在鸣沙山上升起，月亮依旧挂在胡杨树梢。

见证胡杨沧桑与寂寞，体会景中深意，思考人生真谛，或是敬畏胡杨沙漠中屹立千年，风霜刀割，不抱怨，不放弃，不倒下，不腐朽；或是面对古老胡杨，细想自己坎坷一生在古老胡杨这里瘦成了一张纸，时光如白驹过隙，刚刚还满头乌发，突然就两鬓白霜，感叹人生苦短，想想还有什么恩怨不能放下，还有什么成功值得骄傲，生活中还有什么艰难困苦不能面对呢？

戈壁红柳

红柳又称柽柳，是一种灌木，在新疆极为常见，不太引人注目。红柳生长在戈壁沙漠的边缘，在人迹罕至草木稀少的地方。红柳有一根根红红的枝条，非常坚韧，很难用手把它折断，红红的枝条上长满了绿绿的细长叶子，仿佛是一根根鸟的羽毛。

红柳身材不高，分枝多而细长，有红褐、紫红、粉红三种颜色。春天，荒漠戈壁滩上，红柳一簇簇碧绿一片，蓬勃着，盎然出一派生机。夏日时分，或粉或紫的小花朵缀满枝头，编织成别致的花穗，长得郁郁葱葱。等到秋天的时候，红红枝条的顶端开满了红红的仿佛芦花似的花，就像大漠中点燃了一个个火把，整个沙漠被它点缀得煞是好看。冬天，地冻河封，草木萧瑟，远处若有红雾涌动，那一定是红柳林。这时的红柳并不枯萎，只是脱落了叶子，而枝条仍是根根直立，依然是一身红色皮肤，高昂着头，少了春夏秋日的柔美，多了寒风肃杀中的挺拔。

说到红柳的美，七月中旬应是它最迷人的时节。此时的红柳展现出另一番风姿，枝尖的花红得发紫，树枝上的叶子也随着季节泛出深深浅浅的微黄微红，与红花一起构成江山如画般的美景，呈现出一片无限的温馨与浪漫。

其实，如果从远处看，红柳并不那么娇艳，似乎还有那么一点朦胧，还有那么一丝羞涩。近观，红柳不加任何修饰的紫红出现在人们的视野里，光辉而不耀眼，单调而不乏生机。

红柳生长在自然界赐予的环境里，不管是在茫茫戈壁，还是深沟峡谷，只要有一块立足生存之地，它就能承受着大漠戈壁严寒酷暑、风沙和干旱的轮番洗礼，扎根在贫瘠的盐碱地上只争朝夕地生长。为了求生，它常常要冲破三月沙尘的雾锁萌芽，在盛夏的骄阳下茁壮成长，牢牢地把握着生命中的每一季精彩，给干枯荒凉的戈壁赋予生命的绿色。

红柳没有枫叶的霞染似火，垂柳依依小湖边的柔情诗意，也没有牡丹花那样的国色天香或彩蝶般的梦幻迷离，它只能把旺盛的生命力化作深秋里最后的激情，温暖着霜降后的清冷。它用枝条泛出无言的柔情，为它的美丽妩媚煽情，为它的顽强智慧增添色彩。如果说胡杨是大漠里扬起生生不息的生命旗手，那么红柳就是戈壁繁衍生命希望的基因。

我对红柳的喜爱不仅仅是因它的美丽姿态，其实我更钦佩它那令人称奇的顽强生命力。在那茫茫戈壁大漠边缘，生命力最强的植物就要数红柳了。它遇水就能生长，只要给点雨露阳光。沙漠中虽然干旱，只要地下水丰富，水位一高，红柳就能把根深深地扎下，从地下汲取水分，从而坚强地生存下来。

我不知道红柳能生存多久，但我想它的寿命一定是很长的。红柳的生长速度很慢，需要几年的时间，它的枝条才能长到手指那么粗，一棵手臂那么粗的红柳，怎么也要几十年才能长成。

最奇的要数红柳的根了。粗的有人腰那么粗，细的也有胳膊那么粗，长从几米到十几米不等，横卧着躺在沙漠戈壁之中。红柳依靠它发达的根系吸取营养，为找到水分，红柳的根系能蔓延到方圆几公里之外，在极其恶劣的环境中绽放勃勃生机。

红柳不需要任何呵护，种子成熟后会自然落地，然后随风滚落到低洼处，几番风沙过后，种子会被埋进沙里，在浅层的种子会在短短几天后就会冒出嫩芽,一片新的绿色便沿着那荒凉的沙漠层展现它坚强而又美丽的生命。

红柳在沙漠中生长、繁衍。戈壁因红柳而变得不再孤寂,生命因绿色尽显昂扬生机。红柳静时若处子,腼腆害羞,它匍匐在静谧莫测的沙漠上,枝叶茂盛,用羞涩绽放它异彩缤纷的生命魅力。成熟的红柳在广袤的荒漠上竟是那样的鲜红,那般的娇艳,像是一团火在大漠里熊熊燃烧,给人以希望和蓬勃向上的力量。

红柳是沙漠的保护神,它为戈壁荒漠防沙固沙作出了不可磨灭的贡献,它身处恶劣环境中求生的精神,催人不畏艰难,砥砺前行。

神奇天山

天山,其山脉巍峨雄伟,绵延数千里,阳光映照下的天山,有着别处无法欣赏到奇观美景,因此,它不仅是登山者想要征服的目标,也是旅游者及摄影爱好者想要一睹为快的地方。

神奇的天山,博大浩瀚,横跨准噶尔盆地和塔里木盆地,把辽阔无际的新疆分为南北两半。眺望天山,美丽多姿,常年积雪的冰川雪峰,直插云霄,皑皑的白雪,终年覆盖山脉,银光闪闪,艳丽迷人。

天山给人以稀有的奇秀,给人以无限温柔的情感。晨雾笼罩,冰川雪峰披着银纱,就像含羞的少女,让人感情交织,无限迷恋地爱它,想要亲近它。走近天山,雪山的寒气迎面扑来,使人感到一片清凉。阳光下,几朵流云在雪峰间投下云影,宛如玉洁冰清的雪莲花,绽放在雪峰之上,给寂静的天山,增添了几分梦幻。

深入天山,越显美丽,蜿蜒不尽的翠绿森林,茂密的青松,层层叠叠的枝丫,时而漏下斑斑点点光影。漫步穿行林中,能听见岩石上的潺潺流水声,心灵深感密林的幽静。

再往前行,就像是走进了春天。山色开始嫩绿温暖起来,这里山形柔和，溪流曼妙，萦绕着奇形山脚。潺水两边，开满各色野花，红、黄、蓝、白、紫，可谓五彩缤纷。行至其中，如同走进花的海洋。放眼望去，那连绵不断地绽放花朵，如同天边的彩霞，夺目耀眼绚烂。

在雪峰的环绕中间，有一片天然青色的牧场。烂漫的山花，点缀着千里原野，墨绿的原始森林，唤醒自然回归的情怀，乌云飞来，洒下阵阵细雨，雨水沐浴过的草场格外清新美丽。自由游动的洁白羊群在草场出没，加深了云意，很难分出哪是羊群，哪是白云。此时，平静的草原，如同风平浪静后的海洋，在阳光照耀下，是那么温馨，是那么让人真心想要与它亲近。

遥望远方，牧人在千里草原上驰骋，成群肥壮的牛群、羊群在山坡和草原上游动啃青，绿草悠悠，太阳映在绿色草地上，宛如一幅彩色草原风光图。

天山博格达峰，直插云天。峰顶上的冰川，闪烁着皑皑银光，美丽的天池，湖水清澈，晶莹如玉，如同一颗蓝宝石镶嵌在博格达峰上。四周松涛碧绿，冰川、湖水相映成趣，交织成一幅绝世的山水美卷。

夕阳西下，雪山的黄昏，清风徐徐，残阳如血。连绵起伏的雪峰，被落日映红，天空云霞紫烟般灿烂。落日渐沉，雪峰上的红色光辉慢慢退去，银灰色的暮霭笼罩雪山，天山在静默中渐入夜色神秘 。

火焰山传奇

火焰山，古书称之为"赤石山"，位于吐鲁番盆地的北缘，古丝绸之路北道，是新疆吐鲁番最著名的景点。火焰山呈东西走向，长一百多公里，最宽处达十公里，主峰海拔831.7 米。每逢盛夏，在灼热阳光的照射下，红色山岩热浪滚滚，绛红色烟云蒸腾缭绕，恰似团团烈火在燃烧，据当地人讲，火焰山高温干旱，有"飞鸟千里不敢来"，热得能烤熟鸡蛋的名传。

《山海经》中将火焰山称之为"炎火之山"，隋唐时期曾叫它为"赤石山"。明代晚期吴承恩在他的《西游记》中也曾写道："西方路上有个斯哈哩国，乃日落之处，俗呼'天尽头'"，这里有座"火焰山，无春无秋，四季皆热。"火焰山"有八百里火焰，四周围寸草不生。若过得山，就是铜脑壳、铁身躯，也要化成汁！"这段描写虽然有点夸张，但炎热这一基本特征与火焰山是完全吻合的。火焰山，童山秃岭，草木不生，飞鸟销声匿迹。每逢盛夏，赤褐色的山体在烈日的照射下，砂岩闪闪发光，炽热的气流翻滚升腾，烈焰撩天。裸露的山体表层在太阳的炙烤下，最高温度可达摄氏 70 度以上，四周的热浪使人透不过气来，因而火焰山成了中国最炎热的地方。

火焰山由于地壳运动断裂与河水的切割，山腹中留下许多沟谷，诸如桃儿沟、木头沟、吐峪沟、连木沁沟、苏伯沟等。在这些沟谷中，经过人类多年的改造，已是绿树成荫，风景秀丽，流水潺潺，瓜果飘香，新疆著名的葡萄沟就在这里。

关于火焰山的形成充满着传奇色彩。传说，当年美猴王齐天大圣孙悟空大闹天宫，仓促之间，一脚蹬倒了太上老君炼丹的八卦炉，有几块火炭，从天而降，恰好落在吐鲁番，形成了今天的火焰山。山体原本是烈火熊熊，因孙悟空用芭蕉扇三下扇灭了大火，冷却后就成了今天这般模样。然而，现实中的火焰山是天山支脉之一，形成于五六千万年前的喜马拉雅造山运动时期。

火焰山因其独特的自然景观，加上唐三藏取经途中在此受阻及种种民间传说，使得火焰山神奇色彩浓郁，成为天下奇山。

如今游人来到火焰山，不但能看到昔日的山色美景，还能看到唐僧路过时的拴马桩，凌空的山石依旧屹立在胜金口内；远处一片平顶的山坡，则是唐僧上马的踏脚石；拴马桩东，隔峡谷有一高峰顶着一块活像长嘴的巨石，人称"八戒石"。游客一边看着神奇的景观，一边趣谈当年孙猴子借铁扇公主芭蕉扇扇灭火焰山烈火的故事，定会游兴大增，生活增加了乐趣。

◎彭子钰

1989 年 5 月生，新疆克拉玛依人。现为克拉玛依市乌尔禾区政协机关四级主任科员。

小满即可

彭子钰

　　小满是一只猫咪，我家的猫咪，是我家的一员，所以我不用"它"而用"他"。他并不生于小满节气，出于脑海里的灵光一闪，便给他起了这个名字，至今已经陪伴我们6年多了。虽然正式名字叫小满，在这么多年来的相处中，他还有无数个小名：满崽、崽宝、崽咪等，而且基本都是我家那位起的。

　　高中时候的同桌很喜欢猫咪，当时我还在喜欢小狗，从小就喜欢这些小动物但是家里不让养，说是我只管玩不管收拾，故作罢。忽然有一天就开始喜欢了猫咪，给我家那位说了想要养猫，他以为我只是说说罢了，便送我一只猫咪抱枕，原话是准备用玩具糊弄我一下。一个人住在乌尔禾，养狗要遛还会叫，影响邻居，养猫是最好的选择了，不用遛叫声也不大。正好那阵子他家亲戚发了领养猫咪的朋友圈，楼下邻居家的母猫生了一窝小橘猫，我尝试性地问了问，在一张有四只小猫的照片中选中了现在的小满。由于当时刚出生不久，小猫咪们都还没有断奶，且当时我无法回市区，就先由猫妈带着，再在亲戚家与小猫的父亲一起养了两个月，才接回来养，这期间我们准备了猫砂猫粮等必需品。说来也巧，后来打听得知他的生日是4月13日，与我舅舅、表弟是同一天生日，真印证了"不是一家人，不进一家门"这句话。

　　去接小满回家是一个晚上，看到他真的感叹好小一只猫咪啊，胆子也很小，我开车，我家那位在副驾抱着他，他一直趴在肩头，旁边有车过都挣扎要躲。好不容易到家，直接钻到马桶后面不出来了。想着第二天早上我要一个人带他到乌尔禾，有些犯愁，不知道他会不会自己吃猫粮、上厕所。当时还因为什么事我对他生气了，我家那位护着他，我心里有些不快。第二天上午提前出发，到了乌尔禾先回到房子把他放下，还是钻到了沙发后面，我没有管太多就去上班，等中午回来好像还在沙发后面，只能用猫粮一粒一粒摆在他出沙发的路上，好在橘猫是吃货，被我引诱出来了。他的适应能力很强，熟悉了环境没几天就大方了起来，那会儿不让他进卧室，中午我就在沙发上跟他一起休息，小家伙吃饱了肚子鼓鼓的，四肢修长，挺着个肚子在腿上睡了起来，毛也乱七八糟炸炸的。过了几个月还给他洗过一次澡，沾了水更是没法看，毛都一撮一撮的，小脸上就剩一双大眼睛，裹在枕巾里就像一个外星生物。小猫还控制不住要乱尿，还好没有让他进卧室，虽然会用猫砂，但客厅的坐垫还是被他尿过两次，估计是在标记领地吧。每天出门上班，要把卧室门、厨房门关好，后来他力气大了，厨房推拉门要用水桶挡起来，再后来挡也挡不住了。

自从生活中多了这个活泼的小家伙，日子也不是那么难过了。每天回到房子都会有个小家伙在门口叫着迎接我，甚至到楼下停车锁车的声音被他听到了就开始叫。家人过来陪我的几天，也不至于无聊，可以逗他玩。自驾出去的时候也带过他，带着他的猫砂猫粮，一起吹过风、住过店、爬过山、看过牛，在车里不安地叫，叫累了就窝着睡会儿，醒了继续叫，还在后备箱偷吃了我们在休息区买的玉米。说到吃，他吃的才叫健康。我们只给他买过一次罐头，小时候吃猫奶糕，长大了吃猫粮，只有一次打过预防针后有几天不太适应，担心他出什么问题就没有带到乌尔禾，在家观察几天，他也不吃饭，买了个猫罐头给他开胃，也没怎么吃。好在土猫生命力顽强扛过来了。每次吃饭的时候他就会凑过来，后来发现他喜欢吃玉米、红薯、牛肉、鸡肉等原汁原味的东西。2020 年以后，他主要就在家里住了，每天晚上我家那位都给他切一碗水煮鸡胸肉配几根小鱼干，就算带到乌尔禾也要带鸡胸肉和小鱼干，不然晚上要闹，我说你真是把他惯坏了。

2020 年过年，我们一家三口都在乌尔禾，没想到这一待就是一个多月，这是我和我家那位结婚后待在一起时间最长的一次，那段时光对我来说是极其珍贵的。每天不出门，醒来看看书看看手机逗逗猫，到了饭点开始做饭，在后面的时候我们还一起做了几天志愿者。我们估计猫咪都快烦死了，人类怎么不去上班了天天都要撸猫。而且因为当初没有预想到的情况，猫粮没有带够，后面到了问别人要粮的地步，好在是熬过来了。后来为了避免再次出现这种情况，小满就主要养在家里，等情况好转了才偶尔带过来跟我住。家里对门也养了猫，有一阵我们俩家都开着门，社牛小满就会跑去别人家跟猫咪玩，有时候一个晚上都不回来，直到人家赶他，我们觉得好丢人，去别人家还吃别人家猫咪的东西。还有几次我们带小满到他爸爸家，可能因为以前被遗弃过，他爸爸胆子小，小满在那里大摇大摆，爸爸躲在沙发下面不敢出来。也可能是因为身体素质的变化，最开始我对猫毛不过敏的，2020 年我开始出现过敏症状，接触了小满会眼睛痒、流泪，特别是给他洗澡吹毛时就算戴着口罩，也会打喷嚏、咳嗽、喘不过气。之前不知道是怎么了，后来发现我一个人住的时候不会这样，就知道是猫咪的问题了，而且他也开始爱掉毛了，只能通过勤打扫、增强身体抵抗力的办法解决啦，这几年夏天看他太热，抱着也热，就自己动手给他剃了毛，剃完之后大家就都清净了。

　　小满现在已经是 6.4 公斤的猫咪了，体重一直在 6.3-6.5 之间徘徊，长度没有测量过，每次带他出门被人看到都要被说好大的猫咪，确实挺大的，比一些小型犬都要大。天热的时候在地上"板鸭趴"，有人回到家就在地上打滚拉伸，确实是好长一条猫。也许是时间久了的缘故，我和我家那位都会不自觉跟他说话，时而 PUA，时而絮絮叨叨，而且发现养久了真是"成精"了，他居然能听懂我们说的话。周末回娘家吃饭基本都会带他，只要到点看到我们开始穿衣服收拾东西，他就钻到床下不肯出来，或者在娘家吃完饭要回家了，他又在高处躲着不下来，得引诱半天。但如果是大清早我们穿衣服出门他就丝毫不怕，他仿佛知道我们不会带他，就算故意过去抱他也不躲。娘家在老小区，绿化好，有很多小鸟在树上休息，小满就在窗台上看它们，它们发现窗前有一只大笨猫也会故意逗他，他会盯着飞来飞去的鸟，嘴张着像发电报一样嘎嘎叫，或者过来喊我们给他开阳台门，让我们给他抓小鸟。等到要开饭的时候，人还没上桌他先找到座位坐好了，等人都做好开始动筷子，他就像狗一样蹲在桌边看着，期待我们会给他喂最爱的牛肉和鸡肉。

　　和小满的相处的这些年，但凡在外面见到猫，或者刷到猫咪的视频，都会想到他。我们喜欢猫咪，不分品种，反而觉得很多人看不上的土猫很可爱。长时间不在家，还要把他托付给家里人，过两天去换个水，看看他会不会把水打翻了没水喝，心里有了牵挂，出门在外也会更注意安全，毕竟家里还有一只猫咪在等我们平安回去。我家那位还说要不要再养一只在乌尔禾陪我，我说不用了一只挺好的。听说跟他一窝的其他三只小猫都先后不在了，只剩他一个。我也很怕他的离去，虽然这是注定要发生的事，所以在一起的日子更要好好珍惜。这可能也是猫咪要教会我的一件事吧，要学会好好生活，以及面对告别。

　　很多作家文人也喜欢猫咪，比如钱钟书夫妇、季羡林、海明威、三岛由纪夫等，好像小学时候有一篇课文里也提到了爱捣乱的猫咪。我家那位爱看书，跟小满在一起时间长了，他俩的长相也越来越像。很多时候羡慕小猫咪不用上班，只要他在那里，无论蹭蹭我还是懒得动，无论蹲着还是躺着，都会让人产生怜爱之心，妥妥的"猫奴"了。因为时常晒猫，与家人朋友聊天之时也会有人问起小满最近怎么样，这时候我们就会很自豪又怕猫太可爱被偷走而自豪地说：一只调皮的大猫咪。由于工作的原因，我和我家那位平常分隔两地，顶多周末的时候在一起，我也不知道如果没有养小满，我们俩相处的状态会是怎样，小满是我们之间的一条纽带。在小满身上，有着健康的饮食方式，有人逗就玩玩、发出舒适的咕噜声，没人逗就舔毛、睡觉，无聊了就追追尾巴、看看窗外的飞鸟，扒拉桌上的物品，可以轻松地独处，也可以跟邻居家的猫玩一天，保持好奇心，必要时讨好人类换得食物和抚摸，对人类疯狂的爱保有短暂的耐心，适当和人类保持距离，想要引起人类的注意就惹恼他们，不想被关注就躲在角落不出声，做自己喜欢的事，遇到让自己不爽的事就叫喊出来、伸出爪子保护自己。虽然我们曾聊到如果小满丢了怎么办，他是一只养尊处优的猫咪，从小没有经历过外面的世界，肯定活不久，但这也只是我们站在人类的角度的猜想，以猫咪强大的适应能力应该是没有问题的。所以猫咪和人类并没有驯化的关系，反而是人类被猫咪驯服了。

回到小满这个名字。《月令七十二候集解》中说："四月中，小满者，物致于此小得盈满。"曾有人说："24节气中，小雪对应大雪，小暑对应大暑，而小满之后，再无大满。"人生凡事切忌太满，"小满"就是最好的状态。愿我们都能在小满中，收获从容自在，修得人生小美满。

◎宁飞

1962年5月生，山东宁阳人。克拉玛依市政协七届、八届委员会委员。曾任克拉玛依市工商联党组副书记、副主席（副会长），市非公经济综合党委副书记。

榆树里的记忆

宁飞

春姑娘迈着轻盈的脚步悄悄地来到我们身边，如今克拉玛依的春天处处展现出鸟语花香的美好景象。树儿发芽了、花儿绽放了，可爱的鸟儿也唱起悠扬的歌……在那淡淡的花香里，人的心情也随着春意的涌动而舒畅起来，那沁人心脾的春的味道，让人心旷神怡。深深地吸上一口，那清香直入肺腑，令人久久不能忘怀。

漫步在小区里，蓦然回首，一排榆树映入眼帘，抬头便可看见那褐色小芽里长出的小榆钱儿，那抹稚嫩，给人一种说不出的亲切和感动。

榆树是北疆最普通的树种，但它在我记忆里却有着最特殊的色彩。榆树十分耐旱，在少水的戈壁滩上也能顽强生长。记得小时候的克拉玛依除了榆树，就只有沙枣和白杨可以占得一席之地。每年春天榆树结出一簇簇的榆钱儿，随风招摇，着实让我们这一代人唇齿间留下了难以忘怀的香甜。榆树的生命力极强，几滴雨水就能让它生根发芽，所以这些榆树在六七十年代、常年被风沙笼罩的石油城里，也能郁郁葱葱地挺立在路边或荒野之中，成为戈壁滩上一道亮丽的风景线。它用顽强的生命力，在广袤的油城扎下根来，撑起一片生机盎然的绿色，遮骄阳蔽烈日，为戈壁撑起一片清凉的天。

榆树是一个极有生命韵味的物种，它的枝干、叶子、都有着时间磨蚀的痕迹。冬雪融化，小区里熟睡一冬的树木被唤醒，身上暗旧的衣裳焕然一新，泛出葳蕤的绿光。榆树的枝杈不再有气无力地垂着，像生了筋骨，一根根支棱起来，开始在春风里舒展拳脚，与头顶的白云太阳絮语。

在我的记忆里，春天是一个充满期盼和香甜的季节。春风过后，房前屋后的几棵榆树早已迫不及待地展开了泛绿的枝丫，不几天就悄无声息地发出一树褐色的芽，接着，小芽裂开了小嘴，吐出黄绿色的瓣，这就是榆钱儿。榆钱儿的瓣圆圆的，很像古代的铜钱儿，而榆钱儿则是成串的长，又像嫩绿色的冰糖葫芦。阳光寸寸抚摸，雨水滴滴滋润，风儿阵阵拥抱，它们确实返青了，是肉眼可以看见的改变。小小榆钱儿的生命潜力，大到奢华。每当这时，都会看见三三两两的阿姨们穿梭在榆树下，人儿和嫩绿的榆钱儿相映成趣。我们知道，她们是在找寻春的气息，体会儿时的味道，享受着榆钱儿那份甜甜的醇香。

夏天里的榆树则静静地矗立在明媚的阳光里，他们那褶皱的树皮纵横交错，粗壮的树干不断地生长着。站在树下，仰望那枝叶繁茂的树冠，好似条条游龙在空中展示姿态，阵风吹过，一树的绿叶仿佛一群舞蹈的少女。

秋天里的榆树，霜染榆叶，秋阳中它被装点得金碧辉煌，像一位仪态万方，雍容华贵的老妇人，那一抹高贵与神秘更是秋天不可或缺的瑰宝。

冬天里的榆树，静静地伫立在严寒中，在朔风凛冽，冰天雪地中展示出挺拔与高傲、坚毅与坦然。落尽叶子的枝杈变得金属般坚硬，珊瑚样指向云天。

这些因戈壁的滋养而生长的榆树，有着北方的豪爽浑厚，也有着现代的浪漫时尚。这些普通的榆树，有对信仰的坚守，更有对人世间的奉献与包容，还有一种犹如大海般不断推陈的生命力。

风安然而来，温润一树青碧，摇曳着又一季的清新。在儿时的记忆里，那青黄不接的漫长春天，家家户户几乎都是以咸菜为生，每当榆树发芽的时候，小伙伴的心中充满了绿色的希望。当褐色的芽苞变成了黄绿色，远远望去，如一团一团的绿雾，可爱的榆钱儿就像那淘气、俏皮、大大咧咧、透着点傻气的小精灵。小伙伴们会在放学铃声响起时，像一阵风似的跑出教室，回到家中，把书包里的书和文具一股脑儿地倒在床上，背起空书包，跑向有榆树的地方，然后双手抱树，三下两下的就爬了上去。一瞬间，小小的身躯被黄绿色、水嫩嫩、肥嘟嘟的榆钱儿包围着。距离越近，翡翠般的绿色愈发明显，那完美的圆，好似宝石一样，又好像一滴泪，魔幻的颜色不禁让人感叹造物主的神奇。伸手撸一把榆钱儿，快速地塞进嘴里，此时此刻，复苏了一个冬天的味蕾终于在春天里火热绽放，轻轻一咬，满嘴是蜜甜的香，水润的榆钱儿如羊脂玉般细腻，汁水四溢。那淡淡的清香弥漫开来，醉了整个春天，也醉了我们的童年。那些不敢爬树的小伙伴会喊叫着让树上的伙伴丢一些榆钱儿下去，于是树上的小伙伴会随手扯几枝榆钱儿滚成团的树枝，小手一扬，带着诱人气息的榆钱儿飘飘袅袅，洋洋洒洒地落在地上，树下的小伙伴立即捡起来，顺手一撸，放进嘴里，那一脸的满足是当下的人们无法感受到的。过足了嘴瘾，树上的小伙伴就会快速地撸下一串串的榆钱，把不大的书包装满。下班回来的母亲会把每个榆钱儿上的蒂摘掉，用水冲洗干净，再拌上金黄的玉米面，放进蒸笼蒸个五六分钟，打开锅盖，一股清甜的气息随风绽放，淡雅的清香沁人心脾，香味开始在鼻尖上缠绕，让人如痴如醉。出锅后拌上辣椒、蒜泥、醋、盐等佐料，那个香甜滋味哪里是当下的山珍海味可以比拟的。

榆钱儿花开的时间很短暂，只有寥寥几天的风头。过些时日，榆钱就会由绿变黄，再变成浅黄，没有了一丝水分。这时的榆钱儿会随着微风像鸟儿一样飞走了，一片片的榆钱叶轻轻地在面前飘落，仿佛能够听到它在空中打滚的声音。没人知道它将飞去哪里，也没人知道，它是在追逐还是在逃离。大榆树就像伫立在暮色中送儿女远行，面带微笑，却双眼沁满了泪花的慈祥老母，看着自己长大的儿女渐渐地远去、远去……

这些"游子"飞落山岗，漂过河畔、沟谷……置身在泥土中，不择贫瘠与富饶，怀着一个美好的愿望，随遇而安。待明年融化的雪水滋润，阳光抚慰，便欣然扎根在土地里，和风儿一起生存，与种子一起越冬，与鸟儿一起歌颂春天。

春去秋来，重温那一片美好，一样的热烈奔放，一样的美不胜收！也许你认为榆树的美千篇一律，但我就是恋上这样的美。没有震撼人心的大场景，也没有精彩的传奇故事。榆树向你慢慢铺陈开来的只是它经历岁月淡素，还有用时间、枝叶、榆钱儿慢慢地拼凑出来的味道。夹杂以绿树清叶，榆树那种臆想中的清淡、典雅、含蓄跃然而至，又如余音绕梁，至今在我脑海里未曾散去。榆树传递给人的温度和价值，让人欣慰。人与树、人与榆钱儿的相遇，就是这样简单的心念一动。

可爱的榆树是那样的静谧安然，在每个明媚的春天，它都会敞开自己的臂膀，突然绽放。送给我们一个充满香甜气息的春天。

我爱榆树，爱它的朴实无华，爱它的无私奉献，更爱它历经风霜雪雨，始终坚忍不拔，荣辱不惊的精神品质。

◎李瑞林

1973年生，山东日照人。现任新疆塔林鼎尚餐饮管理（集团）有限公司行政主任。白碱滩区政协第二届、三届委员会委员，无党派人士，中国书画家协会会员，山东省美协会员，白碱滩书协主席。国画作品《春江水暖》《长城》在克拉玛依市书画展中获金奖。

春游白沙滩

李瑞林

春天的白沙滩花木返青，草地蒙绿，夕阳斜下，风摆垂柳，一切是那样的寂然祥和。远处或层峦叠翠或雅丹圣貌，远观近赏，都是一副如梦如幻的景致。

春裹着微风，踏着晨雾，韵染了桃红，泷湿了草地；绽开了榆钱，淋醉了小溪，绿了油城。花木扶疏，树影婆娑，香气清新悠远，美景似云似纱。

我漫步在白沙滩景区的林荫小道上，沿途的美景尽收眼底。我仿佛踏入了一幅自然与人文交织的绚丽画卷。"色浅微含露，丝轻未惹尘，杨柳展新绿，百花换新枝"。来了兴致，我吹了几声口哨，回应着林中小鸟的欢唱；沐浴在春的阳光里，呼吸着春天的气息。一路上，看脚下褐黄的泥土，晕染着大地的庄重，成片、成堆，是沟壑、或泥泞；就像人生的旅程，每一步都是未知的深浅，只有坚定步伐，走过去便是坦途。

"高塔巍峨立岸边，水潭清澈映蓝天。林带秀丽通幽处，盛景迷人意万千"。跟随着脚步，日潭与月潭映入眼帘。宛如两颗璀璨的明珠，镶嵌在这片广袤的土地上。潭水清澈，倒映着湛蓝的天空和悠悠的白云。微风拂过，波光粼粼，那涟漪像是潭水的浅笑，又似在诉说着岁月的故事。湖边，新绿的柳枝轻轻摇曳，仿佛是大自然挥笔绘出的柔美线条；又如同女人的青丝，在清晨的阳光中慵懒地舒展着，似乎还未从甜美的睡梦中完全苏醒。

潭边万亩生态林是绿色的海洋，每一棵树木都像是大地的守护者，遒劲而坚定。漫步其中，清新的空气夹杂着泥土的芬芳和草木的香气，让人心旷神怡。阳光透过树叶的缝隙洒下，形成一片片金色的光斑，宛如梦幻之境。鸟儿在枝头欢唱，似乎在为春天的到来欢呼。林中矗立着上百件钢铁雕塑作品，每一件都凝聚了艺术家们的心血和灵感，展现了人类智慧与创造力的另一种魅力。那些曾经废弃的，冰冷、生硬的钢铁，在艺术家的构思下重获新生，幻化成一个个栩栩如生的形象。它们或昂首挺立，或低头沉思，仿佛在讲述着这座城市的工业历史和发展变迁。

放慢脚步，躬身到塔顶，视野豁然开朗。俯瞰四周，百里油区的抽油机此起彼伏，像是大地跳动的脉搏，充满了生机与活力。那抽油机的每一次上下摆动，都像是在为这片土地注入源源不断的动力，也像是在演奏着一曲工业文明的赞歌。远处的油井，星罗棋布，钻塔如林，油管错综；阡陌纵横，车辆穿梭，与周围的自然景观融为一体，构成了一幅独特而壮观的画面。

为了保护这片土地的生态平衡，我们在作业区域周围种植植被，防止风沙侵蚀；我们建立污水处理系统，确保工业废水不会污染地下水源；我们还积极开展生态监测，随时关注着周边环境的变化。因为我们知道，只有保护好大自然，大自然才会以丰厚的回报滋养我们。让我们倾听它的声音，遵循它的规律，在探索石油的征程中，与自然共舞，共同书写和谐共处的美好篇章。

这次春游白沙滩，我感受到了自然的伟大与人类的智慧，感受到了历史的沉淀与未来的希望。这里，不仅仅是一个景区，更是一座连接过去与未来，融合工业与生态的桥梁。我愿将这份美好珍藏在心底，期待着下一次与它在春天里的重逢。

◎付剑锋

　　1961年4月生，山东青岛人。克拉玛依市政协第四、五届委员会委员，独山子区政协第二、三届委员会委员，第四、五、六届委员会常务委员。无党派人士。现任独山子区文联副主席。中国美术家协会会员、中国油画学会会员、中国石油美协副主席、新疆美协油画艺委会副主任。新疆美术家协会副主席，第九届、十届全国文代会代表，国家一级美术师，克拉玛依"领军人才"。

感言·随想

付剑峰

作为一个中国石油画家，如果没有对现代石油工业的深入了解和深情挚爱，是很难画出让人产生共鸣的好作品的。生活体验是一种心理情境，它带有主观色彩，这种与心理相关的体验和艺术表现息息相关。我很幸运，我时常庆幸自己较早地找到并选择了我所喜爱的创作主题，但我深知画好反映中国石油题材的作品并非易事，这不仅需要保持一颗真诚执着的心，不为名利所诱，还要具备一定的耐心和毅力。

大千世界，可以入画的事物很多，"放弃也是一种选择"。我选择生我养我、与我血脉相连的中国石油作为我的创作母体，就是因为我对她的这份热爱，因为热爱就要努力，因为热爱就要倾我所有。

想想过去、看看现在，研究一下大师的名作，再思考一下自己的作品，我觉得画画这事说复杂也复杂、说简单也简单。虽然各种理论文章无数，但可用于指导自己的并不多；画法技巧百十种，可适宜自己风格的也只有一二。在中外众多的画家里，坚持一个主题画十年、二十年甚至一辈子画下去的也是常有的事，比如梵高画向日葵、鲁本斯画裸女、陈逸飞画美女、毕加索画公牛……这种长期探索研究一个题材，一方面有助于自我风格的形成，另一方面，也是非常有效地突显自我风格的一个策略。就我个人而言，我是特别敬佩那些把一生精力全部投入到一个题材的探索之中，在一个题材上不断下工夫不断研究、创作的艺术家们，我一直是怀着一种崇敬的心情向他们学习的，并且也在努力地这样做着。

从90年代初开始画第一幅"管子"到今天，算来已有十多年了。一个题材连续画了十多年，说长不长，说短也不短了。随着年龄的增长，创作的深入，我对现实主义的创作有了更进一步的认识，同时也对油画表现工业美术更加充满信心。我在创作时，尽量做到精神放松，随意变化，在具象刻画的同时，肆意夸张、变形，追求一种心灵影像，追求一种意念中的偶然效果和梦幻般的绚丽境界。我的作品既是写实的，也是意象的，这种意象既不是油彩式的水墨写意，也不是抽象变形，而是用油画语言来塑造自己心灵中的意象——多彩的管道世界。

一些远道而来的老师和朋友到我的工作室看画，面对我所描绘的"管道"，多会大加赞赏。但当我带着他们来到真正的石油管道面前时，他们一下子也被那钢筋铁骨、五彩斑斓的世界强烈地震撼了，他们说，这样的感觉真是难以言表！此时，激情澎湃的他们会对我由衷地提出很多画"管子"的良策和办法，我在受益匪浅的同时竟有几分"窃喜"，"窃喜"这样"美妙的世界"因了自己的"慧眼"先被我早早收入囊中，这也使我更加坚定了这样一个理念——"重要的不是你画什么，而是你怎么画"。

近些年来，艺术院校、美术学院考生爆满已成为全国各地高考期间报道的新闻热点，有些地区由于报名考生太多竟然会出现堵塞交通几小时的现象，据说，山东报考艺术院校的学生已连续几年超过十三万，我想这在全世界都是没有的"盛况"，喜之？忧之？不知以后会不会满大街碰到的人都说自己是学艺术的。为了创造现实的利益，一些艺术院校一再扩招，将来咋办？这个话题似乎扯得有些远了，但我想说的是，画画不是信手拈来，创作一幅画要动用自己全部的知识库存来培育它、滋养它。人们常说，搞音乐的要有乐感，踢球的要有球感，而画家要有画感。画感要通过视觉和思想的完美结合才能更趋完善。视觉感受力的强弱、对美好事物感受能力的强弱等等这些能力，对从事绘画艺术的人来说都是极为重要且不可或缺的。画画多年，我的体会是，艺术创作是一条曲折的、艰辛的，不是任何人都可以走的，只有真正热爱她的人才能感悟到这条曲折道路背后的快乐。

我常想，人的一生能得到什么呢？赤裸着握拳而来，穿着崭新的衣物撒手而去，只有过程，只有充满着各种滋味的心情。所以，有好心情画画很重要。我庆幸我生活工作在一个可以自由创作的时代。

　　早些年，一听说某一个画家出国，真让人羡慕。那时出国难，没"本事"的只能望洋兴叹。现在，国家的开放力度日趋加大，我也能有机会走出国门参观考察、举办画展。视野的开阔，眼界的提高，使自己的艺术水平有了长足的进步。中国的迅猛发展，已使我们和国外的差距在缩小，一些80年代初走出国门的艺术家现在已纷纷返回国内，回归已成为许多曾经留居海外的艺术家的一个趋势。天下的事真不好预见，真是三十年河东三十年河西。

　　我十分敬重欧洲古典主义和印象派时期富有创新精神的画家。一个有成就的画家应该有鲜明的个性和艺术风格，艺术上的重复，不但观众生厌，自己画起来也很痛苦。一个画家应怎样捍卫和发展自己独特的绘画语言，并且在自己的艺术坐标上创作出更多更新颖的优秀作品呢？我想，作品中起决定因素的还是情感，一个是否真实的绘画情感，情感越真实，画面越丰富，越有力量。油画发展到今天，再有更多更大的突破已十分艰难。所以，我更希望在自己的艺术实践中挣脱各种陈规和束缚，构建起自己的艺术世界，锤炼出有中国石油特色、鲜明个性的油画语言，这是我当前必须做的。

　　两次欧洲之行，我都力求在欧洲博大精深的艺术世界里，找到一个最佳的语境来描述自己的内在精神与思考。说句实话，至今尚未找到与我的艺术风格相同和我所喜欢的工业美术作品，知音难寻啊！在工业题材美术创作出现困惑是现在世界各地都普遍存在的问题。看了欧洲很多美术馆，好的工业题材的美术作品非常少。好作品少，那我就争取自己创作出好的作品，这也是我多年不断努力的动力所在。

　　二十多年的艺术创作，作为石油企业的文艺工作者，坚持现实主义创作方法，写实和表现主义是我无悔的选择。现在，世界油画艺术格局愈来愈呈现多样化，我虽然遵循写实主义和表现主义风格，但我也从抽象美和形式美的绘画中吸取营养。面对活跃的世界新潮美术，看得越多，越促使我更加冷静地思考，从各种画风中得到启示，接受新的观念和信息，力求使我的石油题材的创作更加充满生机和活力。

在佛罗伦萨和卢浮宫美术馆，一大批里程碑般的杰作散发着永恒的魅力。这种来自艺术的震撼让我并不轻松，虽然我的创作心态比较平和，但也并不那么闲逸。艺海无涯，生命苦短，中国石油的"管道"给我只争朝夕的紧迫感。艺术创作不可能达到极致，在我每画完一幅作品时感受到一种收获喜悦的同时，又感到前面是一片空白，新的设想、构思又将在新的探索和超越自我的基础上开始。

在欧洲各艺术馆跑了不少次，虽然很辛苦，但收获颇丰。看得多了，想法也很多。近百年以来，欧洲在艺术上，引导着世界的潮流。也许性格使我永远跟不上所谓的"流行"和"潮流"，我不想把当代流行的"公共图像"搬到我的画面中。我画我所爱的、所感受的生活，这样的作品平凡而宁静，真实而生动。我对艺术的激情与感悟都蕴含在这平凡而宁静的画面中。从事美术创作的年数也不少了，独山子的管道我也画了很多年，美术创作的丰富经历和我对中国石油的深厚感情，让我真正感受到了作为一个石油画家的幸福和快乐

走过很多发达国家，也去过相对落后的国家，我深深地感到，生活在今天的中国，作为一个正处在大变革、大发展时代之中的画家，是多么的自豪。我们的国家正在进行民族复兴的宏伟大业，中国石油也进入到最辉煌的发展时期，我们所处的时代给了我们这样优越的条件，如此难得的机遇，作为一个艺术家，我们应以坚强的信念和无比高昂的创作热情，在这块充满活力的土地上，为这个伟大的时代讴歌，用我们充满激情的画笔为中国画坛增光添彩。

◎李军

　　1963 年 4 月生，山东招远人。无党派人士，克拉玛依市政协第七届、八届、九届委员会委员。现任克拉玛依市瑞丰拍卖有限公司董事长。国家注册拍卖师、典当师。

享受槌起槌落间的乐趣

李军

　　我从接触拍卖到做拍卖这行已经有二十年。回想起来，我从拍卖的门外汉成为一名国家注册拍卖师的过程虽然很偶然，但却成为我追梦拍卖的开始。

　　记得在厦门大学读法学专业时，班里一名同学带我去观看拍卖会，那也是我有生以来参与的第一场拍卖会，当时感觉十分新鲜。拍卖师在台上优雅的风度和如珠的妙语，竟然激发了我成为一名拍卖师的梦想。对此，不少朋友都说我是"走火入魔"了。在入行培训时，我经常深夜趴在床上看书、记笔记，有一次甚至睡着了，将墨水染到了床单上。结业时，因为学习刻苦，我被评为优秀学员，之后参加拍卖师考试，正式成为了一名国家注册拍卖师。

为拍卖　坚持知识积累

　　一名优秀的拍卖师需要具备各方面的知识，他未必是一个专家，但必须成为一个"杂家"——毕竟，"以其昏昏，使人昭昭"是不行的。拍卖要接触各种标的，艺术品、房地产、旧机动车、废旧设备、无形资产、司法拍卖、资产等等，针对各种标的，就要学习各种标的的知识，但学习不能急于求成，也没有捷径，知识需要一点一滴地积累。

　　这些年，我先后系统地参加了宝玉石鉴定培训、书画鉴定培训、陶瓷器鉴定培训、典当师及拍卖策划师的培训，并考取了资格证书。为学习，我经常求教于国内知名的鉴赏专家，经常邀请书画艺术家来克拉玛依进行文化交流活动。

　　在外地出差，我首先必去的地方就是博物馆，这是接触、学习精美绝伦的艺术品最理想的课堂，那种跨时空的交流让我获益匪浅。艺术品鉴赏水平的高低对拍卖师个人的发展是有重要影响。作为一名拍卖师，需要有一定的文化修养和艺术底蕴来提升拍卖师的个人气质和魅力，这需要在平时的生活、学习、工作中，不断地积累沉淀。

一件拍品，拍卖师首先要认识它、了解它、读懂它，然后在拍卖场上把自己所了解到的拍卖信息通过自身营造的气场传递给竞买人，最终实现成交。从某种意义上说，拍卖师对拍品的"解读"实际上是对拍品的一种再造。

除此之外，拍卖师的综合素质更加重要。它包含了与拍卖相关的各种知识和能力。拍卖师首先要口齿清晰、讲普通话、声音洪亮，有穿透力和感染力，生动而动听的声音是拍卖师的法宝。要做好拍卖师，必须勤学苦练；台上一分钟，台下十年功，拍卖师要对整个拍卖活动的各个环节了解、熟悉，做到心中有数，能及时应对拍卖会上的各种突发事件，包括自己情绪的控制，会场气氛的引导，突发事件的处理等。

应对突发状况 熟悉拍卖流程

有一次，我们接受司法委托拍卖一幢楼，被执行人带了一群人到拍卖现场门口闹事，想阻止这场拍卖会，在这种情况下，我们果断报警。最后拍卖会如期进行，成交额从900多万拍到1200多万。这件事提醒我，遇到突发事件时，拍卖师必须挺身而出，对捣乱者要坚决用法律的正义和气势压住他。

有一次，我们接受中石油等机构委托，拍卖一批废旧资产，报名的竞买人有几十人，保证金就缴纳了几千万。这些竞买人的素质参差不齐，在这种情况下，就要显示出拍卖师操控现场的能力。在拍卖期间，我们运用各种方式顺利成交，得到了委托方及社会各界的一致好评。

还有一次，我们和金丝玉促进会合作进行慈善拍卖。当时对方承诺会将拍品准备妥当，并布置好会场。拍卖当天我发现一切都未准备好，才知道组织对方对拍卖一窍不通，于是马上采取应急方案，将会场和拍品问题一一解决。最终在大家的配合下，那场拍卖也顺利结束了。

作为一名拍卖师，不能只知道站在台上举槌敲槌，还应该了解并熟悉拍卖活动的每个环节，要有较强的应变能力。而支撑这个能力的是扎实的专业知识和法律知识，拍卖师应该广学博览，知识面越宽泛越好。

态度滋养魅力　魅力成就拍卖

另外，严谨认真的工作态度，周密细致的工作作风，对于拍卖工作尤为重要。特别是拍卖会前的准备工作，越细致、越全面越好，应该纵观全场、操控全局：第一，拍卖师要了解拍卖活动的整体情况，与负责人沟通拍卖时应注意的事项；第二，拍卖师要了解、熟悉拍品，认真"备课"，力求达到了如指掌的程度；第三，要熟悉拍卖环境，拍卖场地会经常变动，不论是新老拍卖师，场地变化肯定会生疏，所以每一次拍卖我都会提前到场看一看，力求心里有数；第四，拍卖师对各个岗位的工作人员沟通要到位。

拍卖师就像一个交响乐队的指挥，应该发自内心地去关注每一个声音，把所有人的注意力集中在一起，使场上节奏、进度、声音有一种韵律感、和谐感，让大家不感觉枯燥、乏味。拍卖会是整个拍卖环节的最终体现，那么仅对拍卖师的主持环节而言，怎样才称得上是一场成功的拍卖会？首先是标的成交不出错，其次是委托方、拍卖人、买受人三方都取得平衡，达到"三赢"，最后是拍卖过程的和谐流畅。拍卖师是"仪态万方"的，有法官型的、情绪激昂的、温文尔雅的、热情活泼的、庄严朴实型的，不一而足。但不管哪种类型的拍卖师，一定要有幽默感，必须根据拍场及时适当调整方式，通过幽默的语言、真诚的眼神、纯真的微笑和得体的肢体语言把沉闷的会场气氛带动起来，与买家达到一种无言交流的境界，取得事半功倍的效果。可以说，幽默滋养魅力，魅力成就拍卖。

一个好的拍卖师我认为应该是"拍好不拍贵"，让三方都满意，通过拍卖让委托方、买受人都达到自己想要的结果。同时拍卖会从征集拍品到宣传招商，从拍卖预展到现场拍卖，是整个团队运作的过程，环环相扣，每一个环节都很重要，缺一不可。当然，拍卖主持的环节更加重要，当拍卖师在拍卖场上把竞买人的情绪调动起来，让竞买人更加愉悦地投入到竞买活动中，那么成交率自然也就上来了。

不是工作 而是享受

在我从事拍卖职业的这些年里，商业拍卖和公益慈善拍卖我都做了很多。商业拍卖能让公司更好地发展，而公益慈善拍卖能让自己的心灵得到升华，因此，每年我都要组织几场慈善拍卖会。如汶川大地震后，我们与克拉玛依区政府合作举行了爱心拍卖会，我个人捐出了收藏多年的名家字画，我女儿也捐出了生日时我给她买的一块和田玉，整场拍卖会成交 6 万多元，大家都感觉十分温暖。慈善拍卖让受助方得到了帮助，也让我的心灵得到了慰藉。

这些年，通过慈善拍卖活动，我帮助了许多急需帮助的群体和个人。在我的拍卖职业生涯里，慈善拍卖对我的影响是终身的。如果说商业拍卖中拍卖师创造的是更高的成交率的话，那么公益拍卖中拍卖师所肩负的就是一种责无旁贷的社会责任。

站在拍卖台前，我从来没有感觉自己是在工作，而是觉得那是一种享受，享受拍卖场上那激烈的竞价，享受那一次次槌起槌落的过程，享受我和竞买人之间的那种默契和互动，享受着三尺拍卖台带给我的快乐和收获——我爱我的职业，我享受槌起槌落带来的乐趣。

◎杨彦升

　　1972年5月生，新疆乌鲁木齐人。克拉玛依市政协第七届、八届委员会委员。曾任克拉玛依市政协提案委员会副主任、主任，现任克拉玛依市人大常委会副秘书长、办公室主任。

小艾可的小梦想

杨彦升

小艾可的觉没有睡好。一个噩梦把他惊醒，他小小的心房怦怦直跳，好像马上要撞破肚皮一样。他紧紧抓住妈妈的手，把头埋进妈妈的怀里。

妈妈的怀里真温暖啊。这时候，他觉得自己是春天里的一棵小豆苗。

要是爸爸在，就更好了。他最喜欢爸爸妈妈都在的时候。爸爸妈妈在床上躺着，小声地聊天，小艾可有时候把他们的身体当山爬过来爬过去，有时装睡听他们说话。有一次，妈妈问，儿子，什么是幸福。小艾可毫不迟疑地回答，幸福就是爸爸、妈妈和我，我们一家人天天在一起。惹得妈妈一下子眼泪哗哗的。

小艾可是很爱爸爸的，但对爸爸最大的意见就是常常不回家。妈妈也很爱爸爸，也经常为爸爸不回家生气。妈妈有一次对爸爸说，责任责任，责任能当饭吃？！小艾可还有些纳闷，爸爸有个东西叫责任，是什么样呢，怎么从来没有看见爸爸拿出来啊。爸爸不在时，妈妈又对小艾可说，你爸爸是个有责任的人，是个非常勇敢的人。说话的时候，一眼睛一脸一喉咙的温柔。小艾可心里想，下次爸爸回来时，一定把爸爸的责任好好看看，为什么妈妈一会说好一会说坏。

小艾可想起爸爸昨天晚上打来电话，说今天上午要和妈妈带小艾可到儿童公园去玩。

小艾可说，妈妈，爸爸咋还没有回来啊？

妈妈叹了口气，摸着儿子的头，轻轻地说，又是要去办案，你爸爸不能回家了，一会儿妈妈带你去玩吧。

小嘴巴立刻就撅了起来。别的小朋友都羡慕他有个警察爸爸，那么神气，还有枪，坏人都害怕。小艾可也感到挺骄傲，但骄傲归骄傲，你不能总不回家啊，不回家谁跟小艾可玩啊，谁拿胡子扎小艾可的脸啊。爸爸在

135

家时，总爱抱起他，往空中一扔，接住，又扔，又接住，然后就用他那又黑又硬的胡子扎小艾可的脸，疼得小艾可哇哇乱叫。现在，小艾可觉得，那种疼都是一种幸福了。想着爸爸，泪水就汪上了小艾可的眼眶。

爸爸不能回来，小艾可愤愤地想，一定又是那个责任招惹的！责任简直成了小艾可的仇敌，因为他总是跟小艾可抢爸爸。这个时候，小艾可对责任的痛恨到了无以复加的程度。他想，如果责任是一个像核桃一个样的东西，他一定一脚把它踩个粉碎；如果是一根黑色的绳子，他就拿妈妈的剪刀把它剪成一小截一小截，让它不能再拴住爸爸、拉住爸爸。

小艾可说，爸爸总不回来，我过生日也不陪我玩，不是好爸爸，别的小朋友爸爸就天天在家。

妈妈心疼地看着儿子，擦着小脸上的泪水，说，咋办呢，你爸爸是警察啊，他们不工作，坏人偷东西、伤害好人，不抓住他们怎么行呢？他们还会干坏事的。有些坏人想干坏事，爸爸和叔叔们只好先不回家，保护大家。

小艾可就不吭声了。

忽然，小艾可眼睛一亮，说，妈妈，我有一个好办法，将来我长大了发明一种味道，放在世界上，好人闻了没事，坏人一闻就晕倒了，这样爸爸就可以放心地休息，就可以每天陪我们玩了吧。

妈妈使劲地点头，眼泪也汪了上来。

诗歌

◎顾伟

　　1967 年 5 月生，新疆独山子人。克拉玛依市独山子区政协第七届委员会委员。中国作家协会会员，现任克拉玛依市作家协会副主席、独山子石化作家协会主席。出版诗集《油城，在丝路前行》《守望净土》《咫尺天涯》等八部。曾获第五届中华铁人文学奖。

泥火山下（组诗）

顾伟

风骨

都在为繁荣继续奔忙
留不住的落日，此刻正在流逝
那么就把寄托给未来
给逆光中起伏的针茅草
给翻动书页的微响

如果这不足以停止披靡
那就放下联想，把思绪安置在
山中随意一道沟谷
让虚土沾染诗性
让地底涌出的气味随风往复

其实，都明白这座山的前世
成就了独山子
登上石油工业发祥地的高度
而山体也清空了岁月，空白处
也正好为隔世的后人
提供一处发酵风骨的空间

岁月如歌

反复进出新建第一个老油田
才知道有很多事并不知晓

不知道哪个年代，灰封的井口
已堵不住硫化氢气味
钢丝绳捆扎了哪年的空间
已经不起春秋剥蚀
北斗七星般布局的蓄水池
披满被雪水流放的杂草蒺藜
除了马群悠闲
那些不同年月插图中残余的痕迹
幻化成郁金香原始的黄色腰带
自然随心所欲
让人忍不住对苍茫怦然心动
并回过头
将新旧故事定格成光影

风吹拂，曾经的忙碌显得多么脆弱
耐心而又从容地返璞
就像难以透彻
深藏在思维里的人间悲喜
或被时光继续掏空的时间

油花，沉静地回响

风吹不到的地方
乌鸫一两声鸣啭
比黄昏漆黑
比红柳还要执着的
是大地腹部，偈语的力量

把油气变成朵朵盛开的花
把夜色倒映出一口千眼油泉
将油花变成月光的追忆
把井口当作入世的甬道
把泥火山认作前世的摇篮

到达三十二处油泉的风
都累了，散入地理的褶皱

西北偏西的某处山坳
紫翅猪毛菜从没有缺席过
和油流一同簇拥百年小时光
察觉地下那隐秘的冲动——
如梦幻泡影，如露亦如电

地理中虚掩的石油之门

变幻的山地构造
存不住一洼流动的液体
石油，水一样丝滑；精通游移
于是，钻探设备在数十年前
整装挺进克拉玛依了

见证过多少遗迹
留存的光阴内，钢铁已然着色
混凝土粉化。酷热的正午
从它的峰顶展示过曾经的凌云
"走出山前，走上地台"
将踌躇，从黄昏一一消隐

创造各种节日的旅游业
渐渐找回心怀山水的人流
怀旧、好奇，都被木栈道推送到山顶
去看看远方
澄明中起伏的丝路花语
听一听眼前
泥浆泉千万年来蓬勃的声响
再想想就要临近的明天——
泥火山经得起风来雨去
更富于苍茫的也许是内心之门

国画山·影痕

国画山，被短暂的热情
戏谑的孤峰
料峭和春风交错
俘获了寂寞的呼喊
那无限的水墨与忘我
定格在不可企及的边疆

一字岭，轮廓一遍遍
成为像素的远景
一个钟情留白的石油工人
忘记了自我约束
忘记了寒意彻骨
在这里，要执意颂唱家园

日落时，变化无常的近景
仿佛唯一标靶
诺言先行碎裂，空留乡愁
谁的思想陡峭如天涯
又被黄昏缓慢叠起

群山如黛

天地苍黄，能让众多山峦留名的
一定具备人的飞扬或壮烈品质

或许没有比介子推，更像山的人了
重耳腹中饥饿，就割大腿的肉敬献

或其他原因，就背起老母进山隐居
疼啊介山。寒食节从灰烬中涅槃了

再低矮的山也有道不明的起源
向上的开始就是俯瞰云起云落的通透

除了天山延绵，身边有无名泥火山
弥散着一段中国石油工业开端的史话

也因柳毅传书的唱腔，记住了
古老斑竹，用泪填满君山的翠微

还有更多已在各自空间里不可知
如永久缅想，超越了时间彼岸

清晨梦见众山，其中一座从伊犁草原
白石峰的夕照中浮现大兴安岭的雪白

彩虹总在风雨处

长在一眼泉里的油朵
被风情万种的舞姿
淹没。谁全然穿过针眼
携群山一同地老天荒

炼化基地逐年远离泥火山
一路向北，与乌伊公路相连
毗邻中欧班列。货车迅疾
把分秒甩在前行的身后

油泉孕育了一座大型石化厂
百年岁月气象万千，由弱而盛
封堵的油井从尽头回归源头
企业走高端途中汇进新丝绸之路

从一朵油泡开始，流水的时光
流入笔端，谁的意识在回味愿景
或一岁一枯荣，写金雕翱翔天宇
或透视源泉，渴望匠心如丝

回望来路

流散的声音从空气中抖落
随丹霞地貌凝固成
变化莫测的色条

油泡，仿佛石油人前世的回音
依旧由紧固的法兰渗出
岁月还没有尘封的创业史

只有失去了的乐园
才是可以自由进出的场所
才能回放原初的影像

诗人说：如今我们深夜饮酒
杯子碰到一起
都是梦破碎的声音

从油田遗址回望来路
除了沟壑纵横，除了垭口
石化厂也露出银光闪烁的一角

与一处油泉相逢

疫情期间无处可走，就找地方去
老梁在微信里留言：
从诗意的雪原走出一条路

在字里行间
或泥火山北坡某个拐角处，可能会
意外发现另一口废弃的油泉
守护被遗弃的另外一截时光
守护着天然气喷薄的渴望

由地底送往地表伤口的水
干净地盛开几朵油花
再结成油膜，散入无痕镜面
这锅麻辣烫，它的蒸腾
反映出特定时刻人们厚重的欲望
或风雪中荻叶的枯影，与修辞

风吹过，吹散了来时的路
吹瘦了泥火山的轮廓，与孤寂
吹远了人们钻探石油的身影
忙碌的年代，紧固此刻的地法兰

苍茫或者缥缈

这些丹霞地貌色泽惊艳
藏在泥火山北坡
僻静处：褐红、粉绿等多彩纹路
从眼前涌向山脊
又从高处流入脚下，眼底

流散的变幻，解读出恍惚：
山角的图形精于取舍
仿照凤凰于飞时抖动的双翼
把摇摆不定的赞叹
调和出鬼斧神工

一遍遍沉迷奇异的掌纹
风，给平庸送来几份夸张
几分茫然。北山羊的警觉
孤寂的狼，也数次穿越
让后背发凉的另一个星球

此刻，你只是推开
霞光中一扇窗子
在时间的镜子内设置日升月落
借助取景器，努力辨识
自然无所不在地造化或恒久

风雪泥火山

风雪飞扬，顺着日落方向
隐约看见，泥火山残余的背影
仿佛雾都孤儿，自我放逐于尘世

内心的火焰，融化不了一片雪
雪花，就这样拦住了感悟的触角
让身处美景的孤独，无言以对

万物沉默。黑夜，已抵达辽阔的白
残损呀，熄灭的火山
仍然被一缕乡情牵挂，被徒劳地赞美

把树林交还给戈壁

小寒时节，树枝越发幽静
透出休养生息的慈悲

黄尘曾是天边的遮阳伞
石油人撸起袖子挖掘原始的沙土
淘汰大小石子，调节酸碱度
树坑一年接一年深入戈壁
渴了，就用水桶磨损双肩
老茧加厚，苗的长势才能轻盈
咳嗽加重，风速就减弱
嫩绿才能高出生活半个头：
发芽、绽放，给理想回报蒴果
逐年拓展枯枝、叶落的半径

雪茫茫，黝黑的树立成一排排坐标
把丝路轻松揽入夏天的阴凉

记忆越来越漫长，号声越磨越短促
直到冬眠最终来临
他们就能最终安营扎寨，从地底握住
越扎越深远的根须

属于石油的泥火山

一座整体陷入假寐的山
一个百般沉静的火山口
一碗泥浆泉在盛满月光的山顶
容纳了回响的史前与存在

属于丝绸之路飘落的花雨
属于高端产品的输出端
属于石油队伍的每一个人
激荡中他们竖起一个个大理石

在身后要和未来齐驱并驾
这山属于紫翅猪毛菜
属于粉红椋鸟，也属于意义

山下的装置间原油一再质变
谁在小如芝麻的一座土山
装进了宏大记忆或未竟之梦

◎薛雅元

　　1972 年 6 月生，江苏南京人。民盟盟员，克拉玛依区政协第一届、二届委员会委员。现就职于克拉玛依市教育局。新疆作家协会会员、中国石油作家协会会员、克拉玛依市作家协会会员、克拉玛依区文学协会会员。多篇（首）作品在《星星诗刊》《中国文学》《西部》《地火》《绿风》《新疆日报》等媒体发表。组诗《消失的村庄》获"第六届海内外华语文学创作笔会"诗歌二等奖，小说《岁月》获克拉玛依市第二十二届"黑宝石"文艺奖。

月亮

薛雅元

追踪太阳的五色光谱入梦
夜听有人在河边击节歌唱
春水荡兮秋波平
不想 在一片黑水中
见独自起舞的屈子
把月亮跳成发亮的圆盘

子瞻 放翁 太白
回天宫成仙了
走远了
只把月亮遗放在天上
作灯笼照亮游子的前程

菊花螃蟹月饼宴的高香
熏得月亮满脸嫣红地回家
兜里的千家故事
酿成琼浆
常饮得那几个老翁
醉笑潋滟

今夜
月在中天 光照四方
人们论及神话 祖先及夫子时
反觉得
那些站在辉煌中的 圣人贤者
山高水深 风静云闲

◎刘永东

1985 年 11 月生，新疆木垒人。独山子区政协第八届委员会委员。现任独山子区委统战部副部长。曾多次以"铸牢中华民族共同体意识"为主题向社会各界开展宣讲，受到好评。

白杨河

刘永东

（敬以此献给我的家乡——昌吉回族自治州木垒哈萨克自治县白杨河乡白杨河村）

巍巍的天山脚下是我的故乡
那是生我养我的地方
村前河水静静地流淌
还有河边守护的白杨
那时我赶着牛羊来到你身旁
鱼儿欢畅水波荡漾
清清河水潺潺作响
和我唱出心中的梦想
白杨河 故乡的河
养育我的母亲河
白杨守护白杨河
多次在我梦中流过

蓝天白云下雄鹰在翱翔
白杨树下我把歌儿唱
白杨河水渐行渐远方
带去我对你无尽的向往
如今的我来到异地他乡
始终不忘你熟悉的模样

多想再次回到你身旁
和你诉说我心里的衷肠
白杨河 故乡的河
为你自豪 为你放歌
白杨守护白杨河
多次在我心梦中流过
白杨守护白杨河
多次在我心梦中流过

◎卫泉宇

　　1986 年 8 月生，云南省石屏县人。现为克拉玛依市政协办公室三级主任科员。

百味人生

卫泉宇

夜·行

喜欢一个人在彻底入夜前
走在一条不喧嚣的小道上
也可以说是散步
毕竟什么方向都随心随意

重复着听着一首歌
就好像已然融入歌曲中
一音一词都在点缀着回忆

听说
在这座小城
有一座彩虹桥
在那座假山的后面
那应当是我记忆以外的轮廓

毕竟
十年如烟
有些人再也不会出现
又何必去轻易打扰回忆

只是思念啊
总会在这样的情景下涌现

远远的望去
有一组鲜亮的色彩
应该是那座彩虹桥了
虽未近
已了然

曲·缘

我是一个容易被歌曲左右情绪的人
有人说是幼稚
有人说是感性
但是如果看不见每首歌的画面
又何必让音符在耳边轮回

这个世界
总是在经历生死
这个城市
总是在上演别离
那这一首歌
如果真是泡沫
在阳光下也应该是绚烂的

你只需要用心听

就会发现
歌中人
曲中意
皆是你我

人生

每个人有每个人的归属
每个人有每个人的幸福
趁着还年轻
趁着仍愿意
去做想做的事情吧

不痴迷孤独
不理会世俗
不纠结过往
不忧虑将来
活在当下
珍惜眼前

你终究会活成别人眼中的色彩
炫丽
如画

◎文强

1981年1月生，四川达州人。现就职于克拉玛依市政协。多篇文章发表在《新疆石油报》《新疆石油文学》等报刊。

克拉玛依颂

文强

阿拉山口的西风，
曾经吟诵着你的名字。
在阿尔泰、昆仑和天山构织的戈壁荒漠间，
在中华儿女传承千年的丰沃土地上，
在天安门城楼檩宇中镌刻的中华画卷里……

克拉玛依，
命运羁绊的"西圣地"；
背负亿万同胞希望，
涅槃而生的石油长子。
坚韧是你的脊梁，
不屈凝结了你的意志，
荣誉成为你以生命维护的坚持，
团结铸就了你辉煌的基石……

黑白与七彩的光影，
铭刻下你前行的足迹……
义勇军进行曲，打破了生灵禁地的静寂，
五星红旗，撕碎了桀骜的黄沙与石砾；
这是钢铁与岩石的碰撞，
这是明达与固执的角力，
36位"同族"兄弟，

撕碎了"贫油"的阴霾，
创造了独属你的，奇迹……

花岗岩的记忆，
充斥着坚硬与不可理喻，
却在每一个细节里，
都雕镂着你的印记……
那凛然坚冰包裹下的热血，
似乎还能升华出袅袅烟气；
那横跨东西的打擂呼喊，
似乎也还在我们的耳边缭绕不息；
那亘古不变的风沙里，
好像还有恋人的惜别私语……
一座孤独而骄傲的黑油山碑，
顶天立地，
向世人，
述说着这片土地上的传奇……

时空彼端的眷恋，
跨越千山万水来到这里，
克拉玛依人亲手铺就的红毯，
为洛神设下隆重的宴席……
于是，
你的身边，
有了夕阳初下，精灵凫水；
有了碧波如海，逐风起浪；
有了万紫千红争竞艳，

有了一夕过后满眼春……

在这里，
没有云波诡谲的商战，
却有着淳朴与自律的宽仁；
在这里，
没有工业怪兽的咆哮与喘息，
却有着人与自然交融互利，鸟语花香的气息；
这是一片纯粹的土地，
这是一片英雄的土地。

当，和风如煦，
轻风中低喃的那些故事，
永远是你，
克拉玛依……

◎李娜

　　1995 年 11 月生，新疆巩留人。现为克拉玛依市政协办公室四级主任科员。

乐园

李娜

提起笔还是不知该从何处落下，
才好让感恩一生的情愫充分表达。
记忆的最初，
是小院内摇摆的秋千架；
是坐着摩的赶巴扎去买大西瓜；
是入秋夜晚要挪进屋里的小鸡娃。

后来，您说少年还需见识远大，
要离开老宅，去城里发芽；
小卡车带着你我，载着家，
我们一同进入了陌生的繁华；
有您的陪伴，
我们依旧可以在乐园里潇洒；
放学后的大甜筒，
一路公交车送我上学的爷爷啊，
枕头里飘香的槐树花。

现在很久不能回家，
在梦里也会害怕，
我的乐园，您会不会突然倒下，
请时光听见我的声音吧，
慢一点、慢一点……
好想一直在您身边做个傻孩子啊！

◎仇发全

　　1982年7月出生，山东临沂人，现任克拉玛依市政协办公室副主任。

沁园春·宝地

仇发全

初入延安，土墙耸立，沟壑万千。

叹陕北父老，壮志弥坚；肤施内外，锦旗连连。

志丹洒血，子长犹生，仍闻英雄话新篇；

待暇日，祭先烈英豪，使命在肩。

宝地锁钥襟喉，引万千星火卷珠帘。

叹吴起会师，燎原成势；瓦窑会议，群雄一线。

纺线挖洞，秃山要粮，整风七大定航向。

虽往矣，吾辈当明志，此心向党。

◎ 严宝根

　　1960 年 11 月生，江苏泰州市人。自治区作协会员。高级英语教师、克拉玛依市政协第六届委员会委员、第七届委员会常委，现任克拉玛依市教育局史志编纂、克拉玛依市老科技工作者协会常务副会长兼秘书长，曾任克拉玛依区文联、作协副主席，著有 5 部英语教学专著、9 部诗歌散文集。曾三次获"黑宝石"文学奖。

乌尔禾的那些美丽（组诗）

严宝根

梦幻魔鬼城

走进魔鬼城
便走进了梦幻
那些惟妙惟肖的风雕山岩
彰显着大自然的震撼

走进魔鬼城
便走进了雅丹地貌家园
仰望那些叠峰丘峦
耳边响起恐龙的呼唤

走进魔鬼城
便走进了沙海城颠
那些暗藏的肃杀
时常遮日蔽天

走进魔鬼城
便走进了亘古浩瀚
那些原始净土上的神秘上演
在璀璨星光下时常回旋

走进魔鬼城

便走进了空旷无垠
登高一声呐喊
声音传播云天

走进魔鬼城
心胸便会开阔灿烂
那些尘世间的忧患
不知不觉中悄然走远
戈壁金丝玉
茫茫戈壁
沉睡千年
任由阳光沐浴
任凭风雨洗练

戈壁静默不语
众生悄声无言
只有地球深处的律动
撩拨雅丹地貌的心颤

沉默的戈壁玉石
在时光中独自灿烂
女娲千年流下的泪水
丰富着它的色彩斑斓

岁月沧桑轮回变迁
你在地球深处不断修炼

只为等待识别你的慧眼
慢慢揭开你的真实容颜

忽然，一声惊雷呼唤
你从洪荒沙漠掩埋中显现
那色彩温润的宝石光灿
惊得世人千万次地感叹
那片飘扬的芦苇
你一生自在飘扬
清高一份落寞淡然
一切鲜为人知的随意
都源于单纯飘浮于云端

在远离尘世的喧嚣里
你笑得自然灿烂
尽管四季风霜无情
但信念支撑起生命的乐观

你将孤独的清苦沉淀
浓缩成亘古的宣言
仿佛将苍凉的妩媚之眼
镶嵌在村姑的迷人笑脸

远方那片胡杨林

用生命之火炬
点燃蛮荒风情
以滚烫炽热之恋
燃烧辽阔大漠雄浑

苍劲的臂弯
划破穹苍
不屈昂扬的精神
埋葬萧瑟与荒凉

戈壁滩上的足迹
留下你的千年沧桑
驼铃摇曳的声响
惊醒楼兰梦一场

葱郁繁茂立起的信仰
留给世界倔强的模样
无际黄沙滚滚流淌
挡不住你追寻心中的太阳

丝绸之路上的驼帮
把文明与璀璨播放
你洒落的古朴与阴凉
将西风古道越拉越长

千年不朽的胡杨
任风沙吞噬茁壮成长
任凭风雨寒霜肆虐
仍把美丽留给戈壁秋阳

岁月碾碎寂寞惆怅
生命总在跌宕起伏中昂扬
你虽一生静守地老天荒
严寒酷暑不曾丢失你的梦想

春风化作细雨畅想
时光轮回挺立你的信仰
杨柳翩跹辉映涓流细长
那顽强的精神催人向上

多想沐浴春草斜阳
生命抒写诗意华章
赞美那挺立生长的胡杨
在不屈中活出自我的模样

一生敬仰那片胡杨
但愿我们的日子能够放飞希望
面对未来的诸多坎坷风霜
我愿活得像你一样坚毅刚强

美丽的艾里克湖

一湖碧水
映衬蓝天
四周芦苇
摇摆呼应

红柳袅娜
老槐迟钝
闪烁彩玉
扬起戈壁美丽

云将白杨河的水
慢慢写进艾里克湖的诗行
梦却漫游到魔鬼城的上方
静静欣赏正在退去的美丽夕阳

一只白鹭
贴着水面探访
一群野鸭在湖面上追逐掀浪
湖中的鱼儿不时露出水面欣赏

忽然，天空有鸟飞翔歌唱
戈壁胡杨傲视群芳
再观大漠戈壁远方
生命迷失在艾里克湖风光

黄羊泉

你的一湖净水
如沉思的眼眸深邃
遥望天空的蔚蓝
阳光将整个戈壁灿烂

微风吹来
延伸你美丽的曲线
头顶上的热烈温暖
拥抱静默的湖水沙滩

天空漫游的云朵
懂得你的思念
一只只多情的水鸟
深情投入你的湖面

夕阳衬托湖水烂漫
玉石滩反射光芒耀眼
渔歌唱晚芦苇轻舞蹁跹
你的美丽已成电影拍摄的景点
夜宿魔鬼城
夜宿魔鬼城
巧遇风雨缠绵
观空旷天幕低垂
狂风夹沙上演大漠原始风情

阴森的乌云
急速划过天际
夕阳没有了往日的温情
惊恐的心态在夜色中挣扎煎熬

岁月风雕的奇异城墙
在残缺的月光下狰狞
飞舞的沙石不时以切割般的肆虐打脸
远处传来隆隆的魔鬼尖叫声

不知过了多久，恐慌之夜终于过去
僵硬的神经开始慢慢复活
晨曦下再观雅丹地貌的奇幻梦境
早已变换成游人向往的 5A 级旅游名片
舞动生命的沙漠红柳
你立于沙漠
粉红色的梦便在风中摇曳
一丛丛红柳装点的戈壁
轻柔曼舞沙漠风情

风吹花瓣掉落
叶上的露水永恒

啊，红柳
不是柳花无情
而是岁月的伤痛
将彼此永久分开

原本是孤芳一隅
竟也为你伤心落泪

真不知
飘落的花雨
在哪里落地

雨说
扎根荒野戈壁
凤说
与沙漠一起埋葬

你是它的影子
我也是

眺望远方
一定有某种无法抵御的诱惑

◎宋海霞

1976 年 1 月生，山东蓬莱人。克拉玛依市克拉玛依区政协
第二届委员会委员。现任克拉玛依市委统战部四级调研员。

展统战华章 扬中华风采

宋海霞

本文写于迎接新中国成立75周年的前夕，为进一步学习贯彻落实党的二十届三中全会精神，牢牢把握铸牢中华民族共同体意识工作主线的统战工作而写。

蓦然回望，满目荷田芬芳，已是初冬雪扬，煞是好靓，风来云更荡漾，日盛光越明亮。

民主政党，接受中共领航，参政国事共商，聚集智囊，使命责任担当，全力以赴奔向。

油城继旺，主委表态铿锵，奉献智慧力量，谋划展望，跨越征程山冈，向着更高更强。

决心如钢，矢志不渝跟党，携手奋进开创，同心同向，政治交接稳当，政治教育跟上。

百年沧桑，回眸统战华章，同心聚力辉煌，以协为纲，协力协助协商，同舟共济奋桨。

履职路上，永不停歇彷徨，民主监督特棒，优化营商，经济腾飞兴旺，化难为强繁昌。

统战颂扬，在于心行志向，在于德懿善良，数辈楷仿，是其精髓素养，成吾精神力量。

把握方向，坚毅写上脸庞，为民为国为党，豪情满腔，挺直各自脊梁，联袂执意勇闯！

◎李军

　　1963年4月生，山东招远人。无党派人士，克拉玛依市政协第七届、八届、九届委员会委员。现任克拉玛依市瑞丰拍卖有限公司董事长。国家注册拍卖师、典当师。

血肉相连

父亲的草原母亲的河，献给我的父亲母亲

李军

我用整夜的时间梳理
和父亲相处的美好时光
发现我的成长历程中
离不开父亲的影子

脆弱的时光张扬过海
流年的风
固守最初的向往

在我远足的渡口
回眸间
父亲滋长出的白发
我懂得了牵挂和沧桑

在我每一次受挫以后
都有您和妈妈的鼓励和教诲
哺育我成长。
学会了坚强

童年的笑靥
一如山水湛蓝

我的灵魂牵着幸福的目光
躲进快乐的过往
您用一生的关爱
教会我写字和篆刻
您用父爱检阅童年的荣光

我知道
在这样的日子里
必须用微笑
占有阳光
将祝福涂在脸上

我用心筏替换海鸥的心情
决定此刻与您欢笑
让我仰望天堂
望着你们牵手遨游

我愿意用仅有的生命
仰望着天堂里幸福的爸爸妈妈
用慈爱的目光关注着你们的下一代
在我心灵的角落
目光中
凝有夕阳的释然!

◎沈宙儒

1978 年 7 月生，浙江宁波人。现任独山子区政协专门委员会工作科四级主任科员。

独库公路

沈宙儒

独库公路，缘起天山，
贯穿南北，雄伟壮观。
峭壁嶙峋，万类争艳，
千里蚁行，风光无限。

四时轮回，气象万千，
一日四季，万妙隐现。
雪谷冰川，山壑激流，
碧海湖泊，美轮美奂。

上天无路，英雄铺之，
入地无道，碧血鉴之。
雪崩崖塌，泥石奔涌，
笑对艰险，勇往直前。

乔尔玛上，烈士长眠，
青松翠柏，魂依梦在。
功成当下，福泽子孙，
丰碑永驻，青史常载。

时过境迁，天堑平伏，
奇美自然，惹人流连；

人头攒动，车流向前，
旅行之路，充满期待。

碧野如毯，山花璀璨，
蜿蜒独行，玉带为伴；
盘龙化池，蕴养万灵，
峡谷幽深，内有奇观。

雄美新疆，绮丽独库，
广结善缘，世人称慕；
英魄同在，山水一心，
独库公路，传承万古。

小说

◎薛雅元

　　1972 年 6 月生，江苏南京人。民盟盟员，克拉玛依区政协第一届、二届委员会委员。现就职于克拉玛依市教育局。新疆作家协会会员、中国石油作家协会会员、克拉玛依市作家协会会员、克拉玛依区文学协会会员。多篇 (首) 作品在《星星诗刊》《中国文学》《西部》《地火》《绿风》《新疆日报》等媒体发表。组诗《消失的村庄》获"第六届海内外华语文学创作笔会"诗歌二等奖，小说《岁月》获克拉玛依市第二十二届"黑宝石"文艺奖。

短篇小说二篇

薛雅元

岁 月
——没有硝烟的战场

一

人生常常是这样的，不经意间，自己遗失了，梦也磨灭了，回首望望，觉得自己很陌生。

有时在惯性中生存，有时在旋涡中沉浮，有时在进退中老去。一辈子，想做的事情几乎没有时间和机缘去做，而你只能在大齿轮和小齿轮的夹缝中，尽量地配合着，以维持这个大机器的正常运转。这是不是合理的人生？学而优则仕，读书人总是有一点抱负的，但到了官场，也不免觉得是穿上了小鞋，痒痛只有他自己知道。这算是比较不错的，毕竟总算是修到了一点正果，登上了不知是对是错的那个彼岸。那些在水中游的，还没有到岸的，因为看不到目标，可戏称之为"盲游"，那人生要渺茫得多，说痛苦，那是真切的，实实在在的。免不了要怨天尤人，满腹牢骚，所以中国的文人不得志的，留下了没法计算的牢骚，也算是"盲游"一族痛苦的明证。那么如果放弃呢？名，不要了！利，看开了！隐居去，散发弄扁舟去，渔樵共一溪啊！可是在这样的世界上，有几人能吃到灵吉菩萨的定风丹，在这个红尘漫天的娑婆世界里不动不摇呢？有人是隐在嘴上，有人隐在心里，有人隐在道中，大部分的人隐而未隐，这是真实的，因为隐大多是不得已的，是一种不能成功后的升华，从某种意义上是扭曲的，不是纯味的生命本相。真正的大圣大隐？哪里去找？读书人，如果是清醒的，常常深味陈子昂的"前不见古人，后不见来者，念天地之悠悠，独怆然而涕下"的悲哀，到这个境界，读书人就真正孤独了，那是骨子里透出来的，掩饰也掩饰不住。人生里前后望望，不管是哪条路上的，读书人也好，非读书人也好，都是来赴一场战争，来的时候是被卷入的，去的时候，大多数的也不明白。

点一根烟，陈觉海在烟雾缭绕里想入非非。这是他每日的功课，给自己一根烟的时间，探讨一下人生，总结一下得失，计划一下将来。他觉得这个习惯很好，很多时间他给人深不可测的印象，其实也就是每天入定几分钟，让真正的自我睁开眼睛，看看世界如何如何。他觉得很多时候，真正的自我是处于混沌状态的，现在的人不容许它觉醒，也没有时间让它觉醒，吃呀，喝呀，工作呀，睡觉呀，哪有时间去让它醒来？第二天，接着忙啊，周而复始。到底是躯壳和这个世界活着还是自己在活着，到底哪些是真正的重要？很多人也懒得去想，多累人啊！像老婆那样电视打开，一路看下去，多好糊弄时间啊！陈觉海不是这样，他觉得每天这几分钟很惬意，就像是灵魂"放风"的时间，不享受一下，就是对不起自己。人跟人反正就是有那样的天渊之别。

闲话少叙。先介绍一下陈觉海：已婚，男，四十多岁，中学教师，有点小才，但绝无大才。有很多想法但有知识分子的通病——缺乏行动，所以至今还是一个普普通通的主任——班主任。几番风雨，荣誉拿了不少，无奈他本性过于耿直，这个年纪加上这样的个性，大局已定，所以他也就自称"老陈"，在这个位置上安安稳稳地坐下去。本来也没有什么故事，但是生活常常超出人的想象，这样一个老陈也有了一点不算波澜壮阔的故事。

这个小城，学生们普遍不是很爱学习，老师不好当。那些爱学习，成绩好的学生，家长又大多望子成龙，望女成凤地把孩子转到省城重点中学去读书了。尽管这样，老陈带的毕业班，还是出过清华、北大这样的学生，所以老陈在这个小城的口碑还行。他也很明白，那成绩是各位老师一起努力得来的，外加上学生的天资，只要老师是负责的，这样的学生到谁手里都是一样地上清华、北大。只是家长和社会上就只认这个班主任，觉得这个班主任有本事，托关系找后门非要弄进他的班，好像进了他的班就踏进了清华、北大的门槛了一样。因为成绩突出，老陈被评为"市先进代表""优秀教师标兵""十大红旗手"之类的一大堆荣誉，自然看到了很多笑脸，学校的，学生的，家长的，因为上过报纸，还有社会上的很多他不认识的人都跟他热情地打招呼。这些说起来这也没有什么新鲜的，更何况他也隐隐感觉到了各种笑脸背后所带来的压力，他知道自己只不过是这两年走运，他完全没有人们赞美得那么高尚，那么伟大，只是比较认真负责而已，在教育方面，他还有一种与生俱来的自卑，他觉得没有人敢吹牛，说自己在教育上已经达到出神入化的境地，更别说自己了。总的来讲，老陈还是比较有自知之明的，在荣誉面前多少有一点受之有愧的感觉。

故事说到这里，就进入正题了。为了提高社会声望，学校成立了一个"教改委员会"，也就是"抓教学，促成绩"，让一线的骨干老师领着搞教学。因为老陈的成绩和威望，他被选为"教改委员会"的组长之一，负责语文学科的教改，高中的十几名语文教师都归他管，要求每周活动一次，并有书面报告。老陈除了班主任以外没有当过官，一下子要他管十几号人，他一下子感觉到了前所未有的压力。而且，最关键的还是：他也不知道具体该怎样去"改"，"教改"是喊了很多年了，但是名词出了一大堆，形式上搞来搞去，实际上具体该怎样操作，还是各自"摸着石头过河"，安全走过河去的就吆喝两声，于是就被炒作成各种各样的典型，样板，让大家一起去学习和讨论。典型和样板的做法也不是到哪里都行得通，这里还有一个结合本地实情的问题，于是也会出现一些质疑的声音。就在有些人还没有学会这个新名词，有些人还没有彻底搞清楚实质，有些人还没来得及思考得失的时候，就在这个事情还没有一个历史的定论的时候，这股热潮就过去了。接着又出现了一个新的热潮。总之，是很热闹的。热闹过后，回到现实中来，课本还是那个课本，考试还是那个考试，具体该怎样改，还是不得要领。最要命的是，以前的教法被否定了，新的呢？还没有形成。很多老师出现了"不会教了"的困惑，而且不只是新老师有这样的问题，许多快退休的老教师也成天喊累，喊"不会教了"。喊"累"属正常，喊"不会教了"正常吗？老陈也觉得很困惑，自己也说不出个所以然来，怎么去领导这个小组？

老陈心事重重地去找校长，说自己不能胜任，希望能让更合适的人来做这个工作。

校长笑笑："老陈啊，别谦虚啦，大家都知道你的，你让我到哪里去找更合适的人呢？"

老陈说："高中组的教研组长聂娜不是正好吗？"校长又笑笑："聂娜是班主任，又是备课组长和教研组长，杂七杂八的事情够多的啦，再说她年纪比你大，精力也跟不上，年轻的同志要体谅老教师和学校的难处啊！现在你作为品牌教师，在社会上也打响了，现在你不上谁上呢？"

老陈虽然是个倔脾气，但是经不住这样的笑脸人，他想了一想，实在也说不出什么正当的理由，于是就先给校长说："那我就试试，不行就把我换下来，抓不好也别怪我，我这可是赶鸭子上架，能力赶不上。"校长笑笑，把老陈的肩膀一拍："你一定行！"

就这样，这个有点文人气质的小组长就上任了。没几天，全组的人几乎都不叫他"老陈"了，连聂娜都改口叫他"组长"了，搞得他像个孙悟空戴上了紧箍咒似的不自在，连声说："还叫老陈，还叫老陈！"可是也没有谁理他，还是"组长组长"地叫，搞得他压力很大。老婆发现他这两天愣神的工夫也没了，钻在书堆里看来看去，或者一边就在那里自言自语，问他："没事吧？"他说："没事，没事，就是学校给安排了一个校改的小组长，具体怎么改，烦恼得很！"

"烦恼你就别当了，烫手的山芋，扔呗！"老婆是个采油工，什么事情到她那里都会简单化。

"扔给谁去，扔了，没扔掉啊！"老陈说。

"还是你心里痒痒想当官，说吧，能提高什么待遇？"

"这个校长可没说。"

"嗨！那你烦恼什么？上面怎么说，你就怎么执行就行了，你又要东想西想啦？告诉你，你要来新玩意，多半是当大家攻击的靶子！"老婆学历不高，却天性聪明，"教改不是你一个人能完成的，瞎操那个心！"

"那我也不能误人子弟，"老陈说，"就尽我的一份力量吧。"当夜，夫妻俩无话。

二

说干就干，老陈分析了三个年级的状况，准备开会把任务分下去。高一年级新老师多，为了巩固基础，分配给他们"基础知识"专题，高二年级生源差，分配给他们"阅读理解"专题，高三年级作文是重头戏，就分配了"创新作文"的专题。每个专题由备课组长负责开展活动，各小组轮流组织汇报观摩，学期末要有总结报告。星期二下午，就在老陈他们办公室开会，大家陆陆续续来了，一阵嘻嘻哈哈的闲话过后，老陈就先传达了学校成立教改组的精神，然后谈了自己的想法，最后是由各备课组长带头讨论，大家炸开了锅，七嘴八舌地。

高一的组长许秀霞说："教改的重点应该放在学生身上，从学生的要求出发，以学生的发展为目标来教学，研究学生应该是重点！"许秀霞很新派，穿着时髦，对学生也比较民主。在她班上，学生迟到了，只要在全班唱一首歌就能进去，而不像别的班那样被训一顿；不交作业的，只要补齐了，并给班级贡献两道作业题，就会没事。所以学生很喜欢她，不啰嗦，有创意，跟她比较能谈得来。

高二组的张巧兰说："我们年级的生源比不上你们两个年级，抓阅读理解专题对我们来说，还是挺难的！你们都知道阅读理解本来就是综合能力的考察，加上这些年高考的阅读理解题偏难，用学生的话讲，就是似是而非、胡搅蛮缠、枯燥乏味和陷阱遍地。好学生也做不出几道题来，有一次我问一个学生你的阅读题有进步啊，全班最高分！他说，老师，我这是碰的，用掷色子的方法做出来的！"

大家想笑，也笑不出来。

"有时候，几个语文老师做一道题，答案都不一样，但最后还要把学生统一到标准答案上来，痛苦啊！有些题，学生只能越做越迷茫，越做越不会做，没有什么启迪智慧的地方。考查题目的类型就那么几种，还不准学生自由表达见解，要标准答案！学生一味地去揣摩出题老师的意图和口味，谁会不烦呢？要是讲规律和战术，兵来将挡，水来土掩地，又把语文搞得僵死不堪，没有一点趣味，真实苦恼！"王克的话引起了一片议论，不少老师表示赞同。这个高二组生源差，那是有目共睹的，但这并不能说高二组的老师就不好，相反，他们还以严厉著称，搞了一套相应的学分制的管理办法，就是学生无心学习，成绩老上不来。

高三的许由说："作文呢，高考都六七十分了，这个重头戏呢，说起来很悲哀。大部分的学生写了十几年作文还是不像样，字难看不说，简直就没有思想内容，凑数的多。说句不好听的，好作文都是我们老师教出来的吗？那是人家读书多，悟性好，有才气，加上一点儿老师的指点写出来的。那些写不出文章来的，一定是那种不爱读书也不会思考的人，像这样的人，其实你也教不会他。你就是把作文的要领告诉他，他还是没内容，有内容也思路不清，讲不清楚。现在，面对高考，我们也只有这种办法了，就是教他要领，帮他积累资料，一口一口地'喂饭'，期待着他哪一天能够顿悟了！"她还没说完，有老师插话说："期待顽石显灵。"大家又是一阵笑，笑完又叹气。

"高考，在作文上也拉不开距离，对于好作文来讲，很不公平！也很打击我们抓作文的老师的热情！"高一的赵玉梅说，她挺爱发牢骚。

高三的李强说："高考改作文是很快的，一篇作文不会超过3分钟，好的差的当然一目了然，但是中良和优下的这一块，基本拉不开什么距离。还有个人的感觉不一样，他觉得是高分的，你可能觉得是低分，所以作文这一块，只能是把事情做到，结果上，实在无法强求。"他的话中有些无奈。

各位老师也在那里讨论开了。这里没有茶水，在各个办公室搬几张椅子，就开会了，小小的房间因为拥挤而显得凌乱，大家的情绪倒是很激动。

老陈感慨，这个语文教改，还真是难。老师们基本上是困难多，办法少、牢骚多，热情少、顾忌多，勇气少。基本上都是一群"戴着镣铐的舞者"，他们在各种规章制度下安分守己，小心翼翼，虽然成绩不一定都好，但都是十分认真负责的。牢骚归牢骚，真正干起活来，没有一个偷懒的。因为在这样的环境中，人人只能全力以赴，没有第二条路可走。就像旋涡里的稻草，像闹钟里的齿轮，没有你喘息的机会，只有跟着这一股大流，向前，向前。

这样讨论下去，是没有结果的，但讨论完了，心里舒服了，下面干活就轻快点。教育的理论大家学了不少，各人的大脑都像一个热闹的跑马场。然而，到现实中怎么操作？实在是没有答案。老陈想，虽然前方不明，但还是要往前走，还要去实践！在实践中摸索经验吧，中国的革命也没有先例可学习，不也在摸索中走出一条血路来了吗？正如你今天看不到明天一样，无论多么害怕，无论多么恐惧，你还是要硬着头皮跨过明天！

老陈于是说："今天大家的讨论，提了很多问题，也说出了真切的想法。困难要有待于我们日后在具体的教学中去摸索克服，在实战中去总结经验。现实总是不尽如人意的，大家虽然牢骚不少，但是，没有牢骚就是没有热情的表现！隐藏在牢骚背后的，大家的这股子要把教学搞好的热情还在，这就是希望之所在。今天把任务这样分下去，大家要充分发挥自己的优势，当然也不要被划定的组限定住，自己有什么想法做法。可以向专门负责的组长提议。总之，形式上是这样的，操作上要灵活。现在我们是一条船上的，有力的划桨，没力的掌舵，大家要同舟共济，活出我们的精彩。"大家笑了。

老陈又补充道："以后每个星期二，我们下午都没课，安排教改展示课，教改展示活动，要不就是教改经验谈之类的内容。三个组轮流进行，所有成员参加，按高一到高三的顺序进行，希望大家认真准备，争取每个组员都主要负责一次活动，过后要留下文字资料，学期末备课组长根据资料写一个总结。总之，要真正整出点东西来。"

一节课时间匆匆过去了。老陈话说得有点多，觉得刚才老师们说的句子在眼前翻飞，自己学过的教育理论和教育名词也在脑中嗡嗡作响，估计是昨晚没有睡好的结果。一场会下来，老陈的感觉是，所有的老师都是热血青年，只是他们不知道如何去革命，他这只领头羊，也是戴着眼罩的，何去何从？在摸索中前进吧。

三

时间过得真快，一个月过去了，校长书记和教务上也都来参加了他们的教改活动，认为他们组搞得好，有内容，有思考，忙而不乱。老陈的总结材料也有了一小堆。这一天，老陈正在改作业，被教务主任王主任叫去了。

王主任旁边还坐着校长，这两人有说有笑的，见老陈来了，王主任去倒水，校长笑笑说："老陈，行啊你，看你把这教改活动搞得多有声有色！实效还是不错的嘛！当初你还跟我推三阻四的！"

老陈不知校长下文如何，便等着他往下说。

王主任接着说："但我看，你们还得申请一个教改课题才行，英语组、数学组他们都申请了，还是国家级的。到最后，人家课题获奖了，你们也干了那么多研究工作，没有认可，不是很遗憾吗？"王主任喝了一口水。

"但是，课题，我不会做呀。"老陈觉得担任一个教改组长就够累了，现在又来一个课题！他觉得力不从心。

王主任说："很简单，申报一个课题，确定一个名称，然后把你们正搞的教改的内容装进去，到时候材料一整理，上一节汇报课，不就结题了吗？”老陈还在想这样做到底是对学生有好处呢还是对教学有好处，王主任就说：“这叫作一举两得啊，既是你教改的成绩，又是你课题的成绩。”

这样一讲，似乎也没有什么难的。可是老陈就有这个不好，总要把一件事的意义想清楚，这样他花力气的时候才觉得不盲目。他觉得有些课题实在是没有意义，有的研究完了就成了废纸堆，对于教学没有什么帮助，就是有帮助也就是在报告中，不能推广到教学中来。大多数的课题都成了评职称的敲门砖，要评职称，你就要有课题这一栏，不然就会被有课题的拉开分数。老陈还是个中级职称，但他不愿意去弄这个“空织布机”，实在是不会编啊！对于这样一个务实而倔强的人来说，这是个苦差事。但是，就算他不愿意，难道就不考虑他们组的其他人了吗，其他人也要评职称的，你现在不申请课题，无疑是“占着茅坑不拉屎”，年轻人盼着评职称的会怨恨他的。再说，其他教改组都这样搞了，他还有什么可说的？课题就课题吧。

老陈还想说什么，这次校长笑了：“我，相信你！”老陈只有接受，退下。

老陈一下来，就让办公室的陈玉去打听别的教改组都申请了一个什么课题。小陈是个 20 多岁的姑娘，活泼时尚，很会讲话，不一会，就把结果问回来了。数学组是“高中数学自主学习能力的培养”，英语组的是“高中英语阅读能力培养与研究”。

老陈问：“小陈，你看我们组申请一个啥题呢？”

小陈说：“那让大家商量一下？”

老陈觉得也只有这样了。星期二教改组活动后，题目下来了：“高中语文综合能力培养与研究”，子课题是三个，分别是三个年级组负责的教改专题。这样，老陈又成了课题组组长，三个备课组长也成了课题组的主要成员。

就在老陈在这两个组长的位置上拼命的时候，他接到了一封信。信是跟他一起分来的刘粟良写来的。刘粟良是他大学的同班同学，在大学里，成绩不如他，后来跟老陈一起分配到这座小城的同一所中学。刘粟良天性聪明好强，在竞聘教务主任失败后，一气之下去了南方，辗转了几个地方，现在已经是南方某市私立中学的校长了。他在信中谈起工资 4 万多元，奖金福利另算。关键是生源好，教学容易出业绩。学生基本上是撵他去玩都不去，你争我赶较劲儿，外面还参加学习班。这样的学生，只要老师点拨得法，成绩很容易上来。他说他带的上一个毕业班 ---- 高三 23 班引起了公众的高度关注：全班参加高考的 41 名学生，最高 704 分，最低 606 分，平均 664 分，全部被一本院校录取，其中考入北大，清华的学生有 11 人，3 人考入香港高校。未参加高考的 5 名学生，1 名赴牛津大学就读，2 人考取美国大学，2 人赴新加坡就读。因为这样骄人的成绩，他被破格提拔成副校长，还被评为当年的"十大杰出人物"。刘粟良觉得新环境创业下没有自己的人不行，想叫老陈一起去干事业。他说老陈能力比他强，在小城每月 8000 多，还干得压抑得很，不值。信中说："机不可失，时不再来。花有重开时，人无再年少。"等老了，就没机会了。还说老陈什么都好，就是太老实，胆子小。

老陈把信给老婆看了，老婆看完了直咂嘴："行，你一月拿 4 万，我就可以去干点轻松的活，不像现在这样，采油工，三班倒！再说，大城市生活质量也是没法比的。在这里，除了吃喝，你拿着钱也没处去玩，买个衣服吧，死贵！"老婆倒是想得开。

老婆说得没错。他搬来这房子时，对面街上那个卖菜的在路边露天卖菜，可十年之后呢？买了三套房，还有一大一小俩车！卖菜的气色一年比一年好，态度也一年比一年高傲，先前还客气地叫他"陈老师"，后来就跟认不得他似的了。人家比他有钱！老陈呢，十几年了，除了头上添了许多白发，眼睛度数更深，脸色更不好了之外，钱也是紧巴巴的，基本上谈不上积蓄。

每天早上 8：30 钻进来接老师的校车，里面的老师大多面有倦色，很多人还闭着眼睛。车灯一关，也几乎没有人说话，在一片黑暗中默默地行驶半个小时开到学校。到晚上晚自习下了，已经是 9：20 了，坐上校车，这回车灯是开着的，车上说话的打闹的吵翻了天，一天积压下来的劳累使老师们采用这种方式来减压。在路灯的默默照耀下，老陈下车，这时基本上快 10：00 了。这么说吧，老陈是整栋楼里走得最早，回得最晚的人，连邻居都难得见到。到了星期六，还要去学校给学生加课。这是规定，而且另有补贴。但是一周的过度疲劳使得许多老师宁愿不要这个钱也不愿意去加班上课，虽说只上两三节课，但这一天也就完了，双休日变成了单休日，在心理上是很容易让人感到疲劳得不到缓解的。许多老师感慨：以前那个充满朝气的"我"哪去了？没去哪，只是淹没在平凡的日子里去了。教师的日子每天大概都能想象出来，如果没有"踩地雷"（被学生骂、被学生气）的话，那日子就跟白开水没有什么两样。口苦的时候，觉得日子是苦的，口酸的时候，觉得日子是酸的，口里没味的时候，日子也是没味的。所以，教师生涯中不经意间人与人相处的那点小感动，才能让人终生难忘……

刘粟良的信让老婆叨叨了一晚上，老陈觉得自己作为一个男人，自尊心有点受伤。

"到南方去就一定好吗？或许有别的他没说到的地方吧，有得必有失。再说，我现在很稳定，他呢？说不定哪天会失业，难说啊！"老陈说，"没什么保障。"

"难道你现在存不住一点钱就有保障？你离退休还有十几年，到最后什么政策，你知道？"老婆还是不甘于平淡，不依不饶地，"你呀，死脑筋！"

老婆说得没错。但让他 40 多岁了再到处跑，他觉得压力大，成功了好说，不成功呢，他可输不起。他这种性格的人，不到林冲式的"逼上梁山"是不会走这一步险棋的。有时天上掉馅饼，有时天上掉陷阱，什么时候进，什么时候守，是要三思的，毕竟年龄不饶人啊，还有性格，这是天定的，有什么样的性格就有什么样的命运。

老陈起身去倒水喝，瞟了一眼儿子的房间，门虚掩着，儿子做完作业已经睡下了。老陈觉得自己虽然没什么建树，儿子还是不错的，成绩好，懂事，聪明有悟性，从来不给他添麻烦。

老陈在试卷上打了一个不及格的分，为那教不上来的学生犯愁时，儿子会宽慰他："爸爸，没事的，考分再低的人，他也是有用的。"说这话的时候，儿子三岁，现在一转眼也初三了。老陈计算着，还有三年，儿子考完大学，他就解放了。可是离开了这个天天给他添乐趣的人，他还剩下什么呢？老子以儿子为骄傲是幸福的，但从某种意义上讲，也是悲哀的。

四

老陈发现，高一组的"基础知识"搞成了"题海战术"，高二组的"阅读理解"搞成了"标准答案"，高三组的"创新作文"搞成了"套路作文"。虽说总结经验的材料堆积得有一尺多高了，但他心里烦得很，还有那个课题，也不知道怎样才能跟教学结合到一块儿。

这时候，高一组的许秀霞来找老陈，她说："我现在很累！"

老陈点点头。

"很枯燥。"

老陈又点点头。

"学生也叫苦连天。"

老陈觉得自己有点像个罪人。

"你觉得这样摸索教改的路子，对吗？"许秀霞快人快语。

老陈一时无言以对。

"能不能弄点学生喜闻乐见的形式，"老陈想了一想说，"比如课内外纠正错字错句，悬赏有奖，学生组织文学知识讲座，卷子也可以让学生自己出，搞擂台赛等等。要调动学生的兴趣才行，老是题海战术，老师和学生都会很累的，太没有学语文的美感了。"

许秀霞说：“我教了十多年高中语文，然而，我现在对语文教学越来越迷茫，以至于我现在都害怕走进课堂，害怕面对学生，害怕面对自己的良心。”这些话从受学生爱戴的许秀霞嘴里说出来，老陈还是有点惊讶。

“有条不紊地重点突出地梳理书本的基本篇目和各个知识点，研究考试说明和近几年的高考语文试卷，然后逐一对照、条分缕析，以便把握各种题型的命题特点、规律和走向以及解题的基本思路和操作要领，最重要的是要在浩如烟海的各种复习训练题中寻章摘句，精心挑选，剪切拼凑出一套又一套的练习题，然后让学生做，做完以后批改，批改以后讲解，讲解以后再做，一轮又一轮，一天又一天……讲得口干舌燥、汗流浃背，讲得昏天黑地、心力交瘁……我们现在就是这样教语文的，这就叫对学生负责！”

“一年三百六十日，风刀霜剑严相逼。”许秀霞幽幽地叹了一句。

老陈说：“我也是深有感触，只是大局是这样，我们也无能为力啊！”

许秀霞说：“怎么无能为力了，把那些没用的活动取消些，让老师们能静下心来，用自己的方式去引导学生！”

见老陈面有难色，许秀霞也觉得自己太“直炮筒”了，理解地看了老陈一眼，“是的，这也不是你能决定的。”就下楼去上课去了。老陈这里被决开了一个口子，坐在那里想了不少时间：教育的先进名词知道，教育问题都知道，就是没法去解决和实现。这是个怪圈，怎么也走不出去，问题到底出在哪儿呢？

教改是注重内容的，但那个形式要怎样去组织呢？

类似的谈话还有不少。

正当老陈一筹莫展的时候，期中考试要开始了，这是大事，于是所有的工作都先放一放。每次大考过后，从教师到家长，从学校到教育行政部门，都心急火燎地统计着：总分、平均分、优秀率、达标率、横向比较、纵向比较……一大堆数字出来了。于是，又是总结，又是表彰，……忙得不亦乐乎。当然，有欢天喜地的，也有呼天抢地的。

开成绩分析会时，详细的成绩表人手一份，那些成绩排在后面的老师脸上会很不好看。当老师，不图名，不图利，就是死要面子。在那种大会上，被人家说上几句，或会后说上几句，心里的痛苦可想而知。所以到了这时候，就是平时最淡泊的老师也会抓紧拼命，目标很明确：第一第二的要不让别人超过；中间的要紧接在第一第二的后面，最好当黑马偶尔超越一下；最后的争取不要拉得太远，争取不要死得太难看。

老师们明显地早出晚归了，早读语文英语前，班主任早已经站在那儿让学生读了一会他担任的科目了。自习课成了香饽饽，老师们为了争这个不付工资的课还经常闹得不愉快，班会和副课也被主课老师霸占了。下午是 4：00 开始上课，但是 3：30 就开始全班补课的有不少，晚自习前的大课间，有的班也在争分夺秒地小测验，周日还有老师义务给学生补课。总之，一切能利用上的时间都利用上了。老师们还害怕学生在家里闲着，用校讯通跟家长频频联系，那意思很明白：学生的成绩是几方面抓起来的，你家长不配合，到时候别怪你孩子的成绩不好。

这是一支高度紧张的队伍，所有的时间和资源都是极其宝贵和要充分利用的。各人在各自的位置上努力着，以迎接每年如期来临的"大战"。老师们说话更干脆利落了，能用一个字的，绝不用俩儿。为了争取时间，水也不喝了，厕所也少上了，不是故意的，是教学太投入，完全忘记了。

到了下课的时候，学生如果不是跑得太快，十有八九会被各科老师抓到办公室训话，讲题，上"发条"。高二组的许由就是典型：从早上上早读前，一直抓到晚上晚自习下，每节课课间抓两个学生到办公室来，讲题，训话，上"发条"。她的耐性极好，又是班主任，学生很难不听她的，所以她能把一个最差的班教成最好的班。有时，值周老师会在他们班的黑板上赫然发现：

"xxx 没去，老师很生气，后果很严重！"

"xxx 再不去，小心帕斯卡！"

有人不明白，什么"帕斯卡"，后来才知道是："啪！"，耳光；撕，撕耳朵；卡，卡脖子。当然许由也不是来真格的，雷声大雨点小，就是嘴上厉害吓唬一下学生，让他们害怕害怕。因为许由带班成绩好，学生们对她是既怕又爱。偏偏跟许由搭档的又大多是"拼命三郎"和"拼命三娘"，所以，他们班的学生就成了众老师争夺的对象，刚到语文老师这里来报到，那边就来了个满世界找他的同学来通知："数学老师让你务必去一下，完了再到英语老师那里去，她正在生气呢！"

"老师，你能不能快点说，我忙得很！"学生愁眉苦脸。

"你到底在忙什么呀？成绩呢？你在忙哪一门子？"

"是，是，老师你说完了吗？我要到其他老师那里去了，不然——"学生无心恋战，只求快点撤退。

"去吧！"许由也无可奈何，这个讲求效率的环境里，说教也是快餐式的，时间就 10 分钟，你总不能全占了吧？再说，你想说的他全知道，就是做不到，你再说下去，学生会嫌你啰嗦。

油印室也是很忙的。堆积如山的是刚印好的复习资料，桌子上堆的是等待油印的资料。自从不让乱定资料之后，老师们大多是自己买一本，然后拿到油印室去全年级印。每个老师印几张，就听到油印室从早到晚地忙着。每节课都会发资料和试卷，一天下来就是一堆，基本上是当天的作业。这些卷子做完后，又转移到老师的办公桌上来。于是，不顾家的老师就在学校挑灯夜战，顾家的就大包小包地带回家，抽空改卷子！老师们很明白，你不及时改卷子，下次再布置的时候，就没几个人交了。学生也在看着老师呢，看谁先倒下！在这里，不是学生压倒老师，就是老师压倒学生。说得更残酷些：不是学生"死"，就是老师"亡"。

老师都失去了人性了吗？不是，老师一旦心软，就会不可避免地成为被其他老师同情和鄙视的对象，逆水行舟，不进则退。时间被别的老师抢去了，你的成绩肯定会下来，学生的精力和时间是有限的，顾了这头会顾不了那头。就算你退出，本意是给学生一点休息的时间，但是你会发现，别的科目的作业又加多了，学生还是要到很晚才能完成作业。你指望他们在两三点的时候，良心发现，去看一下你所教的课程吗？一旦你的成绩教不上去，学生们会反过来瞧不起这个老师，家长就更不用说了。在这样严酷的环境下，没有一个人敢松懈。

当然这样紧绷下去，人就会达到极限。这几天烦躁的气氛到处蔓延着，到处是喘不过气来的景象。今天，办公室里的三个老师心情都不好。陈玉因为学生早上迟到多，早读睡觉的人多，赶抄作业的人多，读书没声音而发了一顿脾气，到现在还在那儿一言不发。

张佳呢，来了一个家长，满头卷发，俗气得很，但张口闭口地还说了不少教育名词，总结起来，她的理论就是那句教育名言："没有教不好的学生，只有不会教的老师。"言语之中，嫌张佳年轻，没经验，没把她的孩子教好。张佳好话说尽，总算把那个家长接待完了。完了，就在那里悄悄地抹眼泪。老陈和陈玉安慰她，她抹去眼泪，哽咽着说了句："我没事。"

老陈再去上第三节课，讲了半节课，就看到有个叫江开的女生在底下玩手机。老陈让把手机交上来，江开没动。

老陈说："不是要你的手机，就是让你上课不要玩，先放到讲台上来。"江开的"男朋友"王磊倒跳了起来："老师，你不要为难她，她是在给我发短信呢。你要收，就收我的吧。"说完就主动把手机摆在了老陈的讲桌上，然后对那个女生笑一笑，好像很潇洒似的吹了一声口哨下去了。全班都把目光盯住了老师，看他怎么办。

这还来了个"英雄救美"啊，那个作派，就跟个酷盖似的，这是老陈实在看不惯的。那个肇事者江开还在那里不知羞耻地笑着，这把老陈激怒了。

"江开，把手机拿到讲台上来！"老陈加重了语气。

江开没反应。

"那我们就等着！"老陈也生气了，等了一会，江开还是斜着眼睛歪他，他走到江开旁边，还没开口，就听江开道："你没有权利搜我的身！"

"我知道，我要你主动交出来！"

没想到江开倒爆发了，她把她的手机往老陈身上一摔："给你！"然后号啕大哭起来。那个手机老陈没接住，摔在地上，一下子成了两半。

"你们天天让我们学学学，成绩天天抓抓抓，把我们抓出汗来不说，还要把我们抓出血来！天天作业一大堆，整天是这些枯燥乏味的东西，让我们学学学，我们都学够了！我们都忍受够了！"她说了还不算，还把她桌子上的书本、练习册、考试卷等撕得粉碎，当场扬了一地。

"我就是不愿意学习，我讨厌学习！你问问这班里，有几个喜欢学习，有几个真正喜欢你这样拼命'灌'的语文课？我们讨厌这样永无休止的学习，我们讨厌考试！"江开口无遮拦。

老陈的尊严受到了严厉的挑战，他的心跳得很快，他没有办法再讲下去了，他只是说了一句："老师做的一切都是为了你们好！"他觉得自己这样是不是有点软弱？以前的那个血气方刚的他哪里去了？学校能把最温柔的女教师变成母老虎，也能把最暴躁的男教师变成娘娘腔，那只是一个时间的问题。老陈想发火，但是他发不出，他被什么东西控制住了，整个人难以把持，就在那里微微地颤抖着。过了一会，才勉强说了一句："你们俩下课后到我办公室来一趟！"

课间没见那俩人来，第四节课还是他的语文课，这两个学生却不见了踪影！老陈把班里安排了一下，就一家一家地联系家长。联系完家长，就到处找他们去了。春寒料峭，可他却急得满脑门子的汗珠。

老陈把附近的网吧挨个找了个遍，终于在一家"万年网吧"找到了这两人，他们正在那玩得开心呢！老陈刚才惊得一身冷汗，这时候贴在背上，腿也跑得发麻，心脏还难受得不行。但他顾不上这些，打车把这俩孩子送到了家长的手上，简单说明了一下情况，才离开。

回到家，老陈赶紧打开小瓶，吃了几个"速效救心丸"，然后瘫倒在沙发上，好一会儿，头还是蒙蒙的。什么也想不起来，什么也不想去想，整个人好像飘在空中，只有脚底下还是火辣辣的，他躺在那里一动也不想动。

五

老师之间的关系是很微妙的，为了同一个目标，他们会最大限度地团结在一起，比如应对检查啦，家长啦，学生啦。但他们之间，遇到利益冲突的时候，又会像豪猪一样扎到对方，所以古来人们就总结为："同行是冤家。"特别是面对职称啦，成绩啦，荣誉啦，奖金啦，那就会产生波澜壮阔的斗争。

老陈这个语文组，看起来是"净土"一片，实际上里面也是乌鸦瞪乌鸡，谁也不买谁的账。表面上一团和气，脚底下不乏使绊子的。

张巧兰和李元芳就是一对互不讲话的冤家。

这两个人同岁，同年参加工作，当年调到高中时同是中级职称。在一个年级组里安排了这样两个旗鼓相当的人，外加一个刚工作的小年轻王小菊，这下子就成了"三个女人一台戏"，张巧兰和李元芳明争暗斗的，王小菊是个新来的，谁也不得罪，但因为她是张巧兰的徒弟，所以形势就对李元芳很不利。

先是学校没有确定这三人谁是组长，李元芳问了一下这学期的教学进度怎么安排？张巧兰就觉得李元芳是想当组长，评职称就到节骨眼上了，备课组长在评职称时，可是要加分的，所以张巧兰必须把李元芳整下去，自己当这个组长。要是李元芳当了组长，它不就一直要在李元芳的领导下了吗？对于性格好强霸道的张巧兰来说，这个问题是"不是你死就是我活"的"阶级斗争"问题。所以，还没等李元芳反应过来，张巧兰就被学校正式任命为高二组的备课组长了。

李元芳吃了一个哑巴亏，觉得自己还是没有提防老奸巨猾的张巧兰。这时，张巧兰就开始压李元芳的气势了。

一是让李元芳把这学期教学进度抄一份，给教务上送去。李元芳想：这不是你备课组长的事吗？但一想到一开学不好就把关系弄僵，就抄了，但心里有气，没去教务上送。张巧兰一看，不听组长的话，心里恨得直咬牙！

第二天，张巧兰就把李元芳电脑上连接的旧打印机安到自己电脑上，并声言："这是学校配给备课组长用的，你有什么资格接到你的电脑上！"

李元芳去教务上问，说不是配给组长的，是一个年级组配一个打印机，全年级一起用的，别的组谁都不愿连接到自己电脑上，嫌全组的人都要在自己机子上打印麻烦，你们倒好，还争呢！李元芳那个气呀！那不是明摆着张巧兰"拿着鸡毛当令箭"欺负她吗？矛盾从此形成。

张巧兰前几年称自己有忧郁症，让学校派她去上了个在职研究生。现在两人一遇到教学问题，张巧兰就引用自己大学教授的话来压李元芳，李元芳也不让步："这个字这样解释？你去查查《古汉语词典》，你那个老教授他不会是老糊涂了吧！"张巧兰气得差点背过去，半天才回一句："你那个《古汉语词典》早过时了，现在都第七版了，你那个才没有根据！"

张巧兰天天找李元芳的茬，说李元芳不爱打扫卫生，占用了太多柜子，总之从头找到脚。李元芳说："那我去找领导，要不让我回初中，要不让我换年级，最少也要换办公室，没法跟你搭档！"

张巧兰霸道地说："你还会恶人先告状，不准去！"

李元芳冷笑道："脚长在我身上，你还管得住？！"

"你以为就你会告状？我也会！"于是李元芳和张巧兰一个东路一个西路两路杀到书记办公室，两个人都泪流满面，李元芳哭得很冤，张巧兰更是怒气冲天。书记也弄不清楚谁是谁非，让两人轮流说。李元芳先说，张巧兰光插嘴，书记没办法，只好说："张巧兰，让李元芳说完，好吧！"

张巧兰等李元芳说完，迫不及待地把事情全翻了案，末了，还骂了李元芳两句脏话。

李元芳说："书记你听到了吧？她骂我，我没有骂她。"书记在两个女人面前，竟然不知道该判谁对谁错。

两人哭诉完，各自被劝回了办公室。李元芳提出的换年级，换办公室的要求一个也没有被受理，她一气之下，转氨酶升高，请假在家休养了三个月。这期间，张巧兰顺利地评上了高级职称。李元芳因请了假，职称别想在三年内评上，吃了很大的亏。第二学期，李元芳被调到初一年级，当她去原来办公室搬东西时，发现电脑桌那么厚的五合板被人踩裂了两道大裂痕，歪歪扭扭地支撑在那里。

面对着她带来搬东西的学生，李元芳被气得浑身发抖。

李元芳搬走了电脑，电脑桌没搬，并把这件事告诉了总务。总务看了一下，回电话说："不用你赔钱就是了！"李元芳那个气呀！从此两人怒目相向。李元芳下初中一年后，又被调到了高中，跟张巧兰不在一个年级。一旦教研组开大会，李元芳看到有张巧兰在，就一言不发，遇到组里活动，李元芳也借故不去，表示对这个组里有这样一个人的不满。张巧兰评上了高级职称，就称病想把班主任去掉，把备课组长去掉，声言自己不想当！总之，怎样偷懒怎样来，反正把工资拿到手混退休！

面对这两个女人，老陈觉得无能为力。张巧兰对老陈说："李元芳说你见死不救，是非不分！" 李元芳对老陈说："张巧兰说你水平一般，就会做表面工作！"老陈觉得，职称让这两个女人互相仇恨，在这两个女人卷起来的旋涡中，他还是离得远一点安全。至少在他，分不清谁说的是真话。直觉上，他还是认为这件事是张巧兰欺负李元芳，李元芳虽倔，到底不是心眼子多的张巧兰的对手。是什么，让这些在讲台上正气浩然的女人到底下变得这样泼辣凶蛮？也许，包括老陈，他们这一群都是大机器齿轮下的牺牲品！

三尺讲台上，也上演这样弱肉强食的故事！

除了这一对难缠的冤家外，高三组也是一团乱麻！主要是出了一个"只能让自己好，不能让别人好"的备课组长许由。许由课讲得好，也会带班，成绩还行，凭着自己的苦干，高级职称拿上了，骨干教师拿上了，在上层路线上和外界，她还是很风光的。但组里的人都讨厌她，原因就是她心胸狭窄，只能让自己成绩好，别人不能好，谁比她好，或者不如她只是稍微好一点，都会变成她嫉恨的对象。用大家的话来讲，就是："那样就不能突出她了！"这跟她从小在家里处尊养优惯了有关，虚荣心重。大家在背后送了她一个绰号："山寨上的王伦，谁也容不下！"她呢，反过来觉得是小人联合起来整她，说小人当道，群魔乱舞。有一次，她把别人挤掉了，当了一个什么先进，结果上面发奖金时，她不知道，等她知道时，却被告知："你的被你单位的人领去了！"到底被谁领了，她到今天也不知道，只能吃亏骂人。她处处要表现，争先进，争好班，争成绩，争到最后，自己的孩子没时间管，做饭没时间在外面吃，吃出了一个肺结核，把争来的奖金全送去看病不说，还让大家笑话："不该她得的，争去也是吃药！"她觉得单位里的人表面上客客气气，实际上看不清面目的太多了。自己又看不开，为了别的老师给她班学生作文改低了跟人家吵，为了平均分算错了两分跟年级组长争论不休，为了让自己的成绩好，考试从不让别的老师出卷，到临考前一秒钟，才让搭档的老师看到卷子。虽然卷子是装订起来的，但是她会不时地去使劲掏洞看密封线内的班级姓名，然后再给分数。组里的大小职务，只按最大的发补贴，多干的不算钱，她也不想让别人"夺权"，总之是"大树底下不长草"，别的学校年轻人是辈出名师，这里是她"一枝独秀"，有什么都是她"上"，在她这样的为人下，高二语文组里面是矛盾重重，她当班主任，跟别的班主任有竞争，关系也很僵。

这一天，许由来找老陈："太黑暗了，太黑暗了！"老陈看着两只大眼袋的许由，只好笑说："多看光明的一面，多看好的一面，心里光明，才能照亮黑暗嘛！"不知许由听懂了没有。"蜗牛角上争高低"，老陈觉得教师累，有很大的程度上是因为内耗，这内耗来自对名利的渴求，这方面，老师真的称不上清高。老陈是"旁观者清"，许由这些风口浪尖上的是"当局者迷"，在这样复杂的环境中，老陈也只有学"庖丁解牛"之法，避开矛盾，见缝插针地展开工作，把他的教改工作进行下去。

好在这一次期中考试的成绩还不错，校长在大会上宣布，这次高中语文期中抽考全局第三，超过了预定目标第五时，高中组的所有语文老师都舒了一口气，笑了。校长说老陈的教改初见了成效，让其他组向高中语文组学习，并给高中语文组的每个老师奖励了五百元奖金。这下，老挨批评的高中语文组成员有点受宠若惊了，也觉得还是老陈领导得好，不管教改进行得怎样，发到手的奖金是实实在在的，那就是学校最好的肯定。

六

一年一度的教改公开课比赛开始了，学校之间进行评比，优胜的评"教学能手"奖。今年上面加大了教改力度，想在这次教改公开课上看到一点教改的新成果，这就加大了参赛选手的难度：究竟怎样才算"新成果"？在一节公开课上如何去展示？

老陈把公开课比赛的细则念完，高中语文组里就炸开了锅。老陈提示："这个'教学能手'奖在评职称时会加分，希望还没有评上职称的老师积极报名！"可是即使这样，也没有人毛遂自荐。有一半的老教师已经评上职称了，犯不着去冒险；没有评上的也早像斗败了的公鸡和公牛，丧失了锐气，在这样重大的，代表学校的大比赛上，谁也没有必胜的把握。再说，进行了半个学期的教改，这个"成果"到底是什么，大家心里也不清楚。没有把握的仗，谁敢去打？年轻才来的，又难以当此重任，会让别的学校笑话："你们学校没人了啊？！"肯定也是不能派去的。

所以，大家的目光最后都转到了老陈身上。

除了老陈，还有更合适的吗？他领导的教改，他最清楚，要资历有资历，要实力有实力，还是教改组长，他不"下地狱"谁"下地狱"？！

老陈确实骑虎难下了。

既然没有其他的退路了，老陈也只好横下心来背水一战了。老陈想了几个晚上，也没有想出个确定的课题来。他觉得：上常规课吧，那叫什么教改？在大型的比赛上，只能被评为老旧差。上综合实践课吧。又整得像个热闹的假面具，老师跟学生费了几个星期整好"花头"，在那一节课上"散花"，而且主要是学生登场，教师基本上是不出面的"幕后英雄"。那样的课，老陈觉得太假，做作，迎合，哪有语文课的味道？就像"喜欢你没道理"的"巧乐滋"一样，缺了中国茶的芳醇，那样的快餐语文能叫语文课吗？老陈觉得好的语文课应该是启迪智慧的，而不应该是表面的热闹。

豁出去了，管他教改应该是怎样的，我就尽全力以自己的方式讲一节启迪智慧的语文课吧。

老陈选讲的是庄子的《逍遥游》。

他觉得语文课上缺乏的是思想，照本宣科弄得再生动，那也不过是原地踏步，那样的教法长期下去就是误人子弟！现在教育最大的失误就是限制学生的思想，学生不敢想，不会想，最后懒得想，这是最大的悲哀！

老陈选择这一课题是作了深思熟虑的，他要以古人博大精深的思想来激活他的学生的思想！

尽管老陈做了精心的准备，每个细节都考虑得清清楚楚，安排得妥妥当当，颇有一点"万事俱备，只欠东风"的意思了，但他还是被比赛那天的现场震得脚跟不稳了。

他是倒数第二个讲，在他前面的课真叫他大开了眼界。

第一节课，老陈觉得那是一场"抢答赛"。教师设置了若干"有趣"的问题，学生们积极抢答，答对了大屏幕上就放一段流行歌曲的曲子作为奖励，加上教师李咏风格的主持，好不热闹也哉！

第二节课是"文艺汇演"主题是"毕业感言"，先是一段时装表演，再是弹奏古筝的才艺表演，然后是诗歌串联，再是"成果展"，让每个获得奖状证书的学生上场举着证书和奖状展示一个来回，主持人配上大屏幕文字进行解说。最后是"毕业感言"，大家七嘴八舌抢话筒说毕业时的感言。末了是教师的 3 分钟"小结"，把气氛推向了高潮。

第三节是"宝贝一家亲"，好家伙，家长也来了，还有白发苍苍的爷爷奶奶，分成了"火车队""火箭队""火炮队"等，还有"亲友团"和"啦啦队"。有猜谜语，有教师唱歌，还有心理访谈，电影片段插播。总之，老陈看到教师煽情时，亲友团们有挂着泪珠的。

其他几节课的选材也都比他的新潮，有讨论"超级女声"和"学术超女"的，有选择"广告中的错别字"问题的，有诗歌朗诵专题的，有新概念作文专题的……老陈头上开始冒汗了：自己是否不合时宜？是否先前的准备没有摸到主脉上来？是否临时换形式？不，不，来不及了，老陈从来没有这么虚弱过，他常做那种高考梦，而且是那种一道题也不会做的那种，每次都在无比紧张的压力中惊醒过来。现在，他多么希望这一切是一个不真实的噩梦，他希望有人推他一把，让他醒来，好让他能早一刻从这样的险境中逃脱出来。

该老陈上场了，老陈的脸色有些不好，手也是冰凉的。但他毕竟是教了十几年书的老教师，他在心里默默地祈祷了一下，然后就很自然大方地上场了。

他用他那漂亮的男中音朗诵了一遍《逍遥游》，赢得了满场喝彩，家长学生和评委们期待而激动的目光让他找到了一些感觉。

然后是串讲课文，老陈这部分还是重在基础，没有玩什么花架子。在理解了文章之后，老陈问："这篇《逍遥游》里谈了哪三种人生境界？"

学生总结出来了："小知、有待和无穷。"

"庄子向往怎样的人生？"老陈又问。

学生也巧妙地答出来了："逍遥游！"

老陈问："怎样做到逍遥？"

"无己、无功、无名。"学生很聪明。

"这和什么学派的人生境界很相似？"老陈问。

"佛家讲无我，看淡功名，讲离苦得乐、追求自在很相似。"一个学生答。

"你觉得儒、释、道三家的根本区别是什么？"老陈又拔高。

"他们同是天使，释道两家是可以飞的天使，儒家的双脚粘在地上，他们是飞不走的天使！"学生的比喻赢得了一片掌声。

"儒家的天使被什么粘住了？"

"被功名和自我！"大家一齐回答，大众笑。有学生叫嚷："也有不是为了自我去追求功名的！"大家笑。

老陈点点头："那么释道两家同是天使，又有什么区别？"老陈捏了一把汗。

有一个很有思想的学生皱着眉头，目光迷离地说："道家是独善其身，佛家是兼济天下的！有地藏菩萨诗偈为证：'地狱不空，誓不成佛；众生度尽，方证菩提！'"

众哗然！鼓掌。

这跟老陈平时开展的儒释道三家读经典活动有关，老陈认为可以从研究古代文化的角度去介绍中国文化的这三块基石，从研究古文，研究思想的角度去启发学生热爱和传承中华文明的热情。所以，学生回答得很有底气。

"读了这篇文章，你有什么感悟？"老陈又问。

"不管面对多少风雨，我们的心要自由。"一个学生说，又赢得了一片掌声。

一个女生站起来说："老子说'功遂身退，天之道也'。讲大功告成了，自己便隐去，这是上天之道。请注意，老子和庄子都不是教科书上说的是消极的，相反，是积极的。'功遂'是什么？人生成功，事业有成。'身退'是什么，是另一个方面，又不过于留恋这些功名利禄。这篇课文中大鹏一飞冲天，志向高远是积极的，无我，无功，无名又是绝对自由的。这才是真正'有为'而'逍遥'的人生！"语惊四座！评委们都赞叹点头微笑。

一个平头小子站起来说："我认为老庄哲学是理想的乌托邦，是简单的真理，是最朴素的辩证法！他们那博大精深的思想，像大海那样波涛汹涌，像行舟那样无处停留。恍惚啊！自由自在，博大啊！天真烂漫！"他的语气很陶醉。

"这里还有诗人！"一个家长脱口而出，大家笑。

一个戴眼镜的女评委也忍不住了："请问你们这是事先准备好的台词吗？我们难以置信！"

"请不要低估90后的智慧！"一个学生针锋相对，"给我们一个支点，我们就能撬起整个地球！我们这是厚积薄发！"众大笑，那个戴眼镜的女评委也给逗乐了！

老陈后面安排的是学生展示环节，有了前面的良好基础，后面学生的讲庄子寓言揭示寓意环节很顺利：有讲"庄子辞聘"的，有讲"惠子相梁"的，有讲"庄周梦蝶"的，有讲"无用之用，方是大用"的……学生们憋足了劲，充满了激情，不乏闪光的思想和句子，延伸这一块又出了彩。最后是师生同朗诵，受学生情绪的感染，老陈又激动又惊喜，朗诵中，全班沉浸在一片无边无际的广大想象世界中……下课时，所有的人都感觉到了一种留恋和不舍。最后，毫无疑问地，老陈拿到了"教学能手"奖的第一名！

七

老陈得了奖，全组的人都很振奋。学校为了庆功，还请全组的人吃了一顿饭，李元芳也破例来了，全组的人一扫当语文老师的晦气，有说有笑，觥筹交错。老陈被灌得晕晕乎乎，他觉得自己是一不小心登上了跟斗云，自己也把握不住自己的命运和位置，又像大海里起伏的浮舟，此刻被抛上了一片浪尖，在大漩涡里随波逐流着，外在的热闹和内心的空虚形成了巨大的反差。他一一喝下大家敬来的酒，收下大家的赞美和祝福，在内心，他告诫自己：陈觉海，运来如春风，运去如山倒，你还是从前的你。

回到家，老婆儿子都没睡，都在等他回来，两个都笑嘻嘻地看着他，像是迎接一位凯旋的英雄。儿子说："爸，没想到你讲得那么好！我们都在电视里看到实况转播了！"老婆端来了醒酒汤，说第二天是星期日，解了酒好好睡一觉。

老陈一边喝汤一边说："我平时就是这么教的，也没哪个说我好，现在说我好了，我也没觉得自己好到哪里去。总之，教改这一块，我还把握不住。我只是按照我个人的想法做了而已，别听他们瞎吹！"

儿子说："教改这一块，你觉得糊涂？"

"是啊，该改的太多了，很多都是我们力所不能及的，我们当老师的，只能在很小的范围里进行小小的修改，在艰难之中，力求对得起良心。"

"爸，今天是我看到的你最有光彩的一天，我觉得，今天的你显得很有尊严感！"

是啊！尊严感，教师是应该有尊严感的，但是，现实生活几乎已使教师的尊严感丧失殆尽了，老陈觉得心里有说不出的苦涩。在这样的时代，背负了太多的压力，教师应该何去何从？！

秋天，老陈他们的课题结题了，三个子课题的负责人和老陈一起作了结题报告。他们的材料整得很多，成绩也不老少，被国家课题组评为了金奖。老陈也顺利地评上了高级职称。功成名就后，老陈选择了激流勇退，他辞去了一切职务，安心地当他的语文老师，经过了一年的风浪，他显得比以前更成熟了。因为教改这一块弄得好，他又一次交了好运，被组织上调到了教委教改科，成了一名小科长。从一个教师上升到了管教师的位置，他觉得自己是过来人，以后要多为一线教师考虑，想他们之所想，做教师的朋友，力所能及地为他们办一些实事。

临别时，组里的人都留恋不舍，关系好的还凑份子请了他一桌。从教师的岗位上离开，老陈一时也觉得空茫：以前整天想，什么时候不当老师了就好了，现在真的不当了，心里又怅然若失。毕竟，自己在这三尺讲台上待了十几年啊！这浸满了他汗水和泪水的十几年经历，这校园里熟悉的一草一木，那换了多少届学生的教室和自己再熟悉不过的办公室，现在都要被命运一并划到记忆里封存去了。他像个爬上岸的海龟，在登岸的一刹那，满脑子都是海底的咸涩和绮丽，那只海龟短暂地回了回头，挥了挥清泪，毅然向自己的理想爬去……

老陈回到家，在新的笔记本上写下了一行文字：教师，你的名字不叫弱者。你是艰难的摆渡人，是灵魂的领跑者，是黑暗里的微黄灯塔，是风暴里的搜救航船。你注定在漆黑里前行，劳累而困苦；你永远最后一个解脱，无私又执着。教师啊，你的名字叫作良心与尊严！在天高地广之中，你们是发光的一群……

小月的逝水年华

一

这一天，万里无云，白天的气温已经达到 40 度了。下了晚自习，我又来到健身公园的大操场。

我看到前面有个女的，戴着帽子和面纱，穿着薄薄的运动服在跑步。在这空荡荡的健身公园里面，就只有我和她两个人了。

我也大口地喘着粗气，这大热的天气，没有阻断我的锻炼计划。我一不为减肥，二不想当健美明星，只是在这锻炼的简短空档里面找到一点解脱。生活太沉重了，在这里，我可以出逃片刻。

这个女的我看到很多次了，人多的时候遇见她，人少的时候也遇见她，我俩几乎是风雨无阻的。现在只有我们二人，我想这是我们互相认识的最好时机了。

我跑过去，跟她并排。她也礼貌地对我点点头："你也来啦！"她没啥理由防备我，我也是一个跟她年纪相仿的女孩，一样喜欢运动。

我们就这样拉上了家常。

她叫王小玲，24 岁，大学毕业后工作两年了，在油田当一名采油工。我跟她一样大，也是大学毕业后工作了两年，在一所中学当老师。王小玲长得一副饱满的圆脸，一头乌黑的长发，配上她快 1 米 70 的身材，显得漂亮而大方。长期锻炼，她的脸红扑扑的，这又给她加上了几分。最显著的是她的眼睛，大而活泛，像是能传递喜怒哀乐，给人性格透明而热情的印象。这样的人，是不用防备什么的，这是总体印象。

当然，我是一个细长的脸，细长的眼睛，细长的身材，连心眼也是细长的姑娘。我跟她差不多高，但是是个短发，从背后看上去是个小子，从前面看上去是个假小子。因为瘦，穿起衣服来显得"飘"，举止行动干净利落。给人感觉我是个假小子是吧？那只是外表，其实我正儿八经是个女的，心眼多得让自己厌烦，是个典型的表里不如一的人。

我们这样在操场上跑了一圈又一圈，拉拉杂杂地说了不少话。最后我开始大口喘气了，她说："还早呢，每天十圈的任务还没有完成。"我一般都是六圈左右，出汗为宜。但是今天我们说了这么多话，突然走开显得不自然，我说："你慢点，我跟上你。"我跟在她旁边慢跑，她也放慢了速度，这样，我们完成了任务十圈。

分手的时候我们都很高兴，圆满完成了任务，还认识了新朋友。锻炼需要伴，对女孩子讲，也更加安全。

我们住得并不远，时间一长，就互相走动起来。两个"女光棍"，都在这个城市举目无亲，自然时间多得不得了，话也多得不得了，成了无话不谈的好朋友了。

玲子很心灵手巧的。她喜欢园艺和烹饪。她的小宿舍里面是生机盎然，窗台上种满了各种各样的小花、蔬菜和水果，外面的楼道窗台也被她一一霸占，种满了各式可爱的植物。因为打理得好，没人有意见，都当作模范夸赞，时不时地要一点走。时间一长，所有的宿舍都有了她培育的花，开得很好，惹人羡慕，大家都叫她"花仙子"。走到她的宿舍，感觉心旷神怡：绣球开着各色的花团，茉莉散发出醉人的芳香，草莓红艳艳地让人垂涎欲滴，含羞草啪地缩起了叶子。玲子是从农村长大的，这些对她来说都是小菜一碟，据她说，她曾经种过水桶一样粗的冬瓜，种过一架子千斤多的葡萄呢，城里没地方，实在是没有用武之地，只能零敲碎打点了。

"哦，哦！"我常常瞪大眼睛听她说这些"山海经"，一边把她开得最好的一盆要到自己的宿舍去了。玲子很大方，还说："等我家桃子熟了，请你到我家去吃，到时候把朋友们都叫来，开个'蟠桃会'。"

玲子做菜更是一绝。无论什么样普通的蔬菜，到她那里，就会变出香喷喷的菜来，味道就是好吃。我常常买了肉和菜，到她那里，她不到半小时，就弄出一桌子菜来，于是我们两个女光棍也不负佳肴，端起酒杯来，小酌几口，吃喝得心满意足。

我常想，要是我是个男的，就跟玲子好了，肯定是神仙伴侣啊。作为一个女孩子，玲子真的没啥缺点，是个结婚的好对象。

玲子还没对象，是因为还在"疗伤期"，前面别人介绍的一个政府机关工作的小职员没谈成，现在油井队上的追她的人她又看不上，用她的话说："要找一个比他好得多的，人争一口气。"前面找的各方面条件都好，两人也很满意，但就是对方家里不同意，说玲子是农村的，负担重，要找门当户对的。看到对方的父母那个态度，要强的玲子直截了当地跟那人分手了。那人是独子，犟不过父母，对玲子还是喜欢的，分手后还来玲子门上好几次，玲子不开门，他哭了几次，走了。

"现在就这样，以后日子咋过呀？不是我狠心，我受不得冤枉气！"说是这样说，毕竟认真投入过感情，玲子一边这样说着，一边流着泪。

我安慰她："你这样条件好的姑娘，肯定能找到好老公。面若银盘，鼻子高挺，鼻准有肉，你是大富大贵相。前面的人没福气，那是'庙小坐不下大菩萨'。"

玲子笑了，说；"愿借你的吉言哦。"问我咋办，我说啥咋办，她说婚姻大事呗，我说，不着急，我是后知后觉，晚熟晚长，不过我相信老天自有安排。她幽幽地说："是的，自有安排，但是还是不要太晚了，女人像水果，熟过了就掉地上不值钱了。"

我望着她，一时无言以对。她知道我的家庭情况，一直在争吵动荡的家庭中生长，到大二的时候，父母离异了，后来他们都成家了，父母都对我很好，但是我内心却认为自己是个被遗弃的孤儿，没有家，没有家乡，充满了不确定的吉普赛情结。有时候我真的怀疑自己是不是一个不婚主义者。面对玲子的这种发问，我也感到迷茫，谁能知道以后的事情？24 岁，说大不大，说小不小，但是我们都是被遮着眼睛领着向前的呀，前面被遮掩得严严实实，看不到一丝大概的影子。

我们就这样吃好，玩好，锻炼好，友情在时光流逝中日渐加深。

我找不到对象的原因是多方面的。一方面，面对刻板的校园生活，我不愿意再找一个老师作为终身伴侣，实在不能想象两个人回到家面对面改卷子的样子，这难道就是生活？女老师一旦当时间长了，肯定成"母老虎"；相反，男老师时间长了，一般都成了"没脾气"和"娘娘腔"，这样阴盛阳衰的家庭组合肯定是我不愿意的。我希望找一个比我强大的男人，各方面都是，最好能比我聪明，把我这个傻妞教一教。父母十几年都活在他们的争吵中，对于我们这些孩子的教育真的有些疏忽，以至于我常常感到面对生活难题不知所措，但也不好意思到处问，常常在"不懂装懂，不会装会"的状态上，偶尔有些灵感也常是"马后炮"。可以说除了自己的专业还过硬以外，其他的，在生活上、社会上自己很幼稚，我希望今后陪伴我的那个男人有足够的这样的智慧。整天在校园里不出去，我还没有找到这样的人。

　　另一方面，是我内心的不安定。父母离异各自成家了，这似乎成了我的一个心理阴影，我好像对婚姻很惧怕。再加上我性格的问题：我似乎从小就不喜欢过循规蹈矩的生活，我真佩服老天给我安排了老师这个行当，这是一个标准的可以从头看到尾的职业。我小时候，就不喜欢学习，从一年级到四年级都是差生，后来老爸给我转了学，良心发现了才开始学习，才算启蒙。后来成绩一直不错，但是我内心不喜欢这样的生活，我对妈妈说："我想到少林寺学武功，完了当一个女保镖。"妈妈坚决地说："不行，我可不想让你整天打打杀杀吃苦受罪的，连带着我们在家担惊受怕。女孩子，又长得这么瘦弱，当心人家一下子把你打成两段呦！"我的"武侠梦"破灭了。到高中的时候，我上的文科，当时能报的志愿就是农业、林业、护理、师范、畜牧五个，在里面挑了半天，父母认为对一个女孩子来说，当老师还体面些，于是我就成了一名光荣的人民教师。但是在毕业前的实习中，我就不喜欢了这个职业，我说："我想到外面闯荡去，不想当老师。"父母又是一阵苦劝，大意是12年寒窗苦读，好不容易有了一个铁饭碗，丢了这12年的学不是白上了？到外面去，又没有靠山，乱闯说不定还没有现在好。女孩子到处跑，他们也不安心。于是我又屈服了，在当两年的老师的生涯中，我常常感觉到生命的吼叫，它每天晚上在我耳边说："再别在这个不合适的职业上消磨时间了，赶紧过自己想要的生活。"但是一到白天，我又失去了勇气，上课铃一响，我还是准时出现在教室门口。

在内心，我真不知道我以后到底要干啥，现在谈婚论嫁似乎都是空中楼阁，我要站到自己的地面上，再找那个志同道合的人。现在一切似乎都未成型，我可不愿意随波逐流地找一个，那是对自己的不负责任。父母已经不幸了一辈子，我这一辈子，一定要幸福。

二

到第二年春上，我们俩经过东挑西拣，都找着了对象。

玲子找的是油田设计院的一个副科长曾爱新，人长得挺帅，工作环境也不错。让玲子放心的是，这曾爱新跟她一样，也是外地来的，一个人在油城工作。这样玲子就不用再纠缠到复杂的婆媳关系中去，两家都是外地来的，谁也别嫌弃谁。曾爱新为人热情，工作勤快认真，在同龄人中第一个得到了领导的赏识和提拔。曾爱新刚工作的几年一心扑在工作上，感情问题也因为了工作忙而耽误了。在内心，曾爱新不想找一个女设计师，他想找一个温柔会持家的女人组成家庭。玲子长得好，性格好，会生活，曾爱新接触一两次玲子，对她满意极了，特别是玲子的厨艺，让他觉得一辈子的幸福有了保证。玲子也没啥说的，论长相，比第一个稳重帅气；论级别，这个是副科长，那个还只是一个办事员；论知冷知热，曾爱新也是从农村走出来的，家务和做饭都没有问题，也会关心人。两人的关系火速发展，不到半年，就要谈婚论嫁了。

玲子找到对象后，整天就沉湎于爱情的美酒中，三九三伏锻炼的习惯也被影响了。我不好意思再老去当电灯泡，还是坚持我的健身习惯，有事没事地去健身公园。但是，以前是两个人一起锻炼，有说有笑；现在是我一个人，面对着空荡荡的操场，就不敢锻炼得太晚。很多时候，健身公园里面人也很多，这也让我厌烦，我觉得自己在这闹哄哄之中，越发显得孤单了。

不能不说，我是受到了某种情绪的干扰。

我开始认真考虑我的处境。单位上工作繁重，小年轻们很快成双捉对，独自开火做饭了。看着人家"过家家"一样的实习生活，我也觉得挺好，但是看来看去，没有找到能组合的人。内心的排斥感依然存在，我还是定不下来。

这样不安定的日子没过两个月，我也就遇到了王石和张华。

他俩是好友，在单位组织的联谊会上一起出现的。单位上为了稳定人心，时不时地组织这样的联谊会，只要年轻人的终身大事定下来了，就不再是不稳定因素，所以单位上的女工委员积极地把我们这样的落单人员都集中起来，跟别的单位同样的人员进行联谊。这样也促成了不少对新人。

我想我不着急吧，但是女工委员张老师笑眯眯地说："不着急，但是要先看着，谈对象还要一两年了，是吧？你单身一人在油城，平时不出门，又没有父母帮你操心，放心吧，有我们组织关心你们！"

张老师真是一个好人，人很和善，平时我们关系也很好，这样我就被糊里糊涂地组织去联谊了。

没想到那是个百人大联谊，十几个单位联合组织的，场面宏大得不得了。在闹哄哄的各种表演之后，我表演了现场书法。

和那天争奇斗艳的美女们比起来，我那天穿着的一点不暴露。我穿的是纯白的一套休闲服，什么首饰也没戴，只是脸上稍微上了点粉和口红，平时锻炼的，我的肤色很好，我都感觉不需要弄多复杂。

主席台上面的黑板上斜面挂着一张宣纸，桌上是毛笔，砚台。悬空即兴表演，这个有点难度，把握不好的话，容易滴墨影响整体效果。但是我从小在爷爷的影响下，书法就没有丢，除了锻炼身体，我的长项就是这个修身养性的项目了——书法。感谢那天的音响师，在一曲《渔舟唱晚》的古筝曲里，我完成了一首拿手的《念奴娇·赤壁怀古》。

后来，王石说：你当时让全场安静了下来。张华说：你写字的时候，有一点侠客的意思。我哈哈大笑，说当侠客是我的一个过去式的梦。王石和张华各有千秋，出去玩什么的他俩都在，一时我跟他们都成了好朋友。所以前面说的"找到了对象"，在我这边似乎不妥，因为跟玲子那边的情况比起来，我更像找到了两个玩伴。我还是觉得，谈婚论嫁是一个很遥远的事情。

和他俩认识后，日子没那么无聊了。他们带我去兜风，去钓鱼，去郊游，去附近的地市跟团旅游……我感觉前世就跟他们认识的，跟他俩相处没有困难。他俩对我一样好，我也对他们一样好，我甚至觉得，不要想很多以后的事情，一直这样下去最好了。

玲子很讲义气，听说了我的情况以后，说她先不结婚，等我想好了一起结婚。我说，你不用等我，你结你的。我还不知道啥情况呢，不能耽误了你们的喜事。玲子说，我也要观察考验曾爱新，时间短了什么也看不出来的。

爱情遇到面包的问题时，就会变得现实起来。玲子他们遇到了油城房改，以前不要钱就可以分到房子的时代结束了，现在玲子结婚，要 100 平米的房子，就得交 20 多万的房款。玲子和曾爱新工作两三年，积蓄不多，两人都决定自力更生，不向父母开口。曾爱新单位上有报名到苏丹去的劳务输出岗位，曾爱新就报名了，为期一年，回来不仅能解决房款的问题，还能有结余。玲子想，现在两人还年轻，曾爱新也能吃苦，就让他去了。

三

王石和张华都在油田企业上班。王石长得一副武将身材，所有的五官都配合似的，长得很有气势，说话也是快人快语，走路一阵风。张华则显得细腻得多，但不是娘娘腔那种，身上有一种优雅闲适的少爷腔，不急不慢地，哪怕天塌下来，也会说：“别着急，呵呵！”我跟王石在一起，就感觉时间过得很快，不管一天做多少事情都觉得没做完，有成功的喜悦，还夹杂着浪费时间的罪恶感；跟张华在一起，就会放纵自己的懒惰，优哉游哉得像一只懒猫，好像日子永远也过不完似的。

王石的业余爱好是捡石头。

油城以前没有人捡石头，大家看到好看的，不过是在手里玩玩，随即扔掉。是外地人先发现了油城石头的价值。据说外省一个有名的导演到油城的魔鬼城拍外景，偶然发现了油城的石头，欣喜若狂，发动大家捡，并收购了大量美丽的石头，全部放在自己的帐篷里，不让外人看。走的时候，雇了一辆车，专门将大量好石头运走了。据说那批石头价值连城，运回去后引起了轰动。

外省的工匠们匆匆地赶到油城，租下一个小小的店面，打磨机开得嗡嗡响，将油城的石头打磨成各种玩意：手镯、戒面、挂件、把件等，放在自己小小的柜台里，鲜艳夺目。油城人才第一次感觉到了这戈壁石的价值。说实话，无论是质地还是光泽，比黄龙玉和黄翡好看多了。特别是一种极品，叫作宝石光的，在光线显现出柔和闪耀的光泽，清透而婉转，特别地动人心魄。宝石光一开始价值还不贵，但是迅速升值，以致到了按照克拉来买的地步。

于是捡石头的人蜂拥而上，一到周末，戈壁滩上就到处是捡石头的人群，还有外地慕名而来的爱好者，不顾烈日和干渴，在戈壁滩上一找就是几个钟头。王石就是这些石头狂热者之中的一个。这些早期去捡石头的，还真的捡到了不少宝石光，我先前常去大桥底菜市旁的市头市场去转，听闻了不少发大财的故事：某某女，捡到了一块价值连城的宝石光，卖给了外地一个游客80万，买了一套房子和一辆车。这事是真的，我亲眼看到那个女老板开来了她的车，把屁股盖板拉开，在里面摆上十来件物品，气定神闲地跟顾客说话，完全没有要把某物品卖出去的急切，让人感觉她是可以“三年不开张”的，她已经成功实现了“开张吃三年”的目标。是的，她只要三年内做出一件买卖，就可以舒服地生活了。而看她东西的成色和要价，我感觉民间的传说是靠谱的。后来女老板就不用辛苦地再到外面来了，都是大家到她的住处，找上门去买卖。还有一个外地来的农民，不知道运气好还是怎的，一年之内，就买房买车娶老婆，自己开了一个玉石店，在业界颇有名气。刚开始看得过去的手镯也就 100 多，没到两年，就升为 1000 多，好的挂件和把件，都卖到万元以上。这是一个天上掉馅饼的行业，只要你有时间，有毅力，有运气，就可以梦想成真。

王石为自己配备了摩托车，但是风吹雨淋地，还不安全，很快他就把摩托车卖了，凑了钱买了一辆越野吉普，开着他的车满戈壁滩找石头。看着专业的农民开着挖土机满戈壁地翻地，他苦笑，但是他还是相信玉是有缘的，没缘分就是满地乱翻又能怎样？功夫不负有心人，他还真的捡到了不少极好的宝石光，还有恐龙蛋，沙漠玫瑰、肉石等的宝贝，整天在家捣鼓他的石头，地下室里面放满了堆满了，搞得他的父母意见很大。他说："等我卖了这些石头，搬出去住，就不麻烦你们了。"老两口气得骂他一天不务正业，捡那些破玩意卖给谁？

王石听着骂，也不回嘴。周末一到就开着他的吉普车寻宝去了。有时候拉上些朋友，我、张华等都被他拉去过捡石头。这天又叫我了，我问还有谁，他说还有张华。我在学校里闷得很，也想出去散散心，我打电话问玲子在干啥，玲子自从曾爱新出国后，也无聊得很，天天给曾爱新书信联系，时间一长也闷得慌。我说，走，到戈壁滩上去捡石头，她答应了。

于是这天，我、玲子王石和张华一起去乌尔禾捡石头，6 月份的天气出去，已经很热了。玲子戴了面纱、帽子，穿着薄薄的纱衣，运动裤和运动鞋。还打了一把里面是黑的防紫外线的那种伞，拎了一个结实而漂亮的牛仔布袋来了。她长长的头发盘起来，戴上了帽子，忘了说还戴了墨镜，一副全副武装的样子，很专业。我和张华来的时候就显得很随便，普通的装束，好像是来打酱油的。

不能不说，玲子的那副装束和王石站在一起倒是真的很般配。我和张华偷偷地笑了笑。

　　我从来没有捡过宝石光。偶尔捡过觉得好的，拿给王石一看，就被笑一下，说："这样的石头你也捡？这就是烂石头。""有一点意思，但是纹裂太多，边角料，弄不成事情，扔掉。"这样被说多了，我也觉得没趣，就有一搭没一搭地捡着，一边晒晒太阳，吹吹风。往往这样一天在戈壁上，被太阳和风携带着，心里的那些不着边际的雄心壮志啦，单位里的那些鸡毛狗碎啦，远的近的思考啦，都被蒸发了。到晚上回家睡觉，连梦都没有一个。我觉得这也是一种很好的养生方法呢。

　　没捡几分钟，我就开始头晕眼花，戈壁滩在烈日显现出白白的刺眼的颜色，直晃人的眼睛。王石和玲子到那个山包去捡石头了，张华也不知道到哪去了。我想回来喝点水，回到停车的那个小涵洞，一股子凉风穿过，从极热到阴凉，一下子让人受不了。谁能想到，戈壁滩上的涵洞里，能吹出温度这么低的风？

　　我看到张华在涵洞背面已经忙上了，把车里的气罐拿出来，案板支上，半路上买来的桃子和杏子已经洗好，放在小碗盆里，用保鲜膜盖着。瓶装水都被放到洗水果的水里面"冰镇"着，薯片、饼子和酸奶等也都拿出来了，正戴着手套把买来的烧鸡小心地拆开。

　　见我回来了，张华说笑着对我说："小月，捡到什么宝石光没有？"

　　"宝石光没捡着，眼睛被地上的白光刺得疼。"我把装石头的袋子往旁边一扔，洗洗手，拿起一个桃子就啃起来。

　　"你根本就没捡吧？弄了这些？"我不知道他还带了这么多吃的用的，以前我们跟王石来，第一次是啃的馕，就的咸菜；第二次就没吃饭。王石志不在此，他的心思在石头上，其他的都被简略了。我们当时觉得捡石头新鲜好玩，也就忘了吃的事情。回去的路上在路边的饭馆里草草吃了一点饭，回家睡觉去了。现在看到一桌子的零食，觉得刚才的劳动也变得有趣起来，这不是捡石头，是出来野餐哦！除了小时候不懂事时的疯玩，我们什么时间还有过这样的野餐呢？现在我感觉到王石为什么跟张华在一起了，王石在一线冲锋，张华可以搞好后勤工作，他俩一个讲效率，一个讲品质，就是绝配的搭档。

"要不我们先吃吧？给他们留着？"我说。

"等等他们吧。"他一副慢条斯理，不顾我的心急火燎。

"见到饭不吃，我会流口水的。"我拿起饼子和酸奶就吃起来："要等你等吧，我先吃一点。"

他笑着看我，想说什么，又没说。我想他在心里说我没忍耐吧？我才不管呢！

张华弄完了他的工作，洗了手，用纸巾把细长的手仔细地擦干，在我身边坐下来。凉风徐徐地吹着，我们谁也没说话。

大中午的万里无云，戈壁上没有一点声音，只有地表被晒后袅袅上升蒸汽的极细微的咝咝声。偶尔略过的凉风又让中午困倦的我们睡不着，于是我们就有一搭没一搭地聊着。

"最近忙什么？"我问。

"就是单位上工作的那些事情，没什么特别的。"

"你的琴教得怎么样了？"我又问。

说到琴，他眼睛亮了，说："学生都学得很好，又有人介绍了几个学生。"张华虽然是理科生，但是从小他的妈妈就注重他的培养，早早地拿了钢琴十级。当年他还准备走艺术路线，但是他爸爸说："男孩子，还是不要以这个吃饭的为好"，让他上了油田的自动化专业。现在，他的工作可以说是按部就班，因为钢琴弹得好，很多地方都请他去弹钢琴，一来二去就有了名声，很多家长把孩子送他那里学琴。

他的业余时间要不就是在练琴，要不就是在教琴。在油城，家长们在艺术教育方面的投入真的惊人，一节钢琴课，40 分钟，已经超过了 150 元。张华周一到周五晚上有 10 个学生，周六周日还有 20 个学生，一个排一个后面，中途就只有简短的吃饭和打瞌睡的时间。就按照这个速度，一周就有不少的收入，比他的工资都高了。

我开玩笑地说："你出来真的亏大了，一天就是好多钱哦！"

他说："人不能只看钱哦，也要有休息和玩耍的时间是不是？"他说："我教琴不只是为了赚钱，我觉得教琴也是一件快乐的事情，弹琴也是一件快乐的事情。"

我感慨，人家的爸妈怎么给他们设计了这么好的人生道路，为什么我们想做点别的，就只能像睁眼瞎那样，心怀恐惧，患得患失？现在除了教书，我真的什么也不会呀。心里的想法，也只能是想法，想想而已，不敢行动。

"你叹什么气？"他见我的神色，问道。

"没什么，想到了一些别的事情。"我说。

"你总是心事重重，外表洒脱，内心纠结。"他说，一边看着我，他的眼珠黑黑的，流露出一丝怜爱。"你就是一个胆小的老鼠，整天在你的'房子'里胡思乱想，一刻也不得安宁。"

"别这样穿透别人的内心，每个人来处不一样，各人有各人越不过去的坎儿。你就没有烦恼的事情？"

"一般来说，没什么烦恼。但是最近，还是有这么些烦恼，比如说，我一弹琴，就有点心力不集中，老想起一个人。"

"弹琴弹着弹着就停了下来，这个人……"

我没敢看他，心莫名其妙地跳起来，面红耳赤起来。

"平时我都是魔来杀魔，佛来杀佛，没有什么能阻碍我的心。可是这个人，我杀不了，她在我心里生根发芽，到处蔓延，让我难以呼吸。关键是这个人还没心没肺，装作什么也不知道，对谁都是一样好。"他顿了顿，说："你真的不知道？"他叹一口气，看着我说，我一时乱了方寸。

王石和玲子也回来了，王石晒得黑红，玲子的面纱也摘下来了，脸粉红粉红的，十分好看。他俩的收获不少，王石提着一大包，玲子提着一小包，往地上一倒，开始二遍分拣。王石直夸玲子能吃苦，有坚忍不拔的意志。我跑去一看，玲子捡得还真不错，有些外表辨认不出来的石头，王石在边上一敲，露出里面的"肉"来，完了随手往外一扔，伴随着玲子可惜的唏嘘声。

王石捡到了一块宝石光，在阳光下就艳艳的，十分动人。他得意地看着万分羡慕的我们，吹了一声口哨，将这块宝石光的石头擦擦，放进了胸前的衣兜里，不跟别的石头一起放在袋子里面了。我们几个都没有捡到好的，就说等会到玉石一条街上去淘淘，于是大家狼吞虎咽风卷残云般地吃完了野餐，飞车到玉石一条街上去了。

玉石一条街是乌尔禾开发的旅游纪念品一条街，主要都是加工油城的玉石，开着一条街的商店，全部都是卖玉石的。在这里，我们看到了玉石宴：通红的"烧鸡""红烧肉""花生米""果子"……满满一桌，惟妙惟肖；看到了数不清的各式挂件，手链和镯子，对于那些摆地下的大型雕件，我们女孩子是不感兴趣的，我们就捡那些看起来漂亮的，往身上买。不一会，我们就全副披挂地出来了：左手镯子、右手手链，脖子上是挂坠和项链，手上是戒指，反正也没买什么贵的，出来一趟买点好看的石头戴戴。王石和张华要掏钱，被我们止住了。王石对我们买的东西嗤之以鼻，说他哪天把捡的打磨打磨，都比你们买的好。张华倒也买了几样东西，说是给老娘带回去。总之大家满载而归，回家的路上，大家都满心欢喜，嘻哈了一路。

四

期末考试过后，我的心情很糟。我是一个很认真负责的老师，教案准备得十分详细，作业从来都不少，并认真批改，从不懈怠。期末考试前，我几乎把语文书上各个章节的重点难点都地毯式地挖掘整理，带学生练习过了，有时候觉得自己都"庖丁解牛"了，但是考试一下来，我还是被深深地打击了。那些题几乎都练习过，当我改到学生们的试卷，真的被打击了：都答得不着边际。再看看别的班的学生，那几乎都是标准答案啊。我痛！平均完分数，又是排在后面，这已经让我很多次受打击了，我不知道为什么自己这样辛辛苦苦地教学，为什么没有成绩？

我曾经为此彻夜不眠，我在想，为什么我没有成绩？同行和领导去听过课，说我知识上没有问题，讲课也有条理，有想法和思路，但是学生考出来的成绩就很难看。学生也完成我的作业了，作业量还比较大，难道他们都没有学会？这真的是天可怜见。跟我同学科的同事，基础没有我好，作业没有我多，每次考试前押题，成绩反而比我好。难道修长城的还比不过搞杂耍的？我问学生们，他们也答不出一个所以然来，没人能说我不称职不认真，大家也都配合了，就是不出成绩。

怪出题的吗？说实话，确实偏题难题多，但是为什么别的老师成绩好呢？是学生害怕我不敢说真话？但是我感觉学生并不怕我呀？我想到了，是我跟学生不能走得很近。

我不能跟学生走得很近，做很亲近的朋友，我们的关系是敬而远之，不是，是保持距离？也不是，很难说清楚是怎样一种状态。我不是不喜欢他们，是我的戒备心太强？我无法跟学生打成一片，让他们掏心窝子给我讲这讲那。但是还是有很大一部分学生是喜欢我的，我能看出来，他们的作文经过我的修改，都发表了很多，贴在班级的墙报里面，供全班学习。难道是我真的水平差？肯定不是这个，如果是这个原因，我自己都不能认同，教初高中的语文，在我而言，又有什么难度呢？

分析来分析去，就是找不到原因。也许我命里就不适合当老师。

但是我又能去干什么呢？又回到了那个老问题上面。以前说"男怕入错行，女怕嫁错郎"，我现在是女也怕"入错行"啊，有一些行业，你就是做不好，比别人多付出十倍，收获的是别人的十分之一。

可是，我先前并不知道我不适合这个行业，就这样稀里糊涂地走到了这个行业里面了。学生的人生规划和人生设计真的比成绩更重要，没有方向的人，成绩好有什么用？在学校里面，孩子们并没有去体验各种职业的机会，他们并不知道自己喜欢和擅长什么工作，等到了报志愿的时候，常常是一脸茫然，稀里糊涂地报考，稀里糊涂地被录取，稀里糊涂地上大学，一工作就感觉到不对劲，但是一切都为时已晚了。这时候的大部分人，已经没有时间和精力去学另一门技能了。

在错误的路上走得越远，损失越大。修正这个错误，需要极大的勇气和毅力。

我如何修正我的人生？现在我能干什么呢？才发现学中文的好像没有学什么专业。离开了现在的轨道，我又能做什么？关键是我根本不知道喜欢干什么、能干什么。就像一条船，失去了发动机和方向盘，它的命运和前途堪忧。

在油城，能学的职业教育还很少，想一边就职一边学习第二职业，基本不可能。我奇怪难道只有我犯了这样的错误？我看别人好像都活得挺好的，没有我的这种不适感。只有我走在了这个死胡同里面，我都不好意思呼救。在别人看来，你这是矫情，我们还没工作呢，你就别再跟我们说什么不适了吧。父母那边的意见永远是"稳定压倒一切"，不要"不切实际"和"好高骛远'了，脚踏实地，找准自己的问题，适应了就好了。

心情太忧郁了。我把指甲都涂成了宝蓝色，亮晶晶的，含着百分的冤屈，就如同我现在的心情。

办公室的李老师，跟我关系一直不错，这天来了一句："你把指甲染成蓝色，看出你的心情十分骚动。"

她用了一个这样的词。我说，我只是觉得这个颜色好看，没有"骚动"。

她说："你该结婚了。结婚了你就没有时间染指甲了。"

我心里着急，一时找不到词，说："婚姻是爱情的坟墓！"

打击面太大了，但我意识到已经晚了。

"我们在坟墓里面都活得挺好的，只有你，在坟墓外面，活得凄凄惨惨！"李老师，寸步不让，她的自鸣得意完全不顾我的难堪。

全办公室的老师都笑起来了。我的生存环境太恶劣了。我知道，她们都没有恶意，都是想让我早点进婚姻的殿堂，可是，我真的有点问题，难以克服。

周末，给王石打电话，没有接，不知道又到哪里去寻宝了吧。给张华打电话，他说，他等会就来。

戈壁上的油城也有下雨的时候，我们都叫它"太阳雨"，晴朗的天空里下着雨，那是我的心在哭泣。

张华打车来，带我出去吃了一顿丰盛的饭，我的心情慢慢才好起来。吃完饭，他带我去文化街上散步，他真的很会照顾人。

华灯初上，望着外面车来车往，人头攒动，我不知道自己的路在何方，眼前的一切，似乎都不真切，张华显得熟悉又陌生。

"又挨打击了？"他笑着问我。

"又考砸了。"我无精打采。

"没关系，才开始，慢慢来。你肯定能教好学生的！"他眼睛亮亮的，鼓励我。

"我已经筋疲力尽了，我好像教不好了。"我慢悠悠地说。

"别灰心丧气。你一定能，你那么有才，只是还没有找到和打开流畅发挥的通道。等你学会发挥自己的长处，你会一鸣惊人的。'丑小鸭'肯定会变成'天鹅'，只是时间问题。"他肯定地说。

"你最近在忙什么？"我问。

"在市中心高层定了一套房子，交完了款，准备装修的事情。"他淡淡地说。

我心里一惊，睁大眼睛瞪着他，什么话也说不出来。

他要结婚了？可是跟谁呢？他那天的试探难道算是表白？那又是跟谁呢？

他看到我紧张，笑着说："在家里带家教，妈妈睡不好觉，她最近有点烦躁。我想，我先搬出去，教琴方便点，当然，这不完全是教室，以后也可能就是我的家。"

"那你准备结婚了？"我傻乎乎地问。

他看了我一眼，意味深长地说："我准备好了。就看——你有没有准备好了。"

"可是，你还没有向我求婚啊？"我声音一大，就引来了街上几个大爷大妈驻足。

"快看，大街上求婚！"他们饶有兴趣地看着我们，我红着脸拉着张华飞快地跑了。我又气又恼，他却哈哈大笑，像一个孩子，笑得肚子疼。

他就这样不紧不慢地陪我散步，夜风吹拂，白天的暑气慢慢地沉降下来。到我宿舍门口的路边，他拿起我的手，在唇边吻了一下，从兜里掏出一个精致的首饰盒，拿出两枚钻戒，一枚替我戴好，示意我帮他戴上，我毫无准备，抖抖索索地帮他戴上了。一切似乎在梦中。

"好了，我爱你，小傻瓜。你也要永远爱我哦。"他拉过我，轻轻地拥着我，给我一个吻。之后看我走进宿舍的门，我上楼后，从窗户看到他还在原地站着，冲他挥挥手，他才走了。

五

我戴着钻戒走进办公室时，立刻引起了李老师们的注意。她们围过来，李老师啧啧地称赞道："'钻石恒久远，一颗永流传。'我们都没有钻戒哦，我们当年订婚的时候，还没有钻戒呢，都是红宝蓝宝金戒指哦。"

"那你是跟不上潮流了，现在年轻人结婚，谁不是钻石啊？小月，找的哪的呀，这么快？"王老师问道。

我笑而不语，恨恨地道："都是你们逼我的，我其实还不想那么快嫁掉。"

"那是，我们小月条件好，肯定一出手就是好小伙子。"她们急切地想知道我找的哪里的，我就是不告诉她们，说让她们等请帖吧，到时候就见着了。

我就像跳进了一个游泳池，水无边地围绕着我，我随波逐流，不能自主。

王石很快知道了我们订婚的事情，他匆匆赶回来问我，为什么这么快就做决定了，他是要找一块配得上我的石头，在路上还没有找到，我就跟别人订婚了。我张口结舌，说："我也许不是想要一颗价值连城的宝石，不过就是想在虚弱的时候，能有一个人扶我一把。"

我说我给你打电话的时候，你没有接，而张华接了，结果我就答应他了。

他捶着头，无比地后悔。说他那天在乌尔禾找石头，走太远了，迷了路，手机没有信号才没有接电话。我说你有一阵子没有联系我了。他说是的，是疏忽了，现在后悔得要死。

他问我是不是爱张华。我说好像是爱的。

他说："好像？"我说："就是爱的，有他在我身边我感到很踏实。"

他眼睛红红的，叹一口气，说："张华是有优点，但是——，算了，事情都到这地步了，我祝福你们。"王石说。

玲子也知道了我订婚的事情，她说："就是，你们蛮般配的。上天终于给了你一个好的安排！"她抱住我，欢天喜地。

我默然无语。

"把你的心收住，像其他平常人那样去生活，把你脑子里的想法去掉，你才能幸福。"她现在像我的妈妈一样，语气都一样。她这样地告诫我。

玲子说："你就是跟平常人不一样，别人订婚都是高高兴兴的，你这样不言不语，是不是不愿意？张华不够好是不是，现在反悔还来得及，等结了婚就晚了。"

我说我也不知道，我现在觉得张华不错的，但是我不能知道他是否能一辈子对我好。现在有点不确定。玲子说："傻瓜，婚姻要靠自己去经营的，跟自己的事业一样，好与不好，除了找对人之外，还要长期地去努力、磨合，谁能知道以后的事情？但是我命在我不在天，幸福很大程度上是自己修来的。"

前路都是看不到的，相信现在的这一刻吧。她说。

玲子说，曾爱新那边工作开展挺顺利的，还给她寄来了不少苏丹的土特产，一大包椰枣啊，黑木雕的小艺术品啊，各种样式的蟒皮钱包之类的，她一边给我吃椰枣，给我蟒皮钱包，一边说他年底回来他们就结婚。"到时间，我们一起做新娘！"她说着，一边拿给我曾爱新在那边照的照片，那是一个很大的工程，曾爱新明显地瘦了，黑了，只有那熟悉的微笑，还在照片上闪耀。他是个辛苦筑巢的小鸟，是个负责的男子汉。

"王石听到你们的这个消息，肯定难过死了。"玲子幽幽地说："王石小伙子也不错的，上次去找石头，说一定要找一块能配得上小月的宝石光，作为结婚礼物送给她。我当时还为你好感动的。"

可是这个傻瓜，口风紧得很，什么也没告诉我。我说，"王石性格粗一点，我好像不太适合他。我说皮实的时候很皮实，说娇气的时候又是不堪一击，我要一个人对我很细心才行。"

"你呀，就是山里的兰花，娇气着呢。就是，粗人养不活的。"她也附和。

六

张华要带我去他家见父母。我也知道我们这样私订终身肯定是不行的，得双方父母同意才行。我问了我的父母，他们的答案出奇地一致：你觉得适合就可以，但是要多观察考验，人品一定要好。他们详细地问了对方家里的情况，相互对比了下，觉得各方面条件都相当，就没有多反对，大概就是同意了。父母离异后都回了很远的老家，都说最好结婚前把人带回来看看。我说等假期吧。

现在我要去见他的父母，我有点忐忑。张华说，不要紧张，他父母人很好的。

那个周末，我打扮一新出现在他家门前，他的父母高高兴兴地接待了我。他爸是个高个子，老干部，满头白发，脸色很红润；他的妈妈是个退休职工，老了开始吃素念佛，家里面还有一个小小的佛堂，家里飘散着一股淡淡的佛香味道。

　　张华的爸爸问了问我家里的情况，我如实地回答了。听到我父母是离婚的，他爸爸脸色有一点迟疑，但是张华赶紧给他爸爸使眼色，他爸爸赶紧反应过来说："经过磨难的也好，更加知道珍惜。"张华妈妈赶紧把话岔开，说："小月，我家张华从小就一个爱好，弹钢琴，现在也弹，有时间我觉得吵得不行，你不会反感吧？"

　　她领我到钢琴前面，那是一架黑色的立式斯坦威钢琴，一尘不染地在客厅里沉默着，也像一个朋友似的打量我。我说："阿姨，我也喜欢听钢琴的。如果实在吵，我就到另一个房间去。"

　　张华妈妈疑惑地对张华说："小月叫我'阿姨'呀！"张华笑笑说："先叫'阿姨'，等你们同意了，她才能改口啊。"

　　"那我们同意，同意，小月这孩子挺好的。呵呵！"张华的爸爸首先表态。张华的妈妈说："我也同意。我家张华从来眼光高，一般的女孩子从不往家领，到这时候没对象，我们都很着急。现在好了，阿弥陀佛把你送来了，我们总算完成任务了，以后你们要好好过日子哦。"张华的妈妈千叮咛万嘱咐。

　　我们点头，笑而不语。他家用的是素宴，张华妈妈解释说："我是跟佛菩萨要来的媳妇，不能开荤哦。"张华爸爸笑着说："素食有益健康！来，吃菜！"

　　虽然是素食，但是看出张华妈妈精心准备了的：凉拌金针菇、笋干香菇炒青椒、麻婆豆腐、干锅酸辣鲍菇片、西红柿炒鸡蛋、西兰花冬瓜粉丝煲、白玉菇银芽汤，主食是米饭。每样东西看一起来一般，但是吃起来还是很不错的，他妈妈的烹饪技术不错。

　　"小月，你这么瘦，要多吃点，要稍微长胖点才好。"张华妈妈给我碗里夹菜，一边说："孤身一人在外的孩子就是可怜！以后多到家里来，在外无人照顾，这里有家的温暖……"

　　"家"的温暖，自从我家"山河破碎风飘絮"之后，我就不敢奢想这福分了。在风吹雨打中漂泊这么多年，我真的累了，"家的温暖"听起来陌生而熟悉，它勾起了我心底各种滋味。

我一抬头，张华关注地看着我，说："爸，妈，你们放心，以后我们就是温暖的一家了，我们会好好过日子，并孝敬您二位的。"张华的爸妈眼圈湿润了，于是大家举杯喝完了饮料。

饭后，张华跟他爸爸到客厅下棋去了。张华妈妈和我收拾完，领我到旁边的卧室休息。她跟我说了很多张华小时候的事情，搬出一大叠张华小时候的照片，那上面的孩童由小到大，长成独当一面的男人了。然后张华妈妈感慨，孩子一下子就长大了，现在要结婚了，她心里空荡荡的。我说："不要难过，现在您只不过是多了一个媳妇而已。"

张华妈妈说："是的，是我太执着了，养育他这么多年，心里还有点舍不得。"

她起身，从箱子里找出一个首饰盒，那是一个精致的红木的首饰盒，上面雕着花好月圆的浮雕，仿佛有年代了，被手摸得油光发亮。她说："这是张华的奶奶给我的，他家以前是地主，这是给我的聘礼——一对老坑翡翠玉镯。这么多年来，在工作岗位上佩戴这些不合适，我很少戴，现在又念佛了，更不在意这些身外之物了，张华的奶奶说这些是传家之宝，那就传给你吧。"

我说不敢要，这些宝贝还是您留着。张华妈妈说："还说不敢要，张华都为你买房子了，终身大事儿戏不得呀。"我说等正式结婚后再说吧，他妈妈说也好，又放下了。这时张华下完了棋，走过来说："说我什么呢？"看到镯子，说："呀，这镯子跟小月挺配的！"拿起一个就给我戴上了。大小正好，古色古香的宽镯，翠色鲜亮，跟我白皙的手臂真的很配。张华开玩笑地说："这是我家的乾坤圈哦，把你个小哪吒套住了，呵呵。"

七

单位上进行改制，对一些不合适教师岗位的老师进行分流。

大家人心惶惶，都害怕自己被分流了。单位上的纪律一下比以前好多了，不用说普通的老师，连以前经常不见人影的实验室老师都规规矩矩地坐在办公室，实行 8 小时坐班制度了。

我找校长问了下，分流的老师可能到哪里？校长说，可能转到油田的别的岗位上去。我说，那属于什么性质？他说，还是体制内，但是工作岗位估计没有教师这么稳定，也可能更好，也可能更差，有风险。

我说，像我这样的可以分流吗？校长说可以，但是你要考虑好，分流的一般都是老弱病残，或者不适合教学岗位的人，你又不是教不下去，为什么要分流呢？就算语文不想教了，还可以教史地政什么的，没必要去冒那个险。

我说，隔行如隔山，我教不了史地政，体制内的就可以，我报名分流。

对爸妈说了，他们很紧张，但是听说是体制内的转岗性质的，又放下一点心来。但是关键不会让你去扫大街之类的吧？他们问。我说，估计不会，但是也不是没有可能。

他们在电话那头传来了沉重的叹息，他们不明白我的脑子是怎么想的，老是搞这些稀奇古怪的事情，让他们提心吊胆。

张华说："我看出来了，你没有耐心，不想做老师。想转就转吧，大不了我养活你！"我说："我就是这个职业做烦了，放心，我不会要你养活。"

玲子说："你天性叛逆，吃苦受罪的命，你要当'鲁滨逊'，随你吧，你想好了就行，不要以后后悔。"

王石说："你脑子咋想的？"他们都没法理解我，更不用说办公室里的老师们了。他们用一种奇怪的眼光看着我，我收拾东西，他们有的来帮下忙，有的似乎很鄙夷。我才明白，我这么多年为什么都跟他们搞不到一起的真正原因了。我们从根本上讲，从来就不是一路人。

只要一想到我不当老师了，我的心头就一阵地轻松。虽然这个"绳子"不过是假想地松了松绑，也给了我无限的欣慰。就像一只久在牢笼的狮虎，得知自己将被放归山林时的心情一样。

很快我被转岗了，先是集中培训，完了就是再就业的选择。这里面的岗位果真有爸妈担心的扫大街的，还有比这好一点的，什么居委会啊，什么办事处啊，什么多经单位啊。反正最后我选的多经单位，在里面的一个广告公司上班。月收入还是那么多，因为到了区政府管辖，待遇还稍微好点儿。

现在我再也不用扒着教案备课了，从好几本参考书里挖掘知识的碎渣，完了写到我的备课本上，在课堂上讲解分析了。我也用不着为孩子为什么答不出标准答案而发愁了。人和人真的不一样，他们的想法怎么可能整齐划一呢？现在，我终于摆脱这个人生的僵局了。

在广告公司，我做的文案不会跑掉，我拉的业务也实实在在，我的业绩斐然，同事们和领导都对我刮目相看。我以前也是这么努力的，但是我的努力要得到成效很慢很慢，需要学生们的配合，还有运气。现在我做的事情就摆在那里，不会跑掉，不会出现任何因素而化归为零。对比之下，我现在才觉得，当老师是个责任极大，担子极重，收成极不稳定的行业。老师们就像每天推石头上山的西齐弗，每天，西齐弗都费了很大的劲把石头推到山顶，然后，石头又会自动地滚下来，于是，西齐弗又要把那块石头往山上推。除去一些天生喜欢当老师和以此为乐的老师（关键是要成绩好，每次拿第一），其他很多老师（第一只能有一个）所面临的是永无止境的失败。在"永无止境的失败"中受苦受难，这样的老师心态很难健康。在这行里面，影响你成为一个"好老师"的因素太多了，哪怕你是一个有责任心的人，

现在，我满脑子的稀奇古怪的点子都被用上了，被人想不到的，我想到了，效果奇好。当我又一次拉来了 50 万的订单后，我的老板加上司正好升职了，他一直看好我，直接举荐我当公司的副经理，跟油田上委任的书记和经理一起管理公司。在我手下的职员有 50 多个，跟我以前当班主任差不多，只是要稍微多一点。

我才发现自己有领导才能，我把公司的奖惩制度进行了改革，打破大

锅饭，做工作的重奖，按月兑现。不做工作的不奖，我没有采取重罚，是因为我觉得这是我没有找到这个人合适的岗位，他发挥不出来而已。每个人都是有用的，就是看你怎么用他，放在什么位置用罢了。

单位上的李岳因为业务突出，按照管理条例，一个月就奖励了9000元。这下科室里面炸开了锅，再也找不到一个闲人了。以前在单位在电脑上看电影、炒股票、玩游戏的"不务正业"的人也突然上了路子。公司的业务蒸蒸日上，到年底，油田公司的行业表彰大会上，我和原来学校的李丽老师站在一起当先进，披红挂花的。李丽老师是"全优教师"，教学成绩优，人际关系优，在学校如鱼得水的，什么好处都没有落下。她见到我这个"岗位突击手"说："恭喜你啊，小月，大家都在说，从教师队伍中走出去的都是人才，平时看不出来的，一出去都是'老总'！"

我没觉得自己是什么老总，说是老总，其实就是一个副经理，再说直白点就是一个"干活的"。但是，从内心来讲，我真的觉得自己比以前活得滋润多了，至少开始有成就感了。

八

张华买的是市中心的鸿福大厦高层房。我去看的时候才吓一跳。23楼，160平，光线很好，在上面可以鸟瞰油城的各个角落。往下一看，地上的人和车像蚂蚁和甲壳虫一样地缓缓蠕动，上面是阳光，白云。房子大大的露台进行了改造，里面是长势旺盛的各种绿植，在客厅里面有种让人恍惚的感觉，不知道是在南国的枫林中，还是在北国的秋千下。

房子用隔音效果好的材料都装饰好了，全部是欧式的风格，干净，简洁。他说这样是为了让我休息好，也让我以后好打扫。家具不多，都是必备的，没有多余的东西。厨房和卫生间都很大，让人有建设生活、享受生活的愿望。在东面朝阳的房间，是他的琴房，他把家里的钢琴搬来了，让妈妈永无嘈杂的烦恼了。

　　我和他坐在装修好的新家里面，一个声音在心里说："小月，努力，一定要让自己幸福哦。"

　　我说："你这房子弄下来花了多少钱？"他说不多，反正这么多年的积蓄基本都在里面了，以后要住很久，所以就全部花掉了。"要让小月住得舒舒服服的，呵呵！"

　　我说："张华，你为什么喜欢我？"

　　他说："也不知道为什么，就是看到你就高兴，估计是命中注定的吧。"他说好像是故人重逢，或者是再续前缘的感觉。喜欢一个人哪有什么理由？

　　"你以后还教琴吗？"我问。

　　"能教就教，不能也不勉强，一切看情况而定。这只是一个爱好。"他说。

　　"你呢？在公司做得还开心吗？也在这公司长期做下去吗？"他问。

　　我说我也不知道，我说先积累经验吧，等成熟了，我想自己开公司，按照自己的想法做广告。当然不限于广告，其他的类似的有创意的工作，在实现财务自由以后，都可以尝试尝试。

　　他说，如果单位情况好，就维持现状；如果单位不景气，他就自己开一个钢琴学校，所以他觉得我们两人至少有一个得安定下来，吃公家饭的。

　　我说那我们就顺其自然地发展，看谁发展得好，就让谁去发展，另一个在岸上看守大本营好了。

　　他笑着骂我："女人相夫教子就可以了，还跟老公争着养家糊口！"我说："好的，不争了，让你去打天下！"

　　他得意地笑着，我们又到西边房子里的小秋千上，坐下来慢慢地摇着，一边这样商量着将来的事情。

　　第二天一上班，我们就去民政局领了结婚证，名正言顺地住在一起了。我们不想浪费任何一个幸福的一天。我看了日期，是 12 月 1 日，我看是个单日，皱皱眉头，觉得不吉利。张华说："没啥不吉利的，就是合二为一的意思。121，开步走向我们的新人生。"

九

在我们结婚后，我主张简办，发点糖算了。张华的妈妈，现在是我婆婆了，说："那不行，就一个孩子，马虎不得，一定要大办特办，不能留有遗憾。"我说我害怕那种婚礼上的插科打诨，荤段子和各种奇怪的手段。我不知道怎么办才好。张华说想带我去旅行结婚。张华的爸爸最后发表意见，说要办婚礼的，这样他们就正式交接工作了。

我问了一下玲子。她没接电话，她单位上的人说，她到苏丹结婚去了。走得急，没来得及跟我告别。我问，玲子怎么也变得新潮了？她同事说，听说是她对象在那边干得好，那边作为奖励，专门邀请玲子去的，婚礼的一切开销由对方公司包干。那边公司总共凑了四对新人，玲子她们是其中的一对而已。

跨国去结婚！嗯，就是旅游结婚吧，呵呵，有意思，玲子和曾爱新确实谁都没想到这个好事，他们和公司的其他三对新人在遥远的异国他乡举行了婚礼。苏丹公司的领导亲自为四对新人证婚，祝福他们永结同心，白头偕老。婚后，他们又在周边简短地旅游了一阵，一起坐飞机回来了。

玲子回来那天，我和张华去接的。大包小包的一大堆，亏他们能看住这么多行李！玲子满脸幸福，指着地上的包包说："这个，这个是给你们准备的礼物，啊，这下轻松了。外国东西真多，什么都想买，背不过来啊。"曾爱新和张华握了握手，一起把行李运出去了。我和玲子手拉手跟在后面，互相说着分别后的生活。

"你们也领证啦？好快啊，怎么样？我们一起策划下在国内的婚礼吧。"玲子说，在国外举行婚礼，新鲜是新鲜，但是在国内不摆个酒席，似乎是说不过去的。"

如果办中式或西式的婚礼，就要把我爸妈都接来。但是他们还是一个"蒋"，一个"帅"，两个"老头子"不能见面。说到我婚礼的事情，两个人都埋怨我没有先经过他们同意。张华说，结了婚就去看您二老。两个老人谁也不高兴，说这是先斩后奏。我没话可说，这件事是我做得不合理，但是一切似乎来得突然，我先前也没想这样。

他俩谁也不说要来，谁也不说不来。我很难办。张华说，那就一起叫来。反正父母在婚礼上也用不着相互说话。我说不是那么回事，这两人就不能坐到一条板凳上去啊。

玲子那边说，他们的父母都愿意来，婚礼都听我们怎么安排，两家搞成一样的就可以了。

我婆婆说："婚礼最好是素宴，这样减少点罪过。"

筹办一个婚礼，让大家都欢喜，还真是一个难题。

我去准备结婚事宜的时候，在街上碰到了王石。他在新建设好的玉石城租了一个店面，把他的宝贝石头搬进了店里，柜台里面好东西还不少。

他见到我，问我过得怎么样，我说，好，你呢？

他说："就这么简单？怎么个好法？"他笑着问我。

我说："工作比较顺利，我和张华正筹备婚礼的事情，还有玲子和曾爱新也要和我们一起举行婚礼，所以在忙着。"

王石黑瘦了些，不知道是店刚开张还是外面捡石头辛苦，人瘦了一圈。他店里，我看到了他的爸妈，从前反对他玩石头的，现在看儿子忙不过来，也过来帮忙。老两口一个管账一个销售，不过玉石店生意不是很忙，老两口就在他店里混时间，时间一到，就回家。

"你还是完成了你的心愿，把玉石店开起来了，好好做吧，油城的石头越来越稀少，以后会升值的。"我安慰他。

"石头越来越稀少，还可以捡到，人一旦跟人走了，就再也追不回。"王石说着，还是那么遗憾。完了他到店里，从里面的柜子里找了个装饰精美的套盒给我，里面是项链手镯和一对宝石光的耳环，说是给我的结婚礼物。我说不用了，这个很贵的，你留着，以后给心爱的人合适。

他说："这是我这几年准备的，虽然不是多好，但是也是我现在能拿出来的最好的了。你是我喜欢的第一个女人，就当作个纪念吧。"

我说，心意我领了，我也很内疚，但是，现在已经是这样了，我祝福你找到比我更好的爱人。

我没有要，他执意给，我也没有要，我说，我已经亏欠你了，怎么能要你的东西，这么宝贵的宝贝，应该留给有缘人。

我们在油城唯一一家素食餐馆预订了 40 桌素食婚宴席，这个是按照婆婆的意思，她很满意。张家把几十年油城的故旧新朋都邀请了来，当然关系不够亲近的都没有邀请，因为一起要办两对婚礼，实在坐不下。玲子和曾爱新那边好得多，都是些单位上的领导和同事。他们双方的父母和亲戚们也都急急忙忙地赶过来了，打扮一新地坐在父母席和亲属上，乐得合不拢嘴。

我这边，父母也都来了：父亲和继母，母亲和继父。我安排他们在两个不同的宾馆，结婚当天一同出席。本来他们一听说对方要来，谁也不愿意来了。但是，为了我这个女儿，他们都作出了让步。这让这个婚礼显得没有缺憾了。

婚礼准备期间，他们就轮换着到张华父母和我们的小家看看。他们看到我公婆的情况，看到文质彬彬的张华，看到我们新准备的小家庭，也说不出什么，前面埋怨我自作主张的怨气也被结婚张罗忙碌的喜庆冲淡了。女儿留不住的，他们就是担心罢了。我看到父母都老了，好在都有伴，银发和皱纹里面写满了他们一生的坎坷。他们虽然老了，但是都没有忘记爱我，想到这里，我觉得自己还不是没人要的吉普赛孩子，心里温暖了很多。从父母这边讲，养儿养女一场空啊，离那么远，我们也无法孝敬他们，想来潸然泪下。

结婚当日，婆婆那些念佛的朋友在婚礼的喜炮隆隆过后，搬出来一百只白鸽。在众宾客的祝福声中放生，白鸽齐刷刷地飞向蓝天，在宾馆广场的上空扑棱和盘旋，最后它们穿过刺眼的云缝，飞向各自的自由领地去了。在素宴上，我们两对新人合唱了一首《天长地久》作为献礼，父母们泪眼婆娑地交代又叮嘱，众亲友的祝福声此起彼伏，没有我害怕的插科打诨和荤段子，没有让我们难堪的任何环节，都是尊老爱幼、展望前景的。对了，我们放的婚礼进行曲是《克拉玛依之歌》，后面还放了很多各位父母大人们挑选的革命老歌，整个婚礼上充满了正气和力量，很多客人包括年轻人也都温习了一遍中国革命和克拉玛依的历史，感慨颇深。

玲子的娘家舅舅说："谁设计的？这个婚礼办得好！我参加了这么多年的婚礼，这个最特别，最有意义！"

老爸招呼完亲友，拉住我的手，郑重地把我交给张华："我这个女儿，特别，奇思妙想多，希望你好好对待她！"

张华恭敬地说："爸爸，有我在，请您一定放心！"张华说这些的时候，我看到了在一边的妈妈，满脸欣慰。

◎ 银珉

笔名玉松鼠，知名网络悬疑作家。2023年新疆文化名家宣传思想文化青年英才，国家三级作家，中国作家协会会员，中国网络作家村村民，新疆作协理事，新疆作家协会网络作家分会常务副主席兼秘书长，自治区青联委员，克拉玛依市政协第九届常务委员会委员，新疆克拉玛依市作协副主席，克拉玛依市新的社会阶层联谊会常务理事，新疆生产建设兵团第七师文联委员、作协副主席，鲁迅文学院第43期高研班学员。

创作网络小说达2100万字，代表作《盗墓往事》系列丛书(网络小说名《新疆盗墓家族往事》)等探险悬疑类小说二十余部，出版成绩斐然，所有作品皆改编有声，全网点击破十亿。番茄小说、奇迹小说、火星文学、七猫小说、天涯文学、猫扑签约作家，奇迹小说驻站大神作家。

《此生，让我成为你的英雄》荣获中国作协2020年重点扶持项目。《此生，让我成为你的英雄》改编剧本荣获"网络文学IP微短剧创作扶持项目"优秀奖。《河畔精灵》荣获2024年度中国作协重点扶持项目。

黄梁

银珉

第一章 投钱问路

2020 年 6 月，我是知乎这个圈子里的财富自由的人之一，钱多少不重要，重要的是我自由了，人过三十五就喜欢闲着瞎想，是人就会想长生，我闲暇去过西藏寻密宗，去过蒙古草原问过长生，也去过新疆寻找过大小乘佛教交接的地方（一个哥们说那里有佛教至宝）……

总之，荒唐的事件我干过，科学的事情我也干过，我问了哲学家，也问了国外的科学家，他们却总是给了我模棱两可的答案，却没有让我见证任何神迹。什么量子力学、什么冥想体悟，什么 DNA 实验阶段永生，都不靠谱。

所以，我悬赏，如果你能证明或者让我永生，我的财富就是你的财富。

一直到一个男士说他能证明，并且要线下见面。恰好那天我比较无聊，又离得很近，便去了。

见面的时候，是夏天，他却戴着帽兜，皮肤苍白色。

"你的问题，我大概可以解决，也可能解决不了，不过，也请你听完我的讲述，我希望对你有帮助。"

我和你一样，也喜欢旅行，研究生毕业之后，我没像其他人一样地找工作，反而像老外一样，只要赚到一万块就继续旅行，我认为人生最美好的回忆永远在路上。

他开始讲述起了他的故事。

2021 年底，我抵达了尼泊尔，我一般不会去什么加德满都杜巴广场、帕斯帕提那神庙这样被人逛烂的地方，关于想去的地方，我有自己的看法，我喜欢问学生，没错，我找的向导就是一个大学生。我总认为大学生没有那么多的利益心，也会给我很多不一样的看法，毕竟是高知识人群，聊天也会愉快的多，而在尼泊尔能上大学的家境也不会太差。

我的向导是一个文弱、戴着眼镜的女大学生，皮肤并没有尼泊尔人的那么黑，名叫瑞亚。我觉得很好听，我将向导的价格发到了驴友群里，纷纷给我竖起了大拇指。

对不起，我只想四处走走。

我们度过了三天愉快的时光，她带我去的地方，美景让我震撼，所吃的东西也非常合口，且便宜。

在返回的那一天，我到了帕坦，离加德满都仅一河之隔，在那里的寺庙之多，超乎了我想象，但随处可见参拜的人，让我提不起丝毫的兴趣。

下午，我取消了所有的行程，坐在一家小餐厅，点了饮料，看街景发呆。瑞亚也是无聊地玩着手机，她是我请来的，只是玩手机，也不多与我交流，让我觉得似乎有点小亏。

于是，我问她还能去哪儿玩玩，只要没那么多人的地方，都可以。

她想了想，似乎欲言又止，接着，慢悠悠地喝着茶。

我好像发现了秘密，我再三要求下，她说道："我可以带你去见一个神奇的教会，凡是来了的人都会成为他的信徒。你敢去吗？"

她的眼神中透露着一丝挑衅，但转瞬即逝。

开玩笑，我什么没见过，小教会，那便是不被政府所认可的呗，在国内，这种玩意很可能被打上邪教。

我问她信吗？她认真地考虑了一下，点点头，又摇摇头，又点点头，这顿时勾起了我的兴趣。

我说道："反正无聊，我们去看看。"

我特意将翻译器充满了电，我认为今天我或许会向世人揭示一个骗局。或者，我还能将一个涉世未深的小姑娘拉回科学的怀抱。

于是，我们去了。到了地方，大煞风景的是所谓的教会在一座大山的山洞中，山洞之大也是超乎了我的想象，当真是有不少的信徒，他们有的拿着吃的，有的拿着用的，还有的双手拿着钱，很虔诚的模样。

我心头暗笑，这不过是一般邪教的拿手好戏，骗吃的呗，等不饿了，有更多粮食了，那必然是骗女人呗，最后功成名就，到另一个地方，买个大别墅，带着妻女，就算是社会化扶贫了。

不过，我还是有点紧张，我问瑞亚："他们不会有什么古怪的要求吧？比如让我穿上古怪的衣服，或者给我喂下古怪的汤水？"

她摇摇头，说道："教会希望任何人能与他们辩论，如果你赢了，可以宣布解散教会。因为他们在寻求成为神的可能。如果理论被推翻，那就是方向的错误。"

我像是进了笼子的斗鸡，大学辩论赛，我没输过。我认为今天，我会用我的认知将无知的人拉回现代，有点舌战群儒的感觉。

可接下来，我所看到的却让我的嚣张收敛了起来。我踏入山洞的那一刻，我看到了不少穿戴整齐的人进出，他们头发很整齐，有的戴着眼镜，有的穿着衬衣和皮鞋，看得出同样是高知人群。

他们有的还和我热情地打着招呼，眼中有的是一丝宁静。瑞亚说他们有的是教授。我点头，心里却安慰自己，尼泊尔的教授大概也只有蓝翔技校的水准，被忽悠那是一定的。

山洞是被改造过，巨大的木柱子支撑着顶部，墙壁也是黄砖铺设，重新刷了黄红色的颜料，我盯着上面的壁画看了起来，两边所画是一些动物，它们虔诚地跪拜。往里便是男女老少，纷纷跪拜。更令我没想到的是"鬼神"居然也跪拜，有几个人物很有点意思，有点像耶稣，还有佛祖。

再往里走，顶部的画像赫然拔高，几乎是外面壁画的三倍高，我看到了一个古怪的画像，那应该是这个教会所认知的神，看上去颇有些像人，但他的脑袋就是一个蛋的样子，没有五官，没有毛发，上身赤裸，胳膊是鸟的样子，另一侧同样脑袋是蛋，上身为人，下身却是马的样子。

我不禁想笑，这不就是西方神话里的鸟人和半人马的造型吗？！唯一不同的是它把脸给画没了。

第二章　以身入局

再往里，我看到了更大的造像，高达十米，几乎顶到了洞穴的顶端，造像应该是泥塑的，那人的头同样像个蛋，身子却与我们无异，它微微抬头，双手垂着，腿部的肌肉结实有力。

在它的下方，有很多的鲜红的手印和当季的小黄花，很多的人虔诚地跪拜着。

我看到瑞亚和一个穿着布衣的男子聊着什么，那人看向了我，我也直视着他的眼睛，据说这样可以让内心有愧的人下意识地低下头。

不过，我没有等到，他满面笑容地走了过来，说道："你好！欢迎你来到神的世界。"

我也笑了，说道："我听说，这里可以辩论，那我们什么时候开始。"

"哦！请跟我来吧。"我被引到了雕像的后面，我这才发现，里面有三个洞穴，其中一个蒙着白布，门口还站着人。

我进入了最侧面的洞穴里，洞穴很深，里面被隔出了很多的小房间，看上去，足有二十多间，头顶起初还有灯，到了最里面，便是蜡烛。

我有些担心，这样的地方要是嘎腰子，我可能跑不掉，好在瑞亚也跟着进来了。

峰回路转间，我看到了亮光，原来，我们已经走出了山洞，到了另一侧的半山腰。视线扩开，我看到了一个小亭子，连廊上都有不少人在地上铺着毯子，吃着东西，亦或者在与人交谈着什么。

所有人见到布衣男子都很亲切地打着招呼，我也是放下了心。

我被安排在了靠里的一块毯子上，上面有一个小桌子，有一些水果和茶，与我想象的邪教似乎完全不同。

布衣男慢慢地坐下，给我倒了一杯茶，说道："你可以叫我神仆，也可以叫我 A 先生，接下来的时光，我会带你见证神的存在。"

这彻底激发了我的斗志，我整理了一下词汇，看了看翻译器，说道：

"你们的邪……教会总该有个名字吧？"

"我们有很多名字，但我个人喜欢叫它去脑教。"

我第一反应就是佛教的修行，或者古印度的苦修，去除七情六欲，方得极乐。

"去脑？是去掉想法吗？"我实际上挖了第一个坑儿，他如果说是，那我便用佛教思想打败他，如果说不是，那就用道家思想和他谈，我们在文明上输过谁？！

他端起茶，喝了一口，轻轻放下，说道："不！就是去掉大脑。"

我差点没跌过去，我说道："你的想法很特别，人没有大脑就能成神？！"

他并没有回答，说道："你能解释一个现象吗？你回忆一下过往的记忆，是不是都是以第三人称的角度在回忆，记忆里的人看你是第三人称，你看记忆里的人同样是第三人称。那么到底是谁在看谁？这是你自己的记忆，又是谁从第三个角度来看呢？"

开篇很有杀伤力，我愣住了，我开始了回忆，我回忆起这几天的行程，好像我就是在以某个角度看着自己，那些对话却不是在和我说，而是在和另一个我说。

我说道："这是大脑的一种独特的记忆储存方式，大脑中枢神经系统的最高级部分，也是脑的主要部分。人的大脑有 100 多亿个神经细胞，每天能记录生活中大约 8600 万条信息。据估计，人的一生能凭记忆储存 100 万亿条信息。所以，记忆会以记录的形式存在，这说明不了什么。这是人类在进化过程中，产生的有趣儿的逻辑。"

"你还是没回答出我的问题。"A 先生笑了笑，继续说道，"这不重要，你刚才说到了进化，我们人类是因为延迟进化产生的高智慧的生物。在加德满都有很多的化石，我们也找到了恐龙化石，在你的国家同样找到了很多的恐龙化石，那么在漫长的历史长河里，我们进化到了如今，那恐龙为什么就不能进化？"

这算什么问题，我说道："也可能进化到了我们无法匹敌的程度，去了另一个星球。毕竟谁都不确定那场大爆炸是恐龙所为，还是该死的陨石撞地球，不过，我很庆幸，恐龙不死，何来人类。"

Ａ先生和瑞亚都被我逗笑了，气氛开始熟络了起来，Ａ先生说道："那我有第三个问题，你的身体你真的可以控制吗？"

我拿起手，很骄傲地说道："当然，我能像文明人一样和你聊天，却不是掀翻桌子走人，这就是我在控制自己。"

"那是大脑在控制你的行为，细胞呢？你也可以控制吗？癌细胞你控制不了，你每天有多少细胞死去，你控制不了，甚至你肚子上的赘肉也无法控制其生长。"Ａ先生继续说道，"但人体的存在不该是自己完全控制自己吗？"

我眼前一亮，这就是诡辩，他想从我无法控制身体全部细胞，来向我证明人类其实还有很多无法控制的东西，这就是不如神的地方。

瑞亚说道："我的情绪很多时候，也无法控制。"

我说道："这没有意义吧？人如果真的控制了身上的细胞，那我岂不是真的成了神，试问一下，这世上谁人可以做到？就是神也不行。"

Ａ先生似乎并没有听我说什么，而是在四下看着什么，他从一旁抽出了一根结实的木杆，他挥舞了一下，呼呼带风，突然，他猛地朝我砸了下来，我下意识地用手护住了脑袋。

这是恼羞成怒？看出了我的知识渊博？要杀人？

这一下终究没有落下，我从双手间看向了Ａ先生，他手里的杆子停在了我的腋下几指外，他说道："我打的是你的胸口，为何你却要护住脑袋。"

他将木杆收回，放在了一旁，我有些愤怒，我说道："因为大脑重要，我身体可以扛住你这一下，但打到我的头，我可能眩晕，我希望Ａ先生只是和我聊天，不要动手动脚。"

他马上歉意地站起身，深深地鞠了一躬，又坐下，说道："对不起，让您受惊了，刚才的实验证明了一点，你的大脑在遇到危险的时候，发出了一条指令，让你的身体全力保护大脑，但你的心脏呢？如果受到外部击打，你心脏骤停远比你脑袋挨一下，代价大得多。"

第三章 我来论证

我重新坐了下去，他又问道："那你有没有想过，你的身体可能是大脑的载体？"

我看了看身体，说道："不可能，按你的说法，鸡鸭鱼甚至昆虫的大脑都是载体，上帝好累呀，创造了这么多生命，还要给他们一一设计大脑，只能是一体吧？"

说完，我后悔了，好像我是在按着他的话术在回答问题，就在这时，有一只猫从连廊走过，他似乎想起了什么，说道："人都习惯于和智慧生物去交流，比如你和猫，因为你知道它有智慧，但你不会和一只蚯蚓去沟通，因为你也知道它没有大脑，或者说大脑很小，这也就是你不会去驯服一只苍蝇一般。"

我看着猫："你到底想说什么？"

"大脑之间在非物种间同样是有共鸣的。"

我依旧觉得此刻，不像是辩论，如果非要算的话，那么更像是他在举证，我说道："你论据已经差不多了，论证呢？"

A 先生正色道："其实我刚才已经说了，大脑如果是附着在人体上的，并不是人体的一部分，摘除了大脑又会是什么样的呢？"

我浑身一颤，这简直有点惊世骇俗，我说道："这都是什么虎狼之词？就因为我的记忆是第三人称？因为恐龙的大脑没有进化出可以造飞机？因为我挨揍的时候，抱脑袋？我控制不了我身体，所以，我要把大脑摘掉？"

他摆摆手，叹息一声，说道："我再说说我们的教会吧，我们的教会其实分裂成了两部分，一部分人认为如果摘除了大脑，人可能就成为行尸走肉，一具不吃不喝的行尸走肉，并不是神，而需要一种更高阶的附着体才能成为神，这对人类来说是禁忌。他们依据的是，当心脏被洞穿之后，大脑是最后死亡的器官，也就是说大脑与心脏并非一体，而是独立的更优于身体的存在。"

我说道："嗯！这一派很有逻辑，我个人很认可。"

Ａ先生说道："另一派则认为如果大脑没了，人的枷锁便没了，我们的身体会瞬间成为超越人类的身体，因为神是不需要思考的，身体会更快地适应这个星球的环境。自发地，超脱身体的存在。比如没用的松果体会替换大脑成为神目。"

"这……也有点道理，不过，太过于罗曼蒂克。"我在聆听，要打败对手，最好的办法就是从话语里找破绽，至少现在他露出了很大的破绽，他所说的都是想象，那我也可以想象人类没了大脑，会直接死亡，不会有这么多变化，比如人砍头之后，会死，这是常识。

"我们两派争论不休，各自引经据典，比如冥想，就必须让大脑保持不想的状态，让身体去体会自然的变化，从而达到身心放松，最终得到愉悦。我们便找来了和我们 DNA 很接近的猴子做了实验。"他说道，"我们摘除了三分之一，猴子依旧能活，全部摘除之后，供血供氧不停，猴子存活了两分二十九秒。"

这似乎已经得到了我的论证，我说道："嗯，没有脑子的猴子能活这么久，它已经很努力了。"

"你可知道这两分二十九秒发生了什么吗？"我面色凝重了起来，他继续说道，"猴子开始挣扎，它体内的多巴胺在猛增，体温开始增高，甚至摆出了很多佛教中的姿势，最终以耶稣捆绑在十字架上的姿势死亡。另外，它的额头间分泌出了一种乳白色的物质，但当它彻底死亡时，那种白色的物质变成了黄色。同样的实验，美国人做过，英国人也做过，日本人用的是真人。"

我一下想到了 731 部队，我的拳头握了握，却慢慢地松开，我说道："这几次的实验难道不能证明你们的方向是错误的吗？大脑与人体本就是一体，离开哪个部分都没有办法存活下来。"

"不！这实验的结论走向了另一个方向，猴子原本有不少的疾病，比如抓住它的时候，腿瘸了，但摘除大脑后，它的伤愈合速度是平时的十二倍，它手脚的动作速度是平时的三倍，最终，它是被多巴胺毒死的，我们得出了一个结论，人体现有的缺陷是人脑为了满足它的存在而刻意改变的。"

天空下起了毛毛细雨，瑞亚搓了搓胳膊，说道："A 先生曾经说过，我们人类是最不该出现在这个星球上的，我们没有皮毛，抵抗不住寒冷。这个星球上，除了我们，再没有直立行走的动物。我们没有任何一个器官是为了适应环境而造就的。"

A 先生赞许地点点头，说道："是的！大脑为了适应这里，让我们的手指灵活，让我们能看到，听到，闻到，摸到，为了不让我们专心地破解枷锁，大脑在不断地给我们提供七情六欲，也在让我们一直认为，人是不能飞的，人是不能在水里游的。但我们却不属于这里，与这里完全格格不入，却又统治着这里。"

"我怎么感觉你话里的意思是我们并不属于这个星球。"

A 先生说道："是的！因为我们是神，如果没有大脑，我们的身体便能够完全地融入这个星球，用身体去感受这个星球，感受飞翔，感受潜水，感受一切，我的结论是大脑是附加在我们身上的枷锁，是更高神对我们的惩罚，何时到头，不得而知。"

"这不过是你的想象，假如是另一派的走向，我们都成了不吃不喝的行尸走肉呢？"

"另一派至今已无人存在，我们也很希望有不同意见的人指正我们，让我们走得更远，可惜没有了。当然，在教会中不同的意见还是会存在，这需要更聪明的人来为我们解惑。"A 先生双手放在膝盖上，面露笑容，"我们与大自然中最不像这个星球的动物学习，比如八爪鱼，它会在受到危险的时候，变换色彩来躲避攻击，它的变化没有经过大脑，而是本能。"

第四章 关于神的辩论

"等等。"我打断道，甚至我看向了瑞亚，让她来翻译，"你基于的一切表达都是在成神后，会有的美妙变化，我便举个极端的例子，人体是没有办法适应外太空的，因为瞬间的低温和巨大的压强会让你瞬间成为一个肺部爆炸的冰雕，如果神是无所不能的，那么在太空，神也会成为冰雕，既然如此，你的推理便不成立。"

A 先生看着我，说道："我们认为适应不是一蹴而就的，它有它的过程，也就是说在超越人类的身体之间也存在个性化差异，不是任何超越人类的身体都能成为至高神，比如有的身体最多变化出翅膀，便是它的极限，有的身体不但变化出翅膀，还能在水里遨游，既然你也看到了变化，为什么不相信有的超越人类的身体不但能适应外太空，甚至还能在太阳上行走呢？"

我在尽力组织语言在寻找他话语里的破绽，但脑海中却不断地出现在进入山洞时，看到的壁画，那飞翔的鸟人和半人马蛋壳脑袋，我说道："这些依旧是你的假设，并没有证据表示人没了大脑，便可以成神。我相信这样的实验是无法成功的，我也给你一个例子，您了解换头术吗？现在的科技给猴子换了脑袋，无数次的实验，也只让猴子活了不到一个小时。事实证明换头都不行，更不要提换脑子，这有些无稽之谈。"

我感觉我的这个论据一点说服力都没有，我依旧在组织语言反驳，A 先生说道："是的！这不会成功，因为大脑是枷锁，它在受到威胁的时候，给身体一个信号，保护它，当它受到威胁的时候，同样会给身体发出指令，指令很简单：身体必须死亡。"

我又找到了切入点："对！这是人类迈不过去的坎儿。"

"不！在某种条件下，我们可以骗过大脑。比如在零度时，大脑给出的指令是休眠，你见过被冻成冰块的鱼化冻后继续游泳的吗？"

瑞亚说道："还有冬眠的熊，熊脑说：吃饱了就睡一觉吧。"

"那岂不是麻醉了大脑，就可以完成手术？！那样……"

A 先生笑了，说道："你把大脑想得太简单了，麻醉剂只用来欺骗身体的，而不是欺骗大脑的，大脑在受损后，会释放一种毒素，我们称之为死亡意志，这是不可逆的，但如果身体释放的讯号是休眠，那么在休眠状态下，我们便可以完成大脑的摘除，在绝对零度下，我们也可以让身体完成进化。"

我有些口干舌燥，我端起了杯子，一饮而尽，我说道："以目前的人类伦理，不会有任何一个国家，一个组织同意你们进行这样的实验。"

"是的！这也是大脑给予的指令，那就是伦理，但不妨碍我们对超越人类的身体进行合理的想象。"

我几乎无法反驳，我说道："我……想听听你们的想象。"

A 先生双手交叉着握着："我们认为超越人类的身体会进行三次变化，第一次，挣扎，没了枷锁后，超越人类的身体在适应周围，这个速度很快，当挣扎缓慢进入第二次变化时，我们称之为进化，人不需要听到、看到、闻到、触摸到，所以，五官便没了作用，它会消失在脸上。"

他举起了手，说道："手也无需触摸，但胳膊为了行为，依旧存在，比如会变成鸟的翅膀，方便飞行，也可能变成鱼鳍，方便游泳，当然，这是在条件需要的情况下。最终，人体会进化到第三阶段，超越人类的身体，没有瑕疵，与自然融为一体，你将看不到它，但它却存在于整个星球。"

他慢慢地将桌板翻了过来，上面赫然画着一个蛋壳脑袋，身材修长的人体，"超越人类的身体会不断地进行突破，一直到它能力的边界，当最强大的超越人类的身体足够强大的时候，它会突破这个星球，去太空，它依旧会挣扎，再进化，最终，适应宇宙，成为宇宙的一部分，那时候，对你我而言，他们便是神。"

A 先生说完，突然说起了中文，他说道："我想这个结论已经震撼到了你，我还有其他的佐证也与您分享，你们国家的文字很有趣儿，是孤立语言，英语那些都是屈折语，所以，你们把人体的零件叫脏器，心叫心脏，脾叫脾脏，肾叫肾脏，为何要用一个脏字？在你们的字典里，脏的意思是有尘土、汗渍、污垢，为何却没有说它是身体的一部分？在我看来，那是大脑看不起身体，因为它不是身体的一部分，它无法控制那些器官。所以，心死，则脑死。"

这大概是对中国的不了解，我哑然失笑，说道："您的这个解释我恐怕无法认同，没有肝脏，我们可是还能活下去的，一个脏字恐怕也有其他的意义吧。"

"那为什么你们没有说胃脏？因为这是大脑对它唯一的认可，要维持大脑运转，胃可以提供能源，便不是脏的，而是神圣的，所以，它不能脏。同理，男女性的生殖系统，也不是脏的。"

我顺着他的话说："因为排泄污物对大脑来说是必需的，否则，身体的毒会要了大脑的命。"

瑞亚翻译了过去，A 先生点点头，说道："是的！我还有一个论证，在说之前，我想问，您研究过哲学吗？"

我点点头，说道："我们的《易经》便是最好的哲学，我看过，当然，西方的柏拉图、亚里士多德、黑格尔的著作，我也看过。"

A 先生双眼有了光泽，他看着桌子上的果盘，说道："那我们交流便少了很多障碍，我想问您，您见过两个完全一样的香蕉吗？"

"这需要我解答吗？这世上不存在两个完全一样的香蕉，在中国，大概初一的学生都能回答您的问题。"

A 先生抓起了两个香蕉，说道："那您觉得这两个香蕉像吗？"

"嗯！只能说很像。"

A 先生说道："既然您觉得像，那您一定见过两个完全相同的香蕉，否则，您不会这样说像，比如，您说我和您认识的一个人很像，您一定是见过另一个人，才会说很像，对吗？"

第五章 进化与神话

我点头，却又摇头，我琢磨了一会儿，说道："是的！我见过另一个人，才会说您和他长得很像。"

"那您是在何时见过两个完全一样的香蕉呢？"

我说道："我不知道。"

"我在一种特殊的状态下见过，我称之为"神域"。或者说您有能力创造出两个完全一样的香蕉，只不过，被某种形式给限制了，您只是见过，没有抓过，或者尝过。"他剥开了一个香蕉递给了我。

我伸手接过，咬了一口，说道："我不理解您说的和神有什么区别？"

"我们不需要理解的时候，身体便会进化，进化时，会创造，来自身体的创造，或许，当您成为神的时候，您伸出左手，拿着一只香蕉，右手便会借助地球，创作出完全相同的另一只香蕉，这就是我目前研究的课题。"A 先生笑了笑，说道，"您觉得有趣儿吗？"

我点点头，说道："我需要时间，来找到论点反驳您，不过，不得不说，您的见解相当有趣。"

A 先生笑着伸出手，说道："多么美好的一天，请允许我带着您参观一下我们的教会。"

说实话，我没有心情继续看下去，这个想法如同发芽儿的种子在心里久久挥散不去。

我离开那地方的时候，依旧在想，回到了酒店，我开始查阅起了资料，我惊愕地发现似乎所有的论据都指向了这个论点。

比如，佛教的修身养性，似乎就是要让七情六欲离开大脑，这有没有可能是人体在对抗大脑的"坏"。不！准确地说是靠大脑来抵抗大脑。

比如，冥想，我发现自己能够比以前更快地进入冥想状态，是因为我能够更快地避开大脑，让身体去接触自然，我感觉我能够骗过大脑。

再比如，古印度所谓苦修成神，是将身体淬炼成不需要吸收营养，从而达到空灵，我能不能理解为让身体对抗大脑，让大脑认为身体已死，在释放死亡意志的时候，淬炼的身体能够抵抗住，从而最终携带着已经落败的大脑成神。

后来，在我的研究领域，我有了不一样的见解，我认为大脑或许是一种武器，一种专门匹配在肉体之上的添加物，它有边界，也就是说，即便没了大脑，我们进化的过程，会到一个极限，而这个极限无法抵达所谓的超脱，而借助大脑，或许可能成为真正的超脱。

它让我想到了脑域开发到百分之十左右的爱因斯坦，他突破了普通人的脑域，但依旧被限制着，是不是当我们有了超越人类的身体，再将开发到极致的大脑作为武器，我们便是真正的神。

这也只不过是我的猜想，我有点希望去脑教终有一天，能够创造出真正的神。

年轻人说到此处，已经将故事说完了。我点了一支雪茄，看着烟雾袅袅，我也在组织语言反驳这个去脑神教的论点，可惜我发现似乎我想问的他都问过了，也有了答案。

我递过去一支雪茄，说道："你叫什么名字？"

年轻人的帽兜抬了抬，很是拘谨地摆摆手，说道："我叫陈默。"

我放下雪茄，说道："你没有继续在他们的组织里做事儿？"

陈默说道："我想独立研究，不被打扰地研究。"

我看着他，说道："那今天决定见我，是为了拉我入伙吗？"

"不！我在做自己的研究，只是我没钱了，我需要钱继续研究下去。"

我来了兴趣，说道："你的研究方向是什么？"

"欺骗大脑。我想知道如果我骗过了大脑，会是什么，或者说大脑会对我做什么。"

之前他说过，两个方向，一个方向是成神，也是去脑族选择相信的方向，另一个方向可能是行尸走肉，而是需要更高阶的载体。

我说道："你为何不选择沿着成神的方向继续研究？"

这话题似乎引起了他的兴趣，他说道："我至今仍然没有完全相信他们的说辞，但我却找不到理论来反驳，那么如果我选择另一条路，或许可以证明大脑并不是一个枷锁。或者，我是说如果真的有上帝，那么大脑是不可或缺的，我证明了另一条路的正确，就可以证明去脑成神的错误。"

我笑了笑，陈默当真是不可或缺的有志青年，换了是我，我已经成为去脑教的信徒了。

我掐灭了雪茄，说道："我赞同你的想法，你总得有个方向吧？或者有一个验证的办法，总不能我不停地给你买猴子，让你去脑，观察数据吧？"

陈默抬起了头，看着我的双眼，他说道："我不需要杀很多猴子，那太残忍了。之前他们做的实验，在一分三十秒的时候，猴子身体里分泌出了一种白色的物质，但在猴子死亡的时候，白色物质变成了黄色，我复刻了实验，提取了这种物质，并且通过新鲜的蛋白质让其继续保证活性。"

我眼前一亮，说道："你发现了什么？"

陈默却并不说了，他从背包里摸出了一份合同，说道："你如果继续资助我，我可以和你共享我的资源，甚至最新的研究成果。"

作为一个成功人士，我看了合同，没什么问题，提笔签下了字，"我可以给你提供实验室，明天第一笔钱五十万就可以打到你的账户上。可以继续说了吗？"

陈默没什么心机，从商人的角度，如果钱不打到位，就算签了合同也可能鸡飞蛋打。他却是似乎放下了戒备，沉默片刻，说道："我研究时，没有钱，只能通过最原始的方法继续研究，我生吃过这种白色物质，是一种说不出来的味道。"

他说到这里的时候，我的眉头也跟着皱了起来，他……还真是个奇才。"不会恶心吗？"

陈默摆摆手，示意我不要打断他，他继续说道："我现在有理由怀疑，当年的满汉全席里的金睛火脑的真实吃法或许就是为了得到这种白色的物质，用油激发出独特的味道。但是我没有那么多，油炸不了。"

他说得我有点反胃，我不得不再次点燃了雪茄。"一直到我在一次实验中，将白色物质蒸汽化，我看到了某些不一样的东西，我觉得我打开了另一个世界的大门。"

第六章　意外合作

我刚想塞进嘴里的雪茄顿住了。他说道："当时我找了一个烂尾楼，在中间层，用塑料布包裹起来的简易的实验室。当白色物质气化后，我看到实验室外面有一个人，就站在墙角。可当我出去以后那个人不见了。我再进去，人又出现了，我呼喊那人也不理我。"

注意！我觉得这家伙可能因为想要我的资助开始撒谎了，如果前面都是真的，这里就是希望要我加大投资的表现，这样的说一半真话一半假话的投资人在北京三里屯一抓一把。

我若无其事地抽烟，陈默还是太年轻了。

"那人是什么样子的？"我故作饶有兴趣地问道。

"那是个女人。当然，隔着塑料布，我看不清楚。"陈默说道，"一直到我意识到这种白色物质可能需要进入眼睛才能看到。于是，我尝试将这种白色物质滴入眼睛，我出了实验室，我看到她的样子，差点吓死。我跌跌撞撞地冲下楼，跑去报警。"

"等等！她不至于把你吓成这个样子吧？"我不喜欢这种故事，因为看过的灵异故事实在太多了，他这个不够精彩。

"警察来了，他们没找到那个女人，反而发现了我的实验室，看到了那只去了脑子的猴子，便把我带回了警察局。我只说我在做实验，我购买猴子的手续齐全，便把我放回来了。后来，我再次回到那楼上，我用白色物质，又看到了那个女人，她似乎被困在了原地，只会绕着柱子转。我试图伸手触摸她，却是从她身上穿透而过，这让我想到了传说中的灵魂。"

我咳嗽了起来，我说道："陈默，这幻觉……额，灵魂是不是只有你能看到？换了别人用这种物质就什么都看不到？！"

注意，这就是问题关键，所有的神婆套路，与其他人不同。可我没想到的是，"不，我认为所有人都能看到。不，不，至少，大部分人可以借用白色物质看到，色盲或者色弱应该不行，我不确定。"

我不是色盲，也非色弱，那么我应该可以。

"后来，我试过去任何地方滴白色的物质，想再找到类似的，可惜没找到。"

"等等，你有两点解释不过去。第一，为何那么巧，就在实验室旁边发现灵魂。第二点，那么有灵魂的地方自然是在墓地，我不相信你没去过。"

"我来回答你的两个问题，第一，我发现灵魂就在柱子旁绕，没离开过，我敲击了承重柱，发现里面有一截是空的。我觉得是有什么被藏在里面；第二，我当然去了墓地，只是没有任何发现。所以，我认为灵魂的存在应该是某种气场，临死前的气场变成了近乎于某种我们看不到的实体。"

他的解释无懈可击，我说道："那墓地总该有一些人在临死前也不愿意消散吧？怎么都可以看到一两个，另外，为何你要用气场两个字？"

陈默说道："我在一处下水道口看到了一道很虚幻的影子，很淡，只剩下了一个脑袋，我没敢上去，只是在附近蹲着，看它怎么消散。这种气场会在午夜时分达到顶峰，白天便衰弱几分，一直到消散不见。用了四天。"

我说道："那请您继续说下去。"

"我今天已经说得够多了，您可以亲身感受一下。我的结论是这个世界上既然有灵魂的存在，便可能会有神的存在，或者叫仙。"

我说道："你的意思你见过？"

"不！我没有，我只是说可能。也有另一个可能，这个世上灵魂和其他未知的生命形式都是客观存在的，特定条件下，会对人类产生影响，所以才有了那么多的传说。"

这一次谈话之后，我感觉他身上还有很多我不知道的秘密，我和我的几个好友说了这件事儿，他们都认为是一个骗局。

"松鼠哥，你要知道，人家来骗你的时候，什么话术都会琢磨明白的，要不对不起你那一百万。"

"松哥，与其被人骗，不如我们去泰国玩上一个月，不要一个星期后，发现，你这打水漂的一百万，还真不如吃喝玩乐掉呢。"

"松鼠，我已经拿手机查过了，根本没有你说的什么去脑教，这活脱脱地拿玄学混钱的。我看哪，交给警察，如果是真的，自然也会给你一个公道。"

微醺，我没有回家，在我发迹以后，我买了一栋商品楼，顶层我是打算装成会所，还没来得及动工。

此刻，我正站在顶楼，看着夜色下熙熙攘攘的车流拉成了一道黄线。

按照合同，我明早打入五十万，并且提供实验室。我看着输入的五十万，迟迟按不了确认。我没有怀疑陈默说的是假的，因为他说服了我。我只是在担心或许此后的人生将会翻天覆地。

突然，电话响了，我一看是陈默打来的。

接起来，他很激动："松总，感谢您的信任，能给我一个地方吗？我想现在就开始。另外，我想告诉你的是有的人不需要扩界液，我给它起的名字，嗯！也能看到我所看到的灵魂。"

"好！好！他们中有人还联系了我，说是收徒，我觉得是骗人的，没有答应，只留了联系方式，我……对不起，我太激动了。"

挂了电话，我看了看手机，我不知道什么时候已经按下了五十万的发送按键，或许这就是天意。更令我没想到的是半个小时后，楼下闹哄哄的，一堆堆的设备开始运到了顶楼。看得我是目瞪口呆。

第二天睡醒，已经是早晨十一点多，我看到了二十多个未接，全是陈默打来的。

我拨过去，他兴奋地说道："我保证，明天早晨，不！最快今晚十一点，我就可以开始实验。"

我说道："这不是关键，我怎么能够看到你所说的……灵魂？"

"哦哦！按照合同是的，哈哈，我太激动了，都忘记了，您来实验室就能看到。"

第七章 扩界液体

是骡子是马该拉出来溜溜了，为此，我还专门穿上了陆战服，据说灵魂怕军人。

我赶到实验室的时候，也是惊诧不已。我的顶层窗户已经安上了排气扇，排气扇还加了水滤。实验室几乎将我这里的空间全部占满，一些瓶瓶罐罐和包装材料还堆砌在旁边。

此时的陈默正指挥着一众人拆卸安装着设备，忙得是满头大汗，我注意到他的腰间戴着一个个的小瓶子，里面的液体颜色不一。这让我十分好奇。

陈默看到我来了，说道："再给我半个小时，我马上就好。"

我一头扎进了实验室，看到了墙角的笼子里放着三只猴子，逗弄了一会儿。不多时，外面已经没了动静。

陈默满脸笑容地摸摸这个，动动那个。看到我似乎才想起我也在。

他急忙从兜里摸出了一个瓶子，说道："这是我之前实验的扩界液，不过，已经有点点发黄了，我认为效果可能不太好，我可以重新提取。"

他说着，戴上手套，从笼子里抓出一只猴子，将它固定在了一旁的手术椅子上。

我的眉头却是皱了皱。我已经开始怀疑他所做的一切，从我多年经商的过程看，在关键时刻说不过这两个字的项目，都大有问题。但自己的选择，含泪也要做完。

陈默给猴子注射了药物，说道："我注射的是兴奋剂，剂量比较大，那样它感觉不到疼痛。"

两分钟后，猴子开始活跃了起来，他开始采集实验材料。

整个过程快捷、高效，低温条件下升腾而起的淡淡烟雾，让我一度恍惚，有那么一刻，我真的相信了去脑教所说的或许大脑真的是一个枷锁。

不多时，一瓶白色的液体送到我的跟前，"这就是最新的扩界液，很纯。我觉得可以保存四十八小时。"

说着，他就要给我用，我急忙摆手，说道："等等，我有一个问题，我想知道为什么这么多次实验，猴子却不能进化？"

我不是害怕，好吧，我就是有点怕了。

陈默说道："实验失败是因为我们破坏了脑袋，我认为进化需要完整体。你看到了刚提取出的扩界液是混合血的，按照去脑教所说，血应该自成流动后，再进化。当身体觉得不是完整体的时候，等于进化失败，失败只有一个结果，覆灭。"

"那去脑教没有办法吗？"

"这个理论不是出现在近现代，准确地说，最早提出这个理论的是希特勒，他的超自然能力研究所就一直在做这个实验，他用了近万人都没有成功，后来日本的731部队也在复刻这个实验，后来美国人也在做这个实验，大都失败了。最接近成功的，应该是希特勒，我看过文献，这个实验之后，他开始培育纯德意志血统的孩子，我想为的就是成完美的神。"

"日本那帮狗杂碎，呸！那按你说的尼泊尔的实验大概更人性一些咯？"

"不！他们的研究成果一直在退步，甚至只能借用前人的数据，因为没有活体人类来给他们做实验。"陈默说道，"松鼠总，您到底要不要看灵魂了？"

我下定了决心，说道："来吧，你怎么确定这里有？"

陈默说道："这里没有，昨晚我就看了，我想带你去我之前的实验室所在地，烂尾楼。"

车很快到了地方，这烂尾楼果然适合做实验室，路都没修完，到处杂草丛生。楼也只是完成了大概。

爬到了顶楼，还能看到塑料布围起的简陋破棚，里面的瓶瓶罐罐还能看到。

陈默说道："来吧。"

我看着他手里的瓶子，说道："你确定可以看到？"

"你不信我？"

我突然有点后怕，一路走来，我没留意陈默是不是换过。如果他对我有企图，我失明怎么办？

我还在考虑，他已经拧开瓶子，对着自己的眼睛滴了几滴。他看向了承重柱，喉头动了动，这是人在害怕什么的时候的表情。

"嗯！她在！"

陈默转过头的一刹那，我的心跟着颤了一下。我们所站的地方是一片阴暗处，他的眸子白亮得吓人，像是野兽，又像是神明的凝视。

我下意识地接过了瓶子，一点点地压出白色液体，抬头滴在眼眸上。

扩界液挨着眼眸的刹那，我下意识地闭上了眼。

那是一种冰凉感，并没有不适，反而更像是一种恩赐，液体在我眼中消散，似乎很快地进入了我眼睛的后面，那是大脑，不对！就是眼睛的后面。

我呼地睁开了眼睛，视线没有从模糊到清晰，而是一种前所未有的通透，我的周围没有了黑暗，甚至角落我看到了爬行的壁虎的爪指。

太奇妙了，忽然，我的眉心处有一种灼烧感，这种热仿佛激活了我身体深处的某种东西，灼烧感透过眉心，扩散至全身。我的手心全是汗。

这种感觉不是不好，也不能说好，是一种发烧的感觉，大脑却异常清晰。

"你能看到灵魂吗？"

第八章 灵魂破案

被他一叫，我回过神，看向了承重墙。

我啊地大叫了起来。

在承重墙下有一个女人，她骨瘦嶙峋，背部有一团黑气不停地扩散着，黑色的头发如同草芥一般地拧在一起。

我深吸一口气，小心翼翼地侧步想看到这灵魂的样子，她的胸干瘪，胸口处也有一团黑气冒出，手指甲很长，苍白地搭在承重柱上，嘴巴只剩下半张嘴唇，一动一动地。

我看到了她的眼睛，浑然地苍白。这吓得我不停地后退。

忽然，我被人狠狠地拉住，朝前一甩，我跌到了这灵魂的脚边。她的腿犹如龟裂，一缕一缕的黑气顺着龟裂扩散出来。

"啊！"我大叫了一声。

陈默一把扶住我，"松鼠总，您刚才差点跌出平台，幸亏我拉住了您。"

陈默无疑是我现在的救命稻草，我用力地将他拉住。

他说道："放心吧，她不会有任何动作。"

说着，他伸出手摸向了灵魂，那手竟然洞穿了灵魂的身子，待他抽出手，上面有一缕黑气沾在手上。

我说道："你……你的手。"

"不要紧，一会儿离开这里，太阳一晒就没了。"

此时的我已经感觉好了许多，我伸出了手，在接触到灵魂的刹那，我似乎感觉手上原本那股热气降低了些许，并没有其他感觉，在抽出手以后，我的手掌上有一片乌黑。

这是一种奇妙的感觉，就好像我小时候，第一次摸癞蛤蟆的背，那种紧张，那种冰凉。

我急忙走到太阳下，伸出手。阳光照在手上，我似乎看到阳光中有某些火亮的东西在吞噬那黑气，大概五分钟，黑气消散，而我的身上也有了暖意。

我回过身，再次看向了灵魂，却什么都看不到了。

这……是全息投影?

我四下看着，试图找出可能有人藏在某处，弄出的什么高科技玩意，最后的意图是想卖我这种吓人一跳的玩意。

可惜，我没找到。

陈默说道："阳光可以消除黑气，同时，也可以让扩界液失去效果。"

我正要继续滴，陈默说道："我一天最多只能用三次。"

我愣住了，说道："超过三次会怎么样？"

"你会头痛，之后特别疲倦，倒下睡觉之后，可以睡整整一天，醒来也是浑浑噩噩的。"

"为什么会这样？"

"我个人认为基于大脑是个枷锁的论证，这是大脑对身体的惩罚。身体想超脱大脑的控制，两者角力之下的结果。"

我们离开了烂尾楼，车往回开，我问道："我根据你刚才说的理论基础，扩界液会不会是一种能量，提供给身体去与大脑抗争，那如果我源源不断地提供，身体会不会干掉大脑。"

"有这个可能，不过希特勒的超自然研究所做过这个实验，将人眼撑住，泡在扩界液中，结果是，人死了，死相很难看，用手扒开了胸膛，捏碎了自己的心脏。"陈默说道，"这好比你拿着大刀打仗，对方拿着的是加特林，不论怎么打都是个死。当然，人海战术硬堆，是有可能赢的，只是代价是什么，谁都不知道，或者说，这代价人类承受不起。"

回去之后，陈默继续他的实验，而我则像是拿到全新玩具枪的孩子，不管有没有目标，只需要四处开枪就可以。

我跑到了墓地，果然，没有发现灵魂。我去了停尸房，很多时候，只有一刹那能看到灵魂，却大都在十五分钟左右，消散了。甚至我还去妇产科，看了堕胎后的女子，会不会有所谓的恶灵，结果也没看到。

忙碌了一周，我的新鲜感也过去，始终没有再没有任何发现。

我将这件事儿告诉了我当警察的朋友，我只说我一个通灵的朋友带我去了一栋废弃的大楼，他说在三楼的承重柱里有可能有一具女尸。

我警察朋友自然是不信这些的，但第二天，他给我打了电话，说能不能让我朋友带着去他所说的烂尾楼。

他告诉我，第二天查了资料，发现了端倪。那栋烂尾楼之所以烂尾，是因为董事长说女秘书带着所有的钱远遁出国，他公司破产，没办法继续盖楼，因为抓不到女子，便只能等待找到人。而那家公司破产清算后，楼也只能烂尾。

我看了那女子的照片，我吓了一跳，这不就是那白眼的灵魂。

我到了地方，我警察朋友二话不说，抢起大锤砸向了承重柱，没几下，一大块水泥落下，连带砸落出来的赫然是一个骷髅头。

警察叫来了同僚，我则是被带去问话，而陈默的实验室，也只是被当作流浪汉的居住地，当垃圾清理掉了。

"松鼠，你那朋友当真是厉害，我们已经立案抓人了。有机会将你朋友带出来，让我们也认识一下，有的东西不信不行呀。"

"那骷髅的是什么情况？"

"我们将尸体拼接了，胸口被钝器洞穿而死，之后浇灌进了承重柱中。幸亏发现得早啊，如果再过个十年，这骷髅可就被水泥给腐蚀掉了。"

"那就是说，董事长杀了女秘书，嫁祸给了她？"

"别问，我可不透露案情，差不多吧。"

现在我有了一个认识，要形成灵魂的前提条件就是冤死的，想必女秘书的冤气很重，所以，不消散。

我再次返回了烂尾楼，滴了扩界液，我发现灵魂已经几乎于消散，这就很玄妙了。

接下来几天，我在玄学和量子力学间来回地学习。

是不是沉冤昭雪会让灵魂消散？那灵魂就是有思维的。如此，从量子力学的角度来看，灵魂便是一种人更高层次的能量存在？！

这种没根据的研究不适合我，很快，我就又失去了兴趣，因为各种猜想似乎都对，又似乎都不对，不论是从玄学中找答案，还是从量子力学中得结果，都是徒劳。

我去看了陈默，他正拿着小白鼠做着各种去脑实验，他说要在不伤害动物头颅和皮肤的情况下进入大脑，摧毁大脑，看能否解放身体。

第九章 我能见鬼

无趣之间，我读着陈默的实验报告，更加索然无味。甚至于我对成神的事儿也有些兴趣寡淡。这好比你知道了有神的存在，神却不见你。你费尽心机地想对话，却似乎更加缥缈。

就在这时，我看到了实验本夹层里的几张名片。名片上写着：云海居士，华夏玄学工作室。

三元玄空地理风水师 练空法师。

还有一张，只有一个姓名和一个微信号，玄白，yusongshu520

我问道："这些名片是怎么回事？"

陈默停下手中的实验，说道："我曾经告诉你，有的人不需要扩界液也能看到灵魂。大概是我用扩界液的第三天，我看到一个，它只剩下脑袋，也是我第一次发现可以游走的灵魂，我跟了上去。我发现也有人在追它，后面还跟着一群人。"

我这才想起来，他是曾经说过。"我走到灵魂身边的时候，那个人只是挥了挥手，灵魂便不在了。他看我也能见到，便问我是不是也看到了，我回答是。他便走了，但剩下的人却要加我的联系方式，有的给我塞了名片。"

"你没联系过？"

陈默说道："我说了，我做独立研究，我不希望别人的思维影响我，而且我觉得他们对我没什么用。顺手帮我丢了吧。"

我倒来了兴趣，离开实验室，我拨通了第一个电话。

缘主，您好，您找到我就是有了烦心事儿，我可为缘主帮上一帮。我是河南云海居士，擅长八字、相面……

我不等他继续，挂了电话。我感觉这些人大概就是我们常说的江湖骗子。

接下来，几个电话都是如此。一直到只剩微信号的名片，我不抱希望，顺手加上，一直到晚上才通过，我还没问，那人先回复道：你在哪儿发现了灵异事件，你可以不用出面，交给我就行。

这比自我介绍自己是什么高人来得直接。

我说道："我想见面聊聊。"

半个小时后，那人回复：午夜三点，大丰修理厂马路对面等我。

这是什么约见方式？！哪儿有晚上三点见面的。

不过，我还是去了。甚至至今我都说不出为什么那晚我要去。

午夜三点的大丰修理厂除了几只野狗不时地跑来跑去外再没了其他人，车都没几辆过来。

突然，有人拍了拍我的车窗，"是你加的我微信吧？"

待我看到来人，已经有了想走的心思，这人一身的机油味儿，穿的也是修理汽车的衣服，还有油污。明明是二十来岁的小伙子，脑门前却是一撮白毛。

"是我，不过……"

"说说你遇到了什么？我还有两个客户需要去见。"

他直接打断了我，我说道："我能看到平常人看不到的东西。"

"你遇到了什么情况，我再问一次。"

这一下算是把我问住了，我不可能出卖陈默的信息。我还在考虑，他却转身就走。

我急忙下车，"喂，我能看到灵魂……，我想多了解一些，如果你需要我的帮助，我也可以帮你。"

那人不理我，一个转身，便消失不见。

人大概总是这样，到手的东西不会珍惜，得不到的却总要拼命。

第二天，我叫我的秘书做了一个调查，很快就有了消息。

这人叫何其正，听到这个名字的时候，我正在喝茶，这口茶差点喷出来。"凉茶？"

"对！他的外号就叫凉茶。在里面是个打工仔，不太爱说话，老板对他也不是很好。"

"大丰修理厂，我记得十年前，那边的生意不错，后来有了高速，只过大车了，想来生意不会好，给我入股大丰，不行的话，收购了。"

这事儿办得很快，下午，秘书便签了合同。

我二话不说，开车直杀大丰修理厂。

老板的腻腻歪歪我压根儿不理，打发掉后，我直接开会。

我看着六七个脏兮兮的修理工，冲人群末尾，低着头老神在在的何其正，说道："何其正，以后这里你负责。我没有要说的，好好干就是了。何其正留下，其他人解散。"

何其正也没想到我能一下叫出他的名字，跟着我进了办公室。

我说道："现在我们可以谈谈了。我说过，我能看到普通人看不到的东西。"

"所以，你就为了和我说这个，买下了大丰修理厂？"

我说道："钱对我来说，没什么用，我只想知道这个世界运转的真相。"

"那我辞职。"

你大爷的！还摆上了。

我说道："男人冲动不是什么好事儿。这里对我来说，可有可无，你走了，这里的五个人我也会辞掉，这里，我也会再卖掉。"

我也是在赌，好像他并不太受周围人的待见。

终于，他一屁股坐了下来，说道："我只是大师的记名弟子，也只教了我一手。"

"什么？"

"超度"

这个名字听上去高端大气上档次。

我说道："你能看到灵魂吗？"

"不能，但是我能摸到。"何其正说道。

"能带我见见吗？"

何其正想了半天，说道："那今晚三点。"

"为什么要在午夜三点？"

"那时候的阴气最强，我摸得更真切。超度才会更彻底。"

回到了办公室，我还在琢磨何其正的话，我有了几个发现：

第一，他说他是某个人的记名弟子，也就是说在这个世上，还有人比他更厉害。

第二，有专门克制灵魂的办法。比如超度，可能还有其他的方法。

第三，何其正看不到灵魂，但是可以通过办法摸到，或许可以给陈默提供更多的帮助。

这是一种未知的兴奋，我特意问陈默要了最新制造的扩界液。

午夜三点，我去了约定地点，居然是跨河桥下。

刚入夏时刻，还是有点凉意。我裹紧了外套，坐在桥头抽烟。

何其正久那么晃晃悠悠地从黑暗中走了出来。

"下桥底，我们可以开始了。"他的手里拿着厚厚的一沓纸。

第十章　诡异小娃

"等等，能不能告诉我这里有什么？"我问道。

陈默一边将一些黄纸拿出来，随意地丢在地上。

桥下，河边是一片小公园，远处是一排小吃店。此时，也早就关了铺面。

"五天前，一户人家的狗跳河，捞上来已经死了。三天前，有七个人在这里摔倒，还有一个男的掉到河里，不过被人拉上来了。"

"这……说明了什么？"

他说的情况感觉和百魔大三角没什么区别，都说那里层层怪异，其实和其他海域比起来，大差不差，全是人为的效果。

"白天，我在三个地方放了三只鸟，鸟儿没有一只朝着这个方向飞，所以，这里一定有东西。"

"你们这一行对这些有统一称谓吗？"

"不知道，我喜欢叫灵魂。"

我说道，"关键问题不在这里，灵魂和鸟儿有什么关系？"

"鸟儿的生命力很低，它感知也会比人类敏感，它靠近不好的东西会下意识地远离。"

我好像明白了，当时，我发迹的时候，找了一个风水师，他让我在风水位旁边养几尾鱼，如果鱼死一两条，没什么，但是一晚上死三条，就意味着我们的风水出了问题。因为鱼比我们更脆弱，风水变化，它感知更清晰。

何其正从挎包里拿出了一摞子纸钱，一张一张地沿着河边丢了起来。

有一张飘到我身边，我顺手接起，看到上面用朱砂点了几笔，看不懂点的是什么。

他说道："你注意一下，如果纸钱飞起，便是遇到了灵魂……。"

"啊？你的意思灵魂就在我们身边？"

我吓了一跳，我以为他可以用纸钱让灵魂现身，我急忙将扩界液滴在眼睛上。刹那间，夜晚的景色我似乎可以看得更远，更清楚些了。

不过，我却没有发现任何不对劲儿。

"灵魂会不会在河里？"

不知为什么，我看向了河里。没滴扩界液，我看河水的颜色还能分辨个一二，可是滴了之后，看到的却是一片乌黑，甚至波浪也是一片乌黑。

在乌黑中，我没有发现任何不同寻常的地方。

"不会的，如果河里有什么，已经有厉害的师傅拿下了。"

走在前面的何其正还在一张张地撒纸钱。

不远处，路边有一个小孩儿，蹲着，正拿着一个小木棍儿在那里戳土。

我急忙让开，朝着周围看。第一次见到女灵魂的时候，着实吓了我一跳，那样貌，晚上做梦都会吓醒。我琢磨着怎么也该是一副人身，但面孔极其吓人的样子。

那男孩儿正拿着小木棍儿戳着纸钱，似乎很有趣的样子。

我纳闷谁家的娃儿这么晚了，也不回家。我并没有在意，因为我们所在的区域就是城市打工人的聚集地，娃儿三更半夜跑出来的也不少。

我们一直走到了临近公路上，算是把纸钱撒完了，却什么都没发现。

我一度觉得恐怕何其正也是徒有其表，故弄玄虚，让我以为是高手，其实是个草包。或者说有的灵魂是不可以被扩界液看到的。

我琢磨了一路。

何其正说道："走吧，我们往回走，注意纸钱，如果动了，便要小心。"

我回头看去，黑暗中，那纸钱上的朱砂印记很是分明。

何其正很快走到了那小娃儿身边，他停了下来。

我说道："也不知道谁家的娃儿这么晚了也不回家？"

"什么？"何其正疑惑地看向了我。

"也对啊，晚上三点了，娃儿是不是走丢了呀？"我说道，"小娃儿，你家大人呢？"

我冲着还在抠地上纸钱的小娃儿说道。小娃儿对纸钱很感兴趣，正捡起来往嘴里塞。

"我没看到任何人，你说是个小孩儿？"

何其正的话让我暗自吃惊，我急忙蹲下身子，看向了小娃儿。

我这才发现了不对劲儿，他浑身湿漉漉的，脖子的地方居然朝里凹陷，就好像被什么东西给扎紧了。

我几乎趴在地上，待我看清楚他的脸，我啊地朝后退出两三步。

"灵魂！小娃儿是灵魂！"他的眼睛全部翻白，嘴巴没有合拢，鼻子里还在不停地流出水来。那纸钱被他塞进嘴里，又掉出来，反复如此。

"你看到了什么。"

"是个小孩儿，浑身是水，在……在吃纸钱。"

何其正朝着小娃儿的地方伸出了手，"是这里吗？"

他的手一点点地穿过了小娃儿的身子，两指夹在了那张纸钱上。

小娃儿就像被人拿走了心爱的糖果，居然一手抓着纸钱，伸着脑袋继续咬纸钱。

"它在你手上！"

何其正冷静地说道："我知道。"

他的另一只手摸向了腰间，从里面摸出了一个小纸人，纸人全红，他一下拍在了纸钱下方。

那小娃儿似乎找到了更好吃的东西，一口将小纸人吞了下去。从何其正的视野中，他看到的是纸人一点点地下落，那速度似乎就像是悬浮在了空中。

就在这时，我看到小娃儿脖颈处一股股的黑气溢出，速度非常快。转瞬间，小娃儿便只剩下了一个脑袋，接着变淡，最后消失不见。

当红纸小人完全落地的时候，我发现它已经褪去了一层红色，胳膊位置已经完全变白。

何其正说道："你果然能看到，过段时间，我师傅会来，他可能会对你感兴趣。"

说着，就往回走。

我急忙说道："等等，你能不能给我解释一下，为什么这红色的小纸人能够超度灵魂？"

"我也不知道，师傅给了我不少，说用完之时，便是等待契机，可以正式入门。"他小心翼翼地将小纸人收入包中。

"你这纸钱上的红点是用什么点的？"

"朱砂，小纸人上也应该是朱砂。不过，有没有别的手段，我不知道。"

"那小娃儿脖颈处有黑气，那是什么？"

"我不知道，我看不到。我只知道我这么做可以让灵魂消失。"

"最后一个问题，你这一招儿为什么叫超度？"

第十一章 梦回

何其正说道："我师傅教我的时候，就给我说了这个名字。"

好吧，等于什么都没说。

他却是似乎陷入了某个回忆，"我曾经也有一次见到了灵魂，也是我被师傅收下的日子。哎，怪我自己不争气，只被记名。"

我是看过玄幻小说的，那不入流的都是记名弟子，不知道需要达成什么样的能力才是内门弟子。我居然不知道这个世上还有这种，暂且叫门派？

"你所在的门派你了解不？比如长老，内门弟子，什么的。"

"了解一点。内门弟子是有天赋的，对灵魂有天生的认知的。只有这种人才能与之过招。至于长老什么的，我不够格，也不知道有没有。"

又等于没说，"你遇到过更厉害的灵魂没？"

在烂尾楼里的灵魂不会动，但这次的小娃儿却能吃纸钱。

"如果遇到更厉害的，我大概率会死，不过我死了，它的日子也不会好过。大概会和我同归于尽。"

这一晚的告别，我回到家里，在纸上写下了几个字：超度、门派、朱砂几个字。

第二日，我起了个大早，去了警察朋友那里。

我告诉朋友，在桥下可能会有一具小孩儿的尸体。大概是因为上次烂尾楼的事件，这次，朋友很重视，让我描述了一下小娃儿的长相，很快发现了又是一起失踪人口案。

说是十天前，住在附近的一户人家，小娃儿出去玩，再没回来，警察认为是被拐走的，便一直列为失踪人口。

朋友专门组织了警力去了桥下。果然，昨晚弄死诡异的地方下面是雨水的过口，纵深处有一个被渔网勒死的小娃儿尸体。

通过现场的照片初步断定，这个小娃儿应该是不小心掉入了排污口，被水流裹挟着朝着河边冲，又被垃圾渔网缠住，恰好又是在脖颈，死在了地下。因为是排污口，有一些臭味儿，掩盖了小娃儿身上的尸臭味儿。

从我的角度看这件事儿，路过这附近的人不是摔倒，就是掉入河里，会不会是小娃儿的怨念太深，他想抓住任何想抓住的东西，奈何道行太浅，最多让人摔倒。

……

滴答，滴答。

呼地我坐了起来，我正躺在病床上，我的头上插满了管子。

"松鼠先生，您醒了？！"我擦了擦额头的汗水。

记忆如同海洋一般地涌来。

我在进行一次实验，我相信有神的存在，一家游戏公司找到了我，说这个实验可以帮助我查明神到底存在不存在。

我答应了。

我擦了擦汗，说道："之前……那些都是游戏设定吗？"

"是的，专门为您设定的。您喜欢吗？"

"去脑教真的存在吗？"我拿起杯子喝了一口水。

医生笑了，说道："在漫长的历史长河中，真的存在过，放在今天，如果你希望它存在，我们可以帮您实现。"

"那就是不存在了，一切不过是造梦。"

医生说道："秦始皇和徐福之间不也是一场梦嘛。"

"如果照着梦境发展下去，我会怎么样？"

医生笑道："会成为驱魔专家。"

我看向了窗外，大树上有一张蜘蛛网，网上挂满了水珠，蜘蛛在网的中央，那些蜘蛛网上的小水珠看似是食物，却不是食物。

但对看着它的人来说，或许比光秃秃的网更漂亮。

我将水喝完，重新将头盔戴好，说道："带我入梦。但我不要什么驱魔，我要成神。"

如果真的没有神，那就在我的梦境中成神吧。

剧本

◎王诗庆

　　1982年1月生，山东济南人。无党派人士，克拉玛依市政协第九届委员会委员。中国电影剪辑学会会员、克拉玛依市戏剧家协会副主席、电影家协会理事。中国文联文艺研修学院"少数民族地区文艺骨干"成员；现任克拉玛依牧羊人影视传媒有限公司出品人、编剧导演。

代表作品：

　　献礼电影《西北之北》总导演；
　　重点扶持电视剧《欢乐一家亲》总编剧、总导演；
　　中华人民共和国成立70周年国家广电总局、央视《歌唱祖国·一首歌一座城》献礼片特邀导演；舞台剧《觉醒》编剧导演；
　　舞台剧《木偶奇遇记》编剧导演；
　　舞台剧《父辈的丰碑》编剧导演；舞台剧《谁是王延明》编剧总导演等。

话 剧

觉醒 1919

编　　剧：侯艺　王诗庆　尹德朝

艺术总监：戈弋

美术总监：付克

导　　演：王诗庆

出　　品：克拉玛依市图书馆

承　　制：克拉玛依牧羊人影视传媒有限公司

主要演员表：

顾维钧……31 岁，男，富有正义感的中国公使

林正楠……29 岁，男，法国留学生，顾维钧的朋友

周清如……26 岁，女，林正楠未婚妻

安　妮……20 岁，女，代表团聘请的助手，法国女孩（故事的讲述者）

陆征祥……48 岁，男，中国公使总长

王正延……37 岁，男，中国公使

施肇基……42 岁，男，中国公使

魏宸祖……34 岁，男，中国公使

克里孟梭……78 岁，男，法国总理，巴黎和会主席

牧　野……34 岁，男，日本公使

其他角色：美国总统威尔逊、意大利首相奥兰多、日本前首相 * 首席
代表、英国首相劳合·乔治、游行学生、报童、警察、留学生、群众

第一场

【场铃响】

【幕启，起光】

【安妮抱着一个纸袋上，纸袋里装着面包】

安妮：（气愤的）我恨这场战争，我诅咒它，战争使我这个所谓的巴黎贵族家庭的女儿，失去了一切，如果不是顾维钧，我和母亲可能会经常饿肚子，该死的战争！

（平息了一下自己的情绪）庆幸协约国胜利了，饱受帝国主义侵略的中国民众，将"归还德国在山东全部权益"的希望寄托在明天在凡尔赛宫召开的和会上。

我是谁？我叫安妮，是代表团聘请的商务秘书，也是顾维钧公使的房东。顾维钧是谁？他是作为战胜国之一的中国派出参加巴黎和会的五人代表团成员之一，当时的驻美公使。

旁白：1918年11月11日，第一次世界大战在经历了4年零3个月，卷入了33个参战国，死伤3000多万人后，终于以协约国的胜利而结束。"一战"中，中国加入了协约国的一方，虽然没有直接参战，也向法国派出了14万余华工进行战地劳作。协约国胜利的消息传来，饱受帝国主义侵略的中国民众将"归还德国在山东全部权益"的希望寄托在所谓"维护公平正义"的巴黎和会上。（指定一人说，说完后灯光隐去，巴黎街头区起光）

【[巴黎街头，陆征祥坐在路灯旁的铁艺座椅上（擦拭着手里的拐杖），顾维钧（手里端详着礼帽，不时地看看表）]

陆征祥：维钧，（把手里的拐杖放在一边，走上前几步，无奈地看着顾维钧）我们这次的和会交涉可谓困难重重，废弃外国在华的势力范围，撤退驻华军队，归还租界，关税自主等等这些七项希望达成的提案，已经是付之东流，成为不可能之事。

顾维钧：是啊，陆总长，（拍打了一下礼帽，戴在头上）标榜公意的会议决策机构完全控制在美英法日手中，目前只能希望在山东问题上有所突破。

陆征祥：（陆征祥站起身往前走了几步）前途可虑啊，和会更像五国会议，我们只是看客，他们每一个国家都会与另两个国家互为对手，而又都能与另两个国家的任意一个联手。一会儿是英法联合反对成立国际联盟，气得威尔逊要退出和会。一会儿是英美联手制止法国过分地削弱德国，气得克里孟梭摔门而出。律师出身的劳合·乔治把合纵之术发挥到了极致，时而拉着法国一起对付美国，时而同美国结成联盟压制法国，为英国捞取了大量的好处。

顾维钧：陆总长，好在他们存在矛盾，目的又各不相同，这两次和威尔逊见面，他提出反对秘密条约，这有可能会帮助我们的，只是日本野心勃勃，山东问题想要妥善解决，还是要费一番周折的。

陆征祥：就怕口惠而实不至啊，我们不能过分相信他们。

（王正延、施肇基、魏宸祖三位公使从台左上）

王正延：陆总长，刚刚得到消息，我们出席会议的代表名额又有变化！

陆征祥：什么？（惊讶地挥舞着拐杖）开会在即，怎么会临时变化！

施肇基：消息应该错不了。

魏宸祖：我已经安排安妮去确认。

（安妮从台左疾步上）

安妮：你们都在呢，我刚去秘书处确认过了，中国原应该获得五个代表的席位，现在却说只能派两位代表出席会议。

顾维钧：这一定是日本别有用心的鬼把戏，他们想以质疑中国作为战胜国参加会议的资格为噱头，企图阻止我们作为战胜国与会。

安妮：和会秘书处说，席位虽然减少，但是五位代表可以轮流出席。

王正延：陆总长，席位的多少可关系到谈判的利益啊！

陆征祥：这我当然知道，但是小不忍则乱大谋。

魏宸祖：还要忍？难道中国的忍耐还不够吗？（疾步走向台前，面对观众）在废除二十一条和山东的归还的问题上，我可以忍，你可以忍，中国同胞能忍吗？

施肇基：这不是忍不忍的事啊，弱国无外交啊！哎！

陆征祥：若是发牢骚可以解决问题，你继续发好啦！（沉默几秒）维钧，你一直在研究山东问题，我，我身体不太舒服，（扫了大家一眼，目光停留在王正延身上）你和正延作为代表出席会议吧。

顾维钧：这…… 好的，我会据理力争的。

（说着陆征祥从台左下，施肇基，魏宸祖跟着下，安妮回头看了一眼顾维钧也追了下去）

（王正延拍了拍顾维钧的肩膀，两个人看向远处，灯光隐去，暗场）

（暗场，会场嘈杂的人声音效）

（起光，台正中的主席台上坐着法国总理克里孟梭、美国总统威尔逊、意大利首相奥兰多、日本前首相＊首席代表、英国首相劳合·乔治，台左站着顾维钧和王正延，台右站着日本公使牧野，克里孟梭敲了三声木槌）

克里孟梭：诸位代表请安静下来，感谢上帝，生于不义，自当死于耻辱，德国和奥匈帝国战败了，我们胜利了！现在请日本国代表牧野男爵，陈述日本政府关于中国山东问题的观点。

（牧野从五位代表面前走过，致意，走到台中，一副踌躇满志的傲慢神态）

牧野：主席阁下，关于中国的山东问题，我们日本政府和中国政府早在 1915 年就签订了"二十一条"，我看无须在这个会上来讨论了。

克里孟梭：那么你的意思是不需要再发言了？

牧野：不，我要说的是，我想告知中国代表，战时我们日本对协约国是作出了重大贡献的。而中国，却是一个未出一兵一卒的战胜国，称他们是所谓的战胜国，简直是无稽之谈？我真的不知道，他们站在这里的原因是什么？总理阁下，我的陈述到此结束。

（牧野说罢看了一眼顾维钧和王正延扭头走回原位）

克里孟梭：现在请中国代表发言。

（顾维钧手里拿着几张照片走到台中，对五位首相和参会代表致意）

顾维钧：尊敬的主席阁下，尊敬的各位代表，我很高兴能代表中国参加这次和会，刚才牧野先生说，中国是未出一兵一卒的战胜国，这是无视最起码的事实。在我发言之前，先给大家看几张照片，这是在战争期间中国派出的劳工，不完全统计就达十四万之多，他们遍布欧洲战场的各个角落，他们和所有战胜国的军人一样，在流血，在牺牲。我想请大家再看这张中国记者在法国战场上拍下的华工墓地的照片，这样的墓地在法国、在欧洲就有十几处，他们大多来自中国的山东省，他们为了什么？就是为了赢得这场战争，换回世界的和平和安宁，现在，牧野先生应该知道我为什么站在这里了吧？

（牧野气得把帽子扔在靠近顾维钧站立的地上，顾维钧弯腰捡起，走到牧野跟前做了一个给他戴帽子的假动作，然后拿着帽子走回原来的位置，牧野气得咬牙跺脚）

顾维钧：牧野先生，请先收起你的愤怒。日本，这个栖息在贫瘠小岛上的国家，对中国物产富饶的胶东半岛垂涎三尺！请问，你，牧野，你把帽子砸向我，我不还给你，你很愤怒，你应该愤怒！那我问问你，你们在全世界面前厚颜无耻地来抢山东？山东省的三千六百万人民该不该愤怒？四万万中国人该不该愤怒？

（群演自由组织语言讨论，对顾维钧指指点点，有的轻轻鼓掌，舞台上出现一片哗然）

（法国总理克里孟梭敲击木槌示意现场安静）

顾维钧：我想问一下在座的各位代表，日本的这个行为算不算是无耻？是不是极端的无耻？

顾维钧：山东，是中国文化的摇篮，**（顾维钧走到牧野跟前，把帽子递给牧野，牧野无奈地接过帽子，牧野尴尬地左右环顾又无地自容）**中国的圣者孔子和孟子就诞生在这片土地上，孔子犹如西方的耶稣，山东是中国的，无论是经济方面，还是战略和文化方面，中国都不能失去山东，就像西方不能失去，耶路撒冷。

（群演再次自由组织语言讨论，有的点头，有的摇头）

顾维钧：因此，我们中国代表深信，此次会议在讨论中国山东省的问题上时，会考虑到中国的基本合法权益，维护国际和平，否则，将有无数战争的灵魂将不得安息，世界不会得到安宁，我的发言结束，谢谢！"

（一片掌声，灯光隐去）

（台后传来卖报童的声音）

卖报童：快看，快看，一个真正减掉了辫子的中国人在和会上的精彩发言！

（起光，声音由远而近，一个卖报童从台左上，从台左上的林正楠和周清如找报童买了一份报纸）

（顾维钧和安妮从台后走出，看见他们出来，林正楠和周清如迎上去）

林正楠：维钧！会议的情况我们听说了，你太棒了！大家对你的发言都称赞有加！（很兴奋）

顾维钧：哪里，我只是尽己之责。（看到了周清如），你是周清如吧？好多年不见了，你怎么也来巴黎了。

周清如：维钧，真想不到，我们会在巴黎见面。我也是才来了两天，正楠到了巴黎也不闲着，和在北京一样，不好好在学校学习，不是运动就是搞什么示威，我实在是不放心，过来看看。

顾维钧：你还是那么操心，奥，我给你介绍一下，这是我们代表团聘请的事务助理，安妮，你在巴黎需要帮忙就找她。

安妮：你好，有什么事我会尽力而为。

顾维钧：安妮，这是周清如，正楠的未婚妻。

周清如：先谢谢你了，安妮，很高兴认识你。

林正楠：好了，我们别站在这说话了，维钧，我们找个地方庆祝你的首战告捷，对了，下次你准备怎么对付他们？走，找个地方好好聊聊。

（大家聊着从台右下，灯光隐去）

第二场

（起光，中国公使馆驻地会客厅）

（顾维钧在桌旁坐着看一封家书，表情愉悦，安妮拿着报纸走上来。）

安妮：顾公使，您看上去很愉悦，我没有打搅到您吧？

顾维钧：没有打搅，家里来信了

安妮：看样子家里一切都很不错。

顾维钧：烽火连三月，家书抵万金，在异乡收到家人的讯息让我很宽慰，孩子们也懂事了，信上说他们已经会背诵唐诗了。

安妮：那的确很棒，是您夫人教他们的吗？

顾维钧：（叹口气，把信放在桌子上，望向窗外），在我来法国之前，孩子的母亲被流感夺走了生命。

安妮：很抱歉，我为您和孩子感动悲伤。

顾维钧：没关系。

安妮：（故意转换话题）顾公使，您什么时候有时间了也教我读唐诗？

顾维钧：这个自然不成问题。

安妮：那我们就一言为定。对了，我是来给您送这些报纸的，这上面有对您和会上演讲的评论，有法国的英国还有比利时的报纸。

（顾接过翻看）

顾维钧：谢谢，看看他们说些什么？不知道对谈判有没有作用？

安妮：我有个想法，将来有机会，我一定要到中国去看看。

顾维钧：欢迎啊，我可以做你的向导。

安妮：我很期待那一天的到来，您先忙。

（安妮转身准备从台右下，碰到了林正楠和周清如。）

安妮：周小姐、林先生，你们是来找顾先生的吧，他就在那。

（指了指，下场。）

顾维钧：周清如、正楠，你们来了。

林正楠：维钧，我和清如来看看你，清如这次过来还给我带来了国内的《新青年》杂志，（把杂志递给顾维钧，顾维钧接过杂志）这本杂志编得真好，你看过了吗？

顾维钧：（翻看着杂志）我从美国直接到的巴黎，已经好几年没回国了，哪有机会看到，不过我也听说过，这些你借给我看看。

周清如：这是北京大学的李大钊先生让我带给正楠的。这些新思想、新理论，正楠简直是为之着迷。维钧，你听说过李大钊先生吗？战争胜利后，他发表的《庶民的胜利》的演讲，很是轰动。

林正楠：是啊，这是最近一期的《新青年》，上面刊登有李大钊先生这次演讲的文章，我看了，他讲得太好了"这回战胜的，不是联合国的武力，是世界人类的新精神；不是哪一国或资本家的政府，是全世界的庶民！"

周清如：维钧，你看正楠，说到李先生他一下就激动了，在国内，他就是大钊先生忠实的追随者，到了巴黎还继续同李先生保持联系，

顾维钧：还是你了解正楠，（说着放下杂志拿起书翻看）他前些天还和我讨论《共产党宣言》，他很赞成消灭私有制，推翻资产阶级的统治，以无产阶级专政代替资产阶级专政的观点。

林正楠：不对吗？（严肃起来）辛亥革命的枪声终于给绝望的中国带来了一线的曙光，但是袁世凯依仗其掌握的北洋军，窃取了临时大总统的位置，军阀势力在各地纷纷崛起（无奈，叹气），所谓的"中华民国"依然和人民没有任何关联（语速加快），百姓的地位依旧卑微，生活依然是一贫如洗（愤怒）。易主的中华民国更像是一个挂着羊头卖狗肉的无良商贩，中国依旧没有摆脱半殖民地半封建的社会性质。什么才是中国的出路，李大钊先生说得很对，俄国十月革命的胜利把马克思主义学说变成活生生的现实，（面向观众）被压迫的民族只有联合起来进行斗争，才能实现真正的民主！

顾维钧：是啊，我永远也不会忘记在上海租界看到的那一幕，一个外国佬坐着洋车，扬起鞭子一次次抽打在一个吃力爬坡的中国车夫身上，那

份耻辱，如芒在背，如鲠在喉啊！正楠，请相信我，我会尽全力争取谈判的成功！

林正楠：希望如此吧，中国的国土又如往常一样被当成交易的筹码，光努力是不够的。要让这些列强真真正正感受到中国人握紧拳头的力量才行。

（安妮端着咖啡从右侧上）

安妮：女士、先生们来喝咖啡了。（单独拿一杯递给顾维钧）你的这杯少放糖。

周清如：维钧，我觉得安妮好像喜欢你呢。

顾维钧：你还是看好你的正楠吧。

（顾维钧端起两杯咖啡，一杯递给林正楠，两个人走到桌子跟前翻看着书，肢体表演但不发声）

周清如：安妮，你煮的咖啡很好喝，谢谢。

安妮：不客气，周清如，你和顾公使认识很久了吗？

周清如：是的，我们是世交。

安妮：什么是世交？

周清如：就是我们的父母就是很好的朋友，我们也是很好的朋友。

安妮：哦，我好像明白了。

（魏宸祖匆匆上场）

魏宸祖：维钧，和会刚传来的消息，说是青岛须由德国先交给日本，再由日本交付中国！

顾维钧：（震惊，转大怒）可恶！这根本就是日本人的诡计，我们去找陆总长，想办法去斡旋。正楠，周清如，我就不留你们了，下次再见！

（顾维钧和魏宸祖准备下场，林正楠追上几步）

林正楠：维钧，千万不能答应日本人啊，

（顾维钧和魏宸祖抱拳示意下场，林正楠回礼，安妮追上去）

安妮：顾公使，等一下，我去给你叫车。

林正楠：（急切）清如，你先回去吧，我们也要行动起来，我去找留学生和华工联合会，不能让帝国主义的阴谋得逞。

（林正楠刚要下，周清如拉住他的胳膊）

周清如：正楠，不会有事吧，我很担心……

林正楠：让你受委屈了，只是国家兴亡、匹夫有责，我们不能坐视不管，只有团结起来，去争取！去抗议！去斗争！即使流血牺牲，只要能唤起民众的觉醒，政府的抵抗，一切都是值得的！你要照顾好自己，如果有事就找维钧和安妮，他们会帮助你的，对不起了，清如。

周清如：我知道你的理想，（下决心）我也要和你一起斗争！

林正楠：谢谢你的理解（握住清如的双手），你先回去吧，我先去找老陈他们，把他们都约上再回去讨论。

（林正楠不舍地松开周清如的手转身离去，周清如看着林离去方向，灯光隐去）

第三场

（起光，代表团住地会客室，几位公使围桌而坐。）

陆征祥：（手里拿着两张紧急训令挥舞着）日本驻华公使小幡西吉竟然冲进北洋政府，像一名无理取闹的泼妇指责顾公使不事前征求日本代表的意见，擅自在和会上提出山东问题。

施肇基：陆总长，那政府的意见是?

陆征祥：总统要我向各位转告，对于青岛问题，切勿要求日本直接交还，特别是对日本官使，切切不可以愤争之态度相对待。政府不太满意顾公使的发言，紧急训令上要求撤换顾公使的代表资格（把紧急训令递给施肇基，施肇基接过翻看）。但是，我已明示，如要撤换顾公使，我也请辞！

王正延：（施肇基把紧急训令递给魏宸祖，魏宸祖接过翻看）不过，我个人认为总长有必要提醒一下顾公使，在外交上也不能过于草率，逞一时之能。

施肇基：是啊，顾公使有些意气用事了。

魏宸祖：顾公使的发言有理有据，赢得了大家的赞许，让近代外交一直没有优势的中国声名为之一振，这是有目共睹的啊。

施肇基：魏公使不必如此激动，现在的事实就是这份紧急密令……

魏宸祖：早说过弱国无外交啊。

王正延：那也就是说我们可以撤出巴黎和会了？

施肇基：撤出不撤出，也就那么回事了

王正延：照你这样说，山东就这样拱手送给日本人？

（顾维钧拿着一份信封上）

顾维钧：陆总长，大总统又来电了。

（陆征祥接过信封拿出电报，读完，愤然将电报拍到桌上）

陆征祥：黑白颠倒，看看，还是要我们以大局为重，在合约上签字。

（大家愕然、气愤，表情各不相同）

顾维钧：荒谬！朱门酒肉臭，何怜冻死骨，他们这是不顾山东父老的死活啊。

魏宸祖：事已至此，陆总长的意思是？

陆征祥：（站起身叹道）官命难为啊，官命难为啊。

顾维钧：陆总长，如果我们拒不签字，民众士气将为之一振！签了字，就是国之耻辱！

魏宸祖：我赞成顾公使的分析，请总长再三考虑。

王正延：我代表南方政府，不同意签字，不再参与和谈后续事宜（转身从台右下场）

施肇基：王公使……

魏宸祖：正延兄，你不要冲动……

（施肇基和魏宸祖也起身从台右追下场，雷雨声响）

陆征祥：（无力的）我，陆征祥，身上已经背着签署二十一条的耻辱，本来寄希望这次能一雪前耻，现在看来，不签有背公职之职责，签了，我陆家千秋万代都要被国人指着脊梁骨唾骂啊！

顾维钧：陆总长为何如此气馁？我们可以再争取！

陆征祥：我老了，有心无力了，（说完转身离去）维钧啊，如果现在我要辞呈离开巴黎，你能理解吗？

顾维钧：陆总长，陆大哥……

（他把拐杖塞给了顾维钧，用力地握了握顾维钧的手，陆征祥转过身，突然整个身体松垮下来，感觉一下衰老了很多，对顾维钧挥挥手，跟跟跄跄摇摇欲倒地从台前向台后走，一个衰老的背影，传来他悲悯的呐喊声，声音不断，越来越远）

陆征祥：不啻亡国啊，余百日努力竟又换来一纸降书！悲哉！悲哉！不啻亡国啊，悲哉！又换来一纸降书！悲哉！

（顾维钧注视着陆征祥离去的方向，安妮从台右上场）

安妮：顾公使，您可不能放弃啊。

顾维钧：谢谢你，安妮，我当然不会放弃的。

安妮：我们有一句谚语，妥协是一把好伞，却是一个可怜的屋檐，我知道很难，但我相信你你不会妥协的。

顾维钧：谢谢你的鼓励，我去找他们再商量一下，奥对了，还要辛苦你跑一趟林正楠那里，给他们送点面包咖啡吧。

安妮：好的，有您这样的朋友真是幸运。

（顾维钧从台右下）

【安妮走上台前，独白】

安妮独白：当巴黎和会决定把德国在山东的权利转让给日本的消息传到北京时，中国的民众顿时陷入一种沮丧和愤怒的情绪中，五月四日，中国爆发了反帝反封建的五四运动，有志人士的呼声一浪高过一浪。

【灯光隐去，安妮下，暗场，后台传来游行队伍的口号声"还我山

东，废除二十一条，打倒日本帝国主义！声音越来越近。】

【起光，北京街头，学生们举着大小不一的旗子上写着"还我青岛""还我主权""宁为玉碎，不为瓦全""头可断、血可流、青岛不可丢"……同学们喊着口号"不独立，毋宁死"，从台左出来。】

【北京大学，李大钊、学生三四人一组站在不同的位置情绪激动的】

李大钊：（参考觉醒年代中五四运动酝酿的过程，五四运动游行缩短）

学生甲：同学们，同胞们，你们应该都听说了吧？中国代表团接到巴黎最高会议的通知，最后拟定的解决方案是，日本将获有胶州租借地和中德两国在不平等条约中签订的全部权利。然后再由日本把租借地归还给中国，但他们仍享有在中国的全部经济权利，包括胶州铁路。

学生乙：可笑，荒唐，北洋政府竟然受制于日本的颐指气使，电报参加和会的代表要时刻考虑中日和善的关系，不要再发表与日本不同的意见，更有甚者，要撤换顾维钧代表身份。日本人在万国和会上要求吞并青岛，管理山东的一切权利，就要成功了！我们该怎么办？

学生丙：什么公理？什么和平？什么威尔逊十四条宣言？全部都是谎言！德国在腐败的清廷手中占领了山东半岛，德国侵略者在山东暴行累累，他们大肆修筑铁路，任意破坏农田，山东父老沦为苦工，侵略者用各种酷刑惩戒不堪重负的劳工，受刑后还要戴上脚镣继续做苦工。现在德国人走了，日本人又要重蹈覆辙，让我们的同胞继续受苦受难，我们能答应吗？

众人高喊：坚决不答应！还我山东，还我主权！还我和平！

学生甲：那些帝国主义的强盗们说这是为了和平，这是什么和平？这是强盗的和平，这是对我们的国土分赃的大会，他们出卖了我们。

学生乙：同胞们，朋友们，这样强加给了我们的不平等条约，我们接受吗？

众人高喊：我们决不签字！不签字！

学生甲：大家都很清楚，日本的野心是在亚洲，日本占领富有战略意义的中国沿海省份之后必将得寸进尺，帝国列强们的不平等协议只能为日本实现建立东亚帝国大开方便之门，我们绝不答应！

众人高呼：打倒列强，还我山东。

学生乙：作为有良知的中国人，我们不能坐以待毙。

学生甲：对，只要北洋政府不拒绝在和会上签字，我们就誓死力争。

学生丙：（快速登到高处，高喊）打倒帝国列强，还我青岛！

众人高呼：打倒列强，还我山东。

（警哨声响起，数名警察从台左冲上台，他们挥舞警棍驱赶人群，国际歌响起，示威人群同警察搏斗，灯光隐去）

第四场

（国际歌接上一幕不间断，雷声雨声，起光，华侨们聚集在巴黎街头，人群中站在舞台最前面的是林正楠，周清如为他打着伞，林正楠演唱）

林正楠：（唱）这是最后的斗争，（众人合唱）

团结起来到明天，

英特纳雄耐尔就一定要实现！

这是最后的斗争，团结起来到明天，

英特纳雄耐尔就一定要实现！

（这段唱是否去掉，）

（林正楠、周清茹、学生、工人华侨）

林正楠：老陈、清茹，继 5 月 4 日后，李大钊先生派出了许德珩、黄日葵、邓中夏等人到天津、济南、长沙、上海等地组织发动各地的斗争，我们今天在巴黎的行动要给和会施加压力，要让他们看到中国人不是好欺负的。

（林从台前疾步跑到舞台后面最高处，音乐渐小作为背景音乐，众人围过去）

林正楠：同胞们，国内的爱国学生在五四这天举行了大规模的抗议游行，在工商界也举行了罢工罢市行动，山东民众到北平请愿，请愿团在启程之时，数以百计的山东父老兄弟姐妹环跪于车站，泣不成声，誓死请求政府守住山东，还我土地．可是英法美日就这样堂而皇之地分配我们中国的国土，我们绝不能答应。

众人：对，绝不答应！

林正楠：我们要冲进去，即使是以卵击石，也要让他们看到，中国人不是轻易屈服的民族，中国人可以流血，但绝不屈服！我们要和他们誓死力争！

众人：誓死力争，还我山东！……

（一声枪响。林正楠倒下，周清如把伞扔掉，蹲下抱起林正楠呼喊着他的名字。）

周清如：正楠，你流血了，快来人啊！正楠！

（音乐变强，众人慢慢围上去）

林正楠：（断断续续的）清如，回－回到祖国去，那里－那里已经在燃烧－燃烧，那里将是－那里将是一片热土，回家吧！回家！

（又是几声枪响，倒下了几个人）

（在灯光的照耀下，周清如扶着林正楠站起来，国际歌再次响起，众人相互搀扶着，跟着国际歌哼唱，形成一组壮烈的群雕。）

（又是两声枪响，全场灯光铺红，周清如在人群中呼喊着。）

周清如：正楠，正楠，正楠！

（灯光隐去）

（暗场，木槌敲击响。）

（起光，巴黎和会主会场，台正中坐着法国总理克里孟梭敲击着木槌，美国总统威尔逊、日本前首相＊首席代表、英国首相劳合·乔治，台左站着顾维钧和王正延，日本公使牧野在台上签字后走到台右）

克里孟梭：在座的诸位是参战国的全权代表，你们曾要求和平，现在把和平还给你们，现在是清算的时候了，其他代表已经签订了和平条约，现在有请中国代表上来签字。

（顾维钧起身，气宇轩昂地站在舞台中间）

顾维钧：尊敬的主席阁下，尊敬的各位代表，我很失望，战争是结束了，但最高委员会竟然背信弃义，无视中国人民的利益，出卖了作为战胜国的中国，成为被宰割的对象，还说什么和平？说什么公理战胜强权！我们且看巴黎会议所决议的事情，哪一件有一丝一毫人道、正义、和平、光明的影子？我很愤怒，我很愤怒，你们凭什么？凭什么把中国的山东省送给日本人？试问，这样一份丧权辱国的合约，谁能接受？所以，我拒绝签字。

克里孟梭：顾公使，请问这是你们政府的意见？或是你们代表团的意见？还是你个人的意见？

顾维钧：这是千千万万中国人的意见，中国人永远不会忘记，这沉痛的一天。请你们记住，请你们记住，我们中国人的笔墨不会再有任何一滴落在丧权辱国的条约之上，中国人不再是软柿子，终将有一天，中国这头东方的雄狮将会从沉睡中醒来！

（顾维钧说完把笔摔在地上，从台左下。）

【安妮从台右上，独白】

安妮独白：这次和会中国是在战胜国中唯一没有签字的国家，中国拒签的事实震惊了巴黎和会，也换来了世界的另眼相看，消息传回国内，举国沸腾，多少人泣不成声。这是半个世纪来，中国第一次对列强的无理要求说"不"，也是中国民众抗击强权政治的首次尝试。正义胜利了！中国人民胜利了！"五四运动"也胜利了！伟大的中国人民，把一个任人宰割备受奴役的中国推到了一个新的历史的坐标。

【灯光隐去】

【暗场】

领誓人：我宣誓，（众人复读）

（渐起光，一些人背对着观众，舞台正中央两名青年高高举起一面鲜

艳的党旗，众人举起了右手，全部背对着观众，只听其声）

领誓人：（众人每一句都复读）一，终身为共产主义事业奋斗。二，党的利益高于一切。三，遵守党的纪律。四，不怕困难，永远为党工作。五，要做群众的模范。六，保守党的秘密。七，对党有信心。八，百折不挠，永不叛党。（备注：此段台词取材于 2021 年中央广播电视总台《故事里的中国》第三季瞿独伊节目）

宣誓人：宣誓人毛泽东

宣誓人：宣誓人周恩来

宣誓人：宣誓人李大钊

宣誓人：宣誓人瞿秋白

（每个宣誓人都跟紧）

宣誓人：陈谭秋

宣誓人：毛泽民

宣誓人：林基路

宣誓人：方志敏、赵一曼、杨靖宇、左权、彭雪枫、雷锋、焦裕禄、谷文昌、王进喜、杨善洲……

（声音渐隐，主题歌《一诺百年》伴奏版起）

（顾维钧转身从人群中走出，眼含热泪）

顾维钧：同学们，同胞们，快看，我看到了南湖的红船驶向了光明的方向。

（林正楠转身从人群中走出，眼含热泪）

林正楠：我看到了日出东方，被解放的无产者幸福的笑脸。

（周清如转身从人群中走出，眼含热泪）

周清如：你们是不是都叫中国共产党？有你们，我相信英特纳雄耐尔一定会实现！

（学生甲转身从人群中走出，眼含热泪）

学生甲：我看到了香港回归，澳门回归！

（**学生乙转身从人群中走出，眼含热泪**）

学生乙：我看到了中国宇航员们正在登天揽月！

（**学生丙转身从人群中走出，眼含热泪**）

学生丙：我看到了，崭新的时代五星红旗飘扬的天安门，我看到了！

（**陆征祥、魏宸祖、王正延、施肇基转身从人群中走出，眼含热泪**）

陆征祥、魏宸祖、王正延、施肇基：我们都看到了，革命的先烈们也看到了，新中国就在眼前！中华民族伟大复兴就在眼前！！

（**所有人转身面对观众，眼含热泪**）

众人：伟大的共产主义万岁，

众人：伟大的中国共产党万岁！

众人：中国万岁！

（**演员欢呼，握手，拥抱，主题歌《一诺百年》渐弱，国歌渐起，带动观众起立合唱**）

【**歌曲结束，演员退场，灯光隐去**】

剧终

【**主题歌《一诺百年》唱词版起，起灯，演职员陆续登台谢幕**】

【**灯光隐去，幕落**】